"撷花"文丛

野莽 主编

小呀小姐姐

刘庆邦 著

中国言实出版社

"野莽所写的这人前天躺到了冰冷的水晶棺材里，一会儿就要火化了……在这个时候，我读到这些文字，这的确就是他，这些故事让人忍不住发笑，也忍不住落泪……阿弥陀佛！""他把荣誉和骄傲都给了别人，把沉默给了自己，乐此不疲。他走了，人们发现他是那么的不容易，那么的有趣，那么的可爱。"

水晶棺材是牙医兼诗人为他镶嵌的童话。他的学生谢挺则用了纪实体："一位殡仪工人扛来一副亮锃锃的不锈钢担架，我们四人将何老师的遗体抬上担架，抬出重症监护室，抬进电梯，抬上殡仪车。"另一名学生李晁接着叙述："没想到，最后抬何老师一程的是寂荡老师、谢挺老师和我。谢老师说，这是缘。"

我想起八十三年前的上海，抬着鲁迅的棺材去往万国公墓的胡风、巴金、聂绀弩和萧军们。

他当然不是鲁迅，当今之世，谁又是呢？然而他们一定有着何其相似乃尔的珍稀的品质，诸如奉献与牺牲，还有冰冷的外壳里面那一腔烈火般疯狂的热情。同样地，抬棺者一定也有着胡风们的忠诚。

一方高原、边塞、以阳光缺少为域名、当年李白被流放而未达的，历史上曾经有个叫夜郎国的僻壤，一位只会编稿的老爷子驾鹤西去，悲恸者虽不比追随演艺明星的亿万粉丝更多，但一个足以顶一万个。如此换算下来，这在全民娱乐时代已是传奇。

这人一生不知何为娱乐，也未曾有过娱乐，抑或说他的娱乐是不舍昼夜地用含糊不清的男低音催促着被他看上的作家给他写稿子，写好稿子。催来了好稿子反复品咂，逢人就夸，凌晨便凌晨，半夜便半夜，随后迫不及待地编发进他执掌的新刊。

这个世界原来还有这等可乐的事。在没有网络之前，在有了文学之后，书籍和期刊不知何时已成为写作者们的驿站，这群人暗怀托孤的悲壮，将灵魂寄存于此，让肉身继续旅行。而他为自己私定的终身，正是断桥边永远寂寞的驿站长。

他有着别人所无的招魂术，点将台前所向披靡，被他盯上并登记在册者，几乎不会成为漏网之鱼。他真有一双锐眼，撷的也真是一朵朵好花，这些花儿甫一绽放，转眼便被选载，被收录，被上榜，被佳评，被奖赏，被改编成电影和电视，被译成多种文字传播于全世界。

人问文坛何为名编，明白人想一想会如此回答，所谓名编者，往往不会在有名的期刊和出版社里倚重门面坐享其成，而会仗着一己之力，使原本无名的社刊变得赫赫有名，让人闻香下马并给他而不给别人留下一件件优秀的作品。

时下文坛，这样的角色舍何锐其谁？

人又思量着，假使这位撷花使者年少时没有从四川天府去往贵州偏隅，却来到得天独厚的皇城根下，在这悠长的半个世纪里，他已浸淫出一座怎样的花园。

在重要的日子里纪念作家和诗人，常常会忘了背后一些使其成为作家和诗人的人。说是作嫁的裁缝，其实也像拉船的纤夫，他们时而在前拖拽着，时而在后推搡着，文学的船队就这样在逆水的河滩上艰难行进，把他们累得狼狈不堪。

没有这号人物的献身，多少只小船会搁浅在它们本没打算留在的滩头。

我想起有一年的秋天，这人从北京的王府井书店抱了一摞西书出来，和我进一家店里吃有脸的鲽鱼，还喝他从贵州带来的茅台酒。因他比我年长十岁，我就喝了酒说，我从鲁迅那里知道，诗人死了上帝要请去吃糖果，你若是到了那一天，我将为你编一套书。

此前我为他出版过一套"黄果树"丛书，名出支持《山花》的集团；一套"走遍中国"丛书，源于《山花》开创的栏目。他笑着看我，相信了我不是玩笑。他的笑没有声音，只把双唇向两边拉开，让人看出一种宽阔的幸福。

现在，我和我的朋友们正在履行着这件重大的事，我们以这种方式纪念一具倒下的先驱，同时也鼓舞一批身后的来者。唯愿我们在梦中还能听到那个低沉而短促的声音，它以夜半三更的电话铃声唤醒我们，天亮了再写个好稿子。

兴许他们一生没有太多的著作，他们的著作著在我们的著作中，他们为文学所做的奉献，不是每一个写作者都愿做和能做到的。

有良心的写作者大抵会同意我的说法，而文学首先得有良心。

野莽

2019年9月

目 录

不能再上学，女孩子能挣个活命就不错了。大姐、二姐跟母亲在生产队干活，小姐姐就一手扛篮子，一手牵羊，天天到河坡里薅草、放羊。羊吃饱就不用喂了，小姐姐割回的草用于喂猪。他们家的猪没粮食吃，也是吃草。羊吃了带露水的草容易拉稀，小姐姐得等太阳生了芒，太阳的芒把草叶的大露珠都扎走，才能下地。每日里这段时间，小姐姐能跟平路玩一会儿。她把平路的毛头抱在怀里扒来扒去捉虱子。从石榴树上摘下一朵长把的红花，用软草秧子把红花朝天椒似的绑在平路头发上。她教平路唱歌谣：小枣树，三股杈，上面坐着姐妹仨。大的会织毛蓝布，二的会织牡丹花，就数小三儿不会织，一织织个大疙瘩。她爹说，打死她，她娘说，不要她，说个婆家给人家……平路心灵记性好，一会儿就学会了。他问小姐姐是不是小三儿。小姐姐扬起巴掌："我打死你！"平路就笑了。平路笑起来是很好看的，一点也不像个罗锅子。小姐姐还用高粱秆儿给平路扎卷尾巴的大黄狗，用泥巴捏胖头团脸的小闺女，她挑一个模样最体面的标致的小闺女，对平路说："这个留着给你做媳妇吧。"小姐姐的意思，将来不会有闺女愿意嫁给平路，这小媳妇虽是泥巴捏的，也算是一口人哪。平路说他不要媳妇，他只要小姐姐。小姐姐说不成，小姐姐长大是人家的人。平路问她是谁家的人。小姐姐说她也不知道。平路以为小姐姐知道，是故意不告诉他，就把小姐姐的胳膊拉拉扯扯，缠着让小姐姐说。小姐姐抬头把太阳看了一下，做出大事不好的惊讶表情，说只顾玩把放羊的事忘了，丢下平路，急急忙忙去解羊绳。平路哭着不让小姐姐走，他是真哭，眼泪哗哗的，屁股在地上一欠一欠地欲追小姐姐。

小姐姐说："哭，哭，不让我走，把猪饿死呀！把羊饿死呀！"小姐姐还是走了。那只羊大概真的饿了，像跑梢子的马拉车一样跑在小姐姐前头。拐过墙角，小姐姐把羊绳拽了一下，躲在墙后探头瞅平路，若是平路哭个不止，她还得回去哄哄他，许给他一个愿，比如给他逮一只叫蛐子，或摘一串马炮瓜，她不能让弟弟老哭，哭多了弟弟说不定会罗锅得更厉害。

还好，平路一看不见小姐姐，就不哭了。没有人听，哭还有什么用呢。院子里只剩下平路一个人了。院子不小，显得空落落的。阳光从东边土墙上斜照进来，黄黄地铺满一地。阳光从那么高的天上落下来，竟一点声音也没有，真是怪事。院子里有一棵椿树，一棵石榴树，还有一棵杏树。杏树不是很高，可在平路眼里却高不可攀。他挪到杏树底下，歪了脖子往树冠上瞅，想看看小杏子长多大了。树叶浓浓密密，把颜色混同树叶的小青杏子遮蔽得严严实实，很难瞅得见。平路终于瞅见一个、两个、三个……小杏子正往饱里长，身上的胎毛还没褪净，看去绒球球的，很是可爱。数到的小青杏子越多，平路的发现感就越大，心里越高兴。他有些口酸，不知不觉就把一根指头放进嘴里去了。手指头不是小杏子，可味道跟小杏子也差不多，同样吮得他满口津啦啦的。

一只红尾巴的紫公鸡飞到他家的墙头上去了，居高临下地对他家的院子摇头晃脑。平路顿时警觉起来，母亲安排过，要他好好看家，不要让别人家的猪进来，羊进来，也不要让别人家的鸡进来。平路不能干别的，这种安排让平路觉得这就是重大的使命了，他马上大声命令公鸡："下去！下去！"命令不能生效，他就以自己所能达到的最快速度，挪到土墙下方，细胳膊一扬一扬地轰鸡。他的言辞很尖刻，说："谁不知道你有两个翅膀，有本事你像黄鹭子一样飞到树上去呀，飞到天上去呀，飞到人家墙头上算什么能耐，不害臊！"

紫公鸡似乎看出他的技能不过如此，没什么了不起，不但不
下去，还沿墙头趾高气扬地走起来。公鸡的动作像表演杂技，走
着走着忽然故意失去平衡，弄出一些惊险场面，哪边失了平衡，
它的翅膀稍一招展，就调整得稳稳当当了。

平路有些生气，挪来挪去找撵鸡的家伙，后来在院子角找到
一根苇子，高举着表示要公鸡快来受死。同时，他还对公鸡大声
叫骂。他不仅骂到公鸡的姐姐，还骂到公鸡的母亲和祖母。公鸡
这才嘎嘎笑着飞落到墙外去了。公鸡一消失，平路就有些泄气，
两只眼睛半天还不离开大公鸡刚才站立的地方。

太阳越来越热，院子里再也没什么可玩的，平路挪到石榴树
下，头压着一只胳膊，侧着身子躺下了。他不能平仰着躺，只能
侧着躺。需要翻一个身时，他还得坐起来，再朝另一侧躺下去。
躺下时，平路所能看到的东西都是倾斜的。平路睡着了，做了一
个梦，梦见自己的身子极轻快，脚下极富弹性，脚尖一点，两只
胳膊一架，就离开地面，飞起来了。他飞过墙头，飞过树梢，飞
过许多不知名的地方。他好像看到了在地面放羊的小姐姐，大声
喊："小姐姐，我在这儿。"小姐姐让他下来，可他变得如断线
的风筝一样身不由己，一直向高远处飘去。他觉得事情不好，这
样就永远看不见小姐姐了。他有些伤感，很想哭。他刚哭了一声
就醒过来了。院子里还是一个人也没有，一点动静也没有。太阳不
知什么时候照在了他身上，他觉得身上有些热燥，头上出了一层细
汗。远处似乎有一只斑鸠在叫。听小姐姐说，斑鸠叫的是：咕咕对
对，长疮受罪，有钱买板，没钱箔卷。平路背上虽说不是长疮，但
他还是觉得斑鸠叫的内容跟他有点关系，他不喜欢斑鸠叫。

天过了午，小姐姐才回来了。小姐姐右手牵羊，左手挎着一篮子青草。她的小脸儿晒得通红，额角汗巴流水的。那头拴在椿树根的猪看见小主人薅回青草，条件反射似的站起来，急得唔唔呀呀乱叫。小姐姐把羊拴牢，把青草掏给猪吃，这才来到平路身边，拿出一串东西给他看。

平路惺忪的眼睛马上亮了："蚂蚱，我要，我要！"

小姐姐把蚂蚱递给了平路。土黄色的大蚂蚱有四五只，背靠背地穿在一根草茎上。这些野性的东西仿佛对被俘很不甘心，带毛刺的长腿乱弹一气。有一只老蚂蚱突然张开翅膀很快地扑扇起来，平路吓得一惊，把蚂蚱串子扔在了地上。

小姐姐说平路胆小，把蚂蚱捡起来，到灶屋去烧，烧熟后准备给平路吃。父亲临死时，母亲曾问父亲想吃点什么，只要父亲提出想吃什么，母亲就去买，就是砸锅卖铁也要满足父亲的要求。这些话小姐姐都听到了，父亲最后没提出想吃什么，只是摇摇头就死了。小姐姐接过母亲的话，问平路想吃点什么。平路说想吃烧蚂蚱。小姐姐说这好办，今天把蚂蚱逮回来了。小姐姐去灶屋烧蚂蚱时捡起平路丢弃的那根苇子，交到平路手里，让平路守在猪和猪草旁边，别让人家的猪羊来抢吃。

有一只母羊飞跑到院子里来了，到草堆前张嘴就吃。平路把苇子打在羊背上，不料母羊竟不怕，只把屁股调转一下，照样埋头紧吃。平路打得紧了，母羊衔起一嘴草，到旁边吃去了。平路挪着刚追过去，那母羊又奔回草堆前接着吃。平路有些着急，只得求助于小姐姐。小姐姐从灶屋奔出来，夺过平路手里的苇子，只几下就把母羊抽得逃窜了。

"连个羊都赶不走，你怎么这么笨呢！要你有什么用，你干脆死了吧！"

平路无话可说，眼里即时涌满了泪水。

小姐姐把蚂蚱烧熟了，一只一只剥给平路吃。因为刚才的过失，平路吃得不怎么香。小姐姐问他香吗，他点点头。他让小姐姐也吃一只，小姐姐不吃。小姐姐看出来了，平路人不大，心已重重的了。喂平路吃完蚂蚱，小姐姐叹了口气说："你要是不愿意死，我死了算啦！"她说罢，把衣服和头发稍事整理，仰面顺长着躺下了。她双手贴在腿边，闭上眼睛，屏住气息，尽量作出死的姿态。

平路不相信小姐姐这么快就死了，用力推晃着小姐姐的身子："小姐姐，你别死，我不让你死！"

推晃不醒小姐姐，平路就用手指扒小姐姐的眼睛和嘴巴，按他的理解，只要小姐姐的眼睛和嘴巴张开，人就活转来了。可他越扒，小姐姐的眼睛和嘴巴闭得越紧，没有一点活过来的意思。平路不知如何是好，开始有些害怕。天很高，高得够不着。院子里很空，母亲、姐姐和哥哥都还没回来。于是平路哭了，哭得很伤心，并表明了自己的态度，他说："小姐姐，你不能死呀，我死，我死还不行吗！我是个罗锅腰，活着也没用……我愿意死……"

平路见小姐姐的眼皮鼓起一个包，包儿越鼓越高，终于把眼皮撑开，一个大大的泪珠轱辘滚出来了。人死了难道还会落泪吗？平路正不知怎么回事，小姐姐翻身坐起，一下子把他抱住了。

小姐姐摸到平路的胳膊、腿和脖子，这些地方都细细的，好像一天比一天细。小姐姐摸到平路的腰，平路的腰比以前罗锅得更厉害，中间尖削削的，突然上去，又突然下来，拱度很小，相搭的脊骨简直像一根折断的棉花柴，连接棉花柴的只有一点柴皮。小姐姐还摸到平路的肚子，这只肚子有点大，肚皮却有点薄，比母蛐子的肚皮还薄，一只手在肚子上走过，里面东西都摸到了。这一切都使小姐姐感到，平路是活不长了。她听母亲也对别人说起过，说平路那孩子不是个长秧子葫芦，活一天少一天吧！既然这样，小姐姐问平路还想吃点什么。

平路把蚂蚱吃过了，一时想不起还想吃什么。

小姐姐问他想不想到庄稼地里看一看。

平路有生以来，还从来没到庄稼地里去过，觉得庄稼地离他十分遥远，他说："想是想，怎么去呢？"

小姐姐说："等小麦黄梢儿了，我背你去，咱去摘豌豆，揉麦粒儿。"

从此平路像盼过年一样天天盼着麦子黄梢儿。

麦子甩齐穗时，落了一场大雨，村里地里泥水都很大，出不得门。按说这样的天气平路应该高兴，因为母亲和几个姐姐都在家，他不必像往日一样孤孤单单地守着一个大院子了。可是平路不但高兴不起来，反而显得更加害羞和胆怯。他像是躲避着家里人对他的注意，本来已经醒了，却躺在地铺上不起来，听外面一阵紧似一阵哗哗的雨声。或是起来了，不声不响地堆坐在屋子一角，眼睛谁也不看。他害怕母亲跟他说话，母亲一跟他说话，就要为他的将来发愁，就会劝他死。他不知道怎样才能死。一天不死，他就觉得对不起全家的人。

母亲今天给他出了两个数儿让他相加，他加对了。母亲又出了两个大一点的数儿，他又加对了。母亲似乎看到了某种希望，脸上有些悦色。

小姐姐告诉母亲，平路还会站呢。母亲下地干活时，她曾拉

小姐姐说："平路，你装死，我打死你，起来！"

平路不起来，也不吭声，他挤着眼，闭着嘴巴，双手也尽量伸直，跟小姐姐"死"时做得差不多。

小姐姐说："平路你跟谁学的？"伸手揪他的耳朵。他不怕疼。小姐姐捏他的鼻子。他用嘴呼吸。小姐姐把他的嘴也捂上了。他只好醒过来。

小姐姐说："以后不许你这样！"

平路说："小姐姐，我不想死！"说着眼里的泪水就满槽了。

小姐姐的眼也湿了，她说："不想死就不死。"

他俩回村时，路过一所小学校，里面读书的声音很大。平路没见过学校，想去看看。小姐姐也是很想读书的，因为读不成，就赌气跟学校疏远了。平路提出到小学校看看，小姐姐尽管有点不情愿，还是背着弟弟向学校教室的窗口走去，窗口是木格子栅成的，他们躲在窗外一侧，能看见里面的学生。学生娃子读书的样子很好笑，他们一个个嘴张得像小瓢儿一样，都伸长脖子，可着嗓子吼，仿佛在比赛谁的嗓门最高："一只乌鸦口渴了，到处找水喝……"小姐姐和平路心里默念着"一只乌鸦"，嗓子眼都有些痒痒。可小姐姐说："他们都是乌鸦，叫得比乌鸦还难听，咱走！"

他们刚离开教室窗口不远，听得身后一阵欢呼，学生们下课了。有几个学生娃子见平路是个小罗锅子，就一蹦一跳地朝他姐俩包抄过来，有的说："快看，小罗锅儿，小罗锅儿。"有的就唱："罗锅腰，去打鹰，后面背着一张弓；人家掏弓俺不掏，俺趁俺的罗锅腰。"小姐姐背着平路走得快，他们追得也快，小姐弟俩走出好远了，他们还紧追不舍。小姐姐忍无可忍，她猛地转过身来，朝学生娃子逼视过去。小姐姐的目光充满愤怒，看样子谁敢再叫一声小罗锅儿，她就会放下平路，扭住人家拼命。那些学生娃子们不敢再叫，一哄而散了。

平路生病了，发高烧，小脸儿烧得紫红。家里没钱给他治病，母亲就熬些姜汤，给他发汗。平路身上捂着棉被，出的汗把棉被都溻湿了。出透了汗，平路身上的烧退下去一些，汗一干，烧又升起来了，脑门子火炭似的烫手。母亲知道平路不行了，就按常规问他想吃点什么，想吃鸡蛋就煮一个鸡蛋，想吃白面条就跟人家借面擀一点儿。

平路伸出小手摆了摆，表示什么都不吃。平路的小手又细又白，连一点血色也没有。他的眼泪还不干，大泪珠子从闭着的眼里一个一个往外冒。

母亲说："这孩子的命真苦！"

小姐姐也问平路想吃什么。

平路说："……小姐姐……我……我不想死……我害怕……"

小姐姐用手掌给平路抹眼泪，要他别说傻话，"你不会死，离死远着呢！"她问平路是不是想吃鱼。去年夏天，小姐姐跟别的小闺女儿在水塘边捞杂草，一条鲫鱼钻脚窝子，被小姐姐踩到了。小姐姐用莲叶把鲫鱼包了一层，又裹了泥一层，埋在灶膛的余火里烧。待泥干后，拿到平路面前的硬地上摔开，白蒜瓣一样的鱼肉就露出来了。小姐姐把鱼刺一根一根挑出来，鱼肉全喂给平路吃了。平路说过，他吃过的东西数鱼肉最好吃。

平路没有摆手，也没有说话。小姐姐认定平路是想吃鱼，她赶紧到村东的水塘里去给平路摸鱼。

那一回，小姐姐就是在这个水塘踩到鲫鱼的。后来小姐姐又到水塘看过，正晌午时，有成群的鲫鱼浮上水面晒鳞，她相信能摸到一条两条。水塘边的芦苇长得很茂密，几乎把水塘包围住了，脱光衣服下去别人也看不见。小姐姐摸鱼心切，穿着衣服就下水了。她不会水，不敢到深处去，就在塘边浅水处的杂草秧子里摸，她先摸到一个大蛤蟆，又摸到一只螃蟹，总算摸到一条鱼了，却是那种极小的、浑身涩啦啦的"铡钉"。小鱼也是鱼，小姐姐舍不得扔掉，掐根草茎把鱼鳃穿上，叼在嘴上，接着摸。她有点着急，央求似的对水里的鲫鱼说："鲫鱼鲫鱼快来吧，让我摸到一条吧，我弟弟等着吃呢！我弟弟快不行了，好鲫鱼可怜可怜他吧……我不要多，一条，只要一条……"这时她不知不觉摸到深处去了，脚下一滑，就不得底了。她觉得不好，刚要喊"平路，姐姐对不起你呀……"还没喊出来，人就沉入水中了。

人，到那时，他就很少见到姐姐了，这是河生不大容易接受的。

　　河生从刚会走路时，就由姐姐领着他玩。可以说，他跟姐姐在一块儿的时间比跟母亲在一块儿的时间还多。比如他是一只鸟，母亲把他孵出来，却是比他早出生几年的姐姐带他飞来飞去，使他一天天练硬了翅膀根子。姐姐教他上树摘果，下河摸鱼。姐姐不厌其烦地为他娶新媳妇儿，娶了一个又一个。哪个小妮子不愿给他当新媳妇儿，姐姐就作恼样子，拒绝跟人家玩。若是谁胆敢欺负他，姐姐跃起来就跟人家撕打。不管对方是女孩子还是男孩子，个子小还是个子大，姐姐一概不怕。姐姐不惜撕乱了头发辫子，也不惜撕破衣服，直到把对方打败为止。他到了上学年龄，母亲就不许姐姐再上学，硬把姐姐从课堂上拉回来。姐姐很快就理解了，他们家经济能力有限，几个孩子不能都上学。河生是这个家的重点，为了确保重点，别的家庭成员就得作出牺牲。姐姐退学后，因年龄小，还没资格随妇女劳力下地挣工分，就天天拿着铲子，背着大荆条筐，到地里薅草。姐姐把青草晒干，攒够两大捆了，就挑到街上干草收购点去卖。不管卖得三毛五毛，姐姐都一分不剩地交给母亲。母亲用这钱给家里买盐，买点灯用的煤油，或留着给河生交学费。有一天，姐姐到远处薅草，清早和中午都没回家吃饭。下午他放学后，母亲让他赶快去给姐姐送一块红薯，并把姐姐接回来。他来到一座桥上，见一个人后面背着一大筐草，前面还搭着一大捆草，正草山一样向他移来。他不敢肯定驮草的人是不是姐姐，因为那座"草山"把人遮住了，既看不见来人的腿和脚，也看不见头和脸。他跑近一看，果然是姐姐。他喊了一声："姐，不好了！"姐姐连累带饿，把草放在地上后，顿时脸色苍白，脑门大汗珠子直冒，晕得睁不开里，接着织下一匹。河生注意过，姐姐从织布机上往下哗哗地卸布时，嘴角和眉梢儿都带着掩饰不住的笑意。姐姐还会让人给她打一个大桐木箱子，把攒下的布匹倒腾到大箱子里，出嫁时都带走，然后细水长流地用那些花布做衣服，人家一夸姐姐心灵手巧，姐姐就该笑了。姐姐跟以前是有些不大一样，现在姐姐的脸一直是红红的，油光闪亮的。姐姐的两条辫子粗粗壮壮，好像一把都抓不过来。这一切都表明，姐姐定亲的事大概不可挽回了。

姐姐还变得比以前爱唱戏。河生好几次听见姐姐一个人在屋里偷偷地唱，姐姐唱罢一段，叹一口气，稍停一会儿再唱。姐姐有时唱的是古装戏里的戏文，"叫官人你听我细说端详……"有时是看到窗外的景物，即编即唱，看见下雨就唱下雨，看见杏花开了就唱杏花，"天上下雨细纷纷，一树杏花红洇洇……"听到有人进屋，姐姐就不唱了。姐姐装作什么都没唱过，咳咳喉咙，说嗓子怎么有点痒呢，就应付过去了。

这天下雨，地里没法干活儿，姐姐在家纳鞋底。邻家有两个和姐姐年龄相仿的姐妹，也在河生家里做针线活儿。她们说笑了一会儿，邻家的一个姐姐提议让河生唱一支歌，她把歌名都点出来了，说听河生的姐姐说过，河生唱得好着呢。

姐姐定亲的事还在河生心上压着，他哪里有心唱什么歌。他的脸羞红着，说不会唱。

那个姐姐让他别谦虚了，说当学生的哪有不会唱歌的，好了，唱吧。

河生还说他不会唱。

这是姐姐发话，姐姐说："河生，唱一个吧，就唱一个。"

河生看了看姐姐，姐姐正在微笑着看着他，眼神十分恳切。

既然姐姐也让他唱，他就不好不唱。姐姐没让他做过什么事儿，这点事儿他不能拒绝姐姐。他向一侧仰起脸，像是想想歌词，调动一下情绪，看样子要唱了，可他又难为情地笑了。他和姐姐一样，也爱一个人偷偷地唱，他在高粱地深处唱，在茂密的苇子园里唱。在那些地方，他仰面躺在地上，看着飘动的高粱叶，和苇子叶上方露出的高远的蓝天，唱得十分投入和动情。他相信没人会听见他唱。他是唱给自己听的。他唱了一支又一支歌，每一次都把自己的眼角感动得湿漉漉的。唱罢了，他就睡着了。一觉醒来，他眼角还有些痒痒。他提了一个要求，到里间屋去唱。外屋和里间屋只隔一层高粱秆织成的箔篱，不会影响听，姐姐们同意了。她们有些发笑，认为河生比一个闺女家还知道害羞啊！

河生在里间屋，面向墙壁，开始唱了。他觉得自己发挥得一点也不好，声音发颤，唱得有点像哭。可姐姐们听得静悄悄的，都夸他唱得真好，真好。

后来，河生知道了姐姐的对象是哪个村的。那个村离他们的村不太远，只隔一条河，走过一座桥就到了。他还知道了那个人的名字。这些都不是他打听到的，是偶尔听人说的，别人随便一说，他就记住了。河生觉得那个人的名字生硬蹩脚得很，一点也不好听。一想到姐姐的名字和那个人的名字联系在一起，他不得不把那个人叫姐夫，就觉得有一种外来的东西在强加给他，他心里有一种说不出来的别扭。他在心里暗暗发誓，他只承认姐姐，决不承认姐夫，这一辈子谁也别打算让他叫一声姐夫。

夏季的一天午后，河生听见不知谁喊了一声，到河里摸鱼去啦。村里的男人们和男孩子们闻风纷纷出动，有网的拿网，没网的提着两只手，准备趁浑水摸鱼。这里河面较宽，人少了搅不浑水，很难逮到鱼，所以逮鱼一向都是集体行为。河生对逮鱼是很感兴趣的，一听到消息，他马上顶着炽热的太阳向河边跑去。河里已下进不少人，把河面拦成好几道，最前面的是提网队，中间是抬网队，后面更多的是徒手摸鱼的队伍。河水被翻腾得泥浆浆的，断了根的水草漂浮在水面上，不断有人往岸上扔大鱼小鱼，满河里你呼我叫，人鱼之战打得相当热闹。河生发现，对岸那个村里的人也到河里逮鱼来了，他想，跟姐姐定亲的那个人会不会也在其中呢？这样想着，他对逮鱼的兴趣一下子减弱不少。要是在往常，他会很快甩掉鞋子和短裤，扑在河里摸上一气，今天他犹犹豫豫的，到底没有下水，只站在岸上看。他不敢看那个村的人，还是禁不住看了。那些男人都赤裸着黑红的脊梁，脸上都溅满白泥点子，一个比一个丑陋。他不相信那些人里会有跟姐姐定亲的那个人，但不知为什么，他总是有些担心，担心那个人会突然从逮鱼的队伍里冒出来。真是怕鬼有鬼，那个人果然出现了。那个人用提网捕到一条黑鱼，因黑鱼过分大一些，像一头猪娃子一样在网里乱折腾，那个人赶紧用网把黑鱼兜到岸上去了。这时有人喊那个人的名字，河生心里一惊，这个名字正是河生认为"一点也不好听"的那个名字。他赶紧躲到一丛蓖麻下面的阴影里去了，他害怕有人看到他，对他说："河生，河生，你看，那个捉到黑鱼的人就是你姐夫。"那样他会无地自容的。水里的人心思和兴奋点都在鱼上，根本没人注意他，他还是有些紧张，仿佛跟那个人定亲的不是他姐姐，而是他，他已被人家捉进网里去了，怎么挣扎也无济于事。他不再跟着在河里行进的队伍看逮鱼了，嘈杂的人群渐渐远去，他还呆呆地站在蓖麻下不动。他热得满脸通红，胸口出了不少汗。有条鱼被泥水呛得张着木碗子一样的大嘴浮上水面呼吸，他没有去逮。他总是想姐姐怎么能跟这样的人定亲呢！说实在话，那个人个头不低，身体结实，不缺鼻子不少眼，看不出有什么毛病，可是不行，他接受不了。他没想过姐姐应该和什么样的人定亲，也许配得上姐姐的人还不存在，反正不是像捉黑鱼的人这样的。

回到家，姐姐的目光接着他，问他逮鱼的人多不多？他不想说话，只说了一个字：多。姐姐问他怎么没下河？他"嗯"了一下，低着眉往里间屋走。他看见，姐姐手里正纳着一只鞋底，鞋底很厚，是千层底，封底的布是雪白的，底上纳的是细密有序的枣花图案。河生知道，姐姐手中的鞋底是给那个人纳的。那个人正一身水两脚泥地在河里逮鱼，姐姐却在这里精心给人家做鞋，那样的人，那样的脚，凭什么让姐姐给他做这么好的鞋呢！既然姐姐跟那个人当面相看过，怎么就答应了这门亲事！河生似乎对姐姐的眼光产生了怀疑，并对姐姐整个人也有些不恭，好像那个人有两脚泥，姐姐脚上也必定会沾上泥似的。

姐姐的问题还没有完。有些问题姐姐大概不好直接问，就绕了个弯子，说割麦用镰，捕鱼用网，家里要结一张网就好了。接着姐姐像是顺便问了一句，逮鱼的有没有外村的人。河生一下子就把姐姐的心思猜到了，什么结网不结网，逮鱼不逮鱼，姐姐并不关心，姐姐关心的是人，是外村那个和姐姐定下终身大事的小伙子，要是河生把那个小伙子用提网捉到一条大黑鱼的事对姐姐讲了，姐姐害羞之后，一定心满意足。河生才不讲呢，他装作没听见姐姐的问话，装作被太阳晒得有些头蒙，躺在床上闭着眼，连嗯一声也没嗯。

姐姐拿着鞋底到里间屋来了，把河生从头到脚看了看，有些小心地问："河生，你怎么了？谁欺负你了？"

河生想不起有谁欺负过他，那个小伙子虽然看上去力气很大，虽然捉到了一条黑鱼，那不能算欺负他。按河生现在的心情，倒是愿意有人欺负他，谁要欺负他，他就马上和谁拼命，力气再大的人他也不怕。他否认了有谁欺负过他，说他只是累了，想睡会儿觉。

姐姐犹豫了一下，像是还有话要跟河生说，却没有说，只说："想睡你就睡吧。"姐姐回到外屋继续纳鞋底去了。为了避免纳鞋底的线过多地出现接头，姐姐把白线搓得很长，正面扎下一针，得从背面拉好几把才能把线拉尽。往日姐姐拉线是很快的，胳膊舒展地扬动着，三把两把就把线拉过去了。长线穿过鞋底的声音也很好听。今天姐姐回到外屋再纳鞋底时，显得有些迟疑，声响也滞重沉闷，不够连贯。姐姐大概怕影响河生睡觉，到院子里纳鞋底去了。姐姐到了院子里，纳鞋底的声音便中断了。河生悄悄起来，从窗户里侧往外一看，原来姐姐没再纳鞋底，姐姐把长线缠绕在鞋底上，把鞋底夹放在石榴树的枝杈上，坐在树荫下面一个小凳子上出神。姐姐摘下一片石榴叶，手捏着含在唇边，一副不辨榴叶是何叶的样子。姐姐的目光呆呆地瞅着一个地方，像是什么也没有看见。院子里很静，知了在树上扯着嗓子叫，仿佛对世界上的事全都"知了"。知了叫得越响，院子里显得越静。河生想到，他对姐姐做得是不是过分了。他有些后悔。有心跟姐姐说一句话，又想不起说什么好，只好蔫蔫地回到床上，真的去睡了。

姐姐向母亲建议，给河生做一条洋布裤子，河生都是穿家织的土布裤子，还从来没穿过洋布裤子。姐姐说河生大了，该打扮打扮了。姐姐说这些话是在一天晚饭后，屋里点着一盏煤油灯。姐姐在跟母亲建议时，没有看河生，可河生听得出来，姐姐的话是说给他听的。他近日对姐姐态度不大好，姐姐一定察觉到了，想拿做裤子的事让他高兴起来。河生还听出来，姐姐的口气有点讨好他，这让他心里很是不安。河生知道，买一块洋布要花一笔不小的钱，恐怕把他家中半年吃盐和买煤油的钱都花掉了。连姐姐还没舍得做一条洋布裤子，他怎么好意思花家里的钱呢！他说不要。母亲看看河生，可能一时拿不定主意，没有表态。姐姐又说，给河生做一条吧，学校里有那么多女同学，别让人家笑话我弟弟没穿过洋布裤子。姐姐提到女同学，把做裤子的事和女同学联系起来，使河生一下子非常害臊。姐姐自己定了亲，老想着定亲的事，就为别人操心，要把他也拉上，一定是这样的。姐姐或许以此提醒他，不管是谁，长大了都要定亲，这是没办法的事，姐姐也无可奈何。河生还是说不要，他口气很坚决，说他只喜欢土布裤子，不喜欢洋布裤子。可是母亲采纳了姐姐的建议，母亲说，下个集就去买布吧。

　　布买回来，姐姐比着河生的身体裁好，仿照缝纫机的针法，一针一线地缝制。河生一看见姐姐缝裤子，就难免记起姐姐说的关于女同学的话，他把班里的每个女同学都在脑子过了一遍，判断不出哪个女同学会因他常年穿土布裤子笑话他。那么，等他穿上新的洋布裤子之后，那不知名的女同学会不会偷偷地多看他几眼呢？这样想着，河生心里悄悄泛起一种从未有的东西，有些柔软，有些滋润，还有些漫无边际的忧愁……他弄不清自己了。

　　到了秋后，事情发生了意外的变化，姐姐定亲的事不算数了。原来跟姐姐定亲的那个小伙子，到外地参加工作去了，工作

硬币正面凸现的两只麦穗的图案和背面由天安门、五角星、齿轮等组成的国徽图案，都非常精致、美丽。我们乡下的孩子很难见到什么精美的东西，在我们眼里，这样的硬币简直精美无比。我没想过它是从哪里来的，也想不到它是由机器造成的，似乎觉得它是天外来物，神来之物，不然的话，怎么连币边的细齿都那么均匀，一点点毛病都挑不出来呢！我把硬币放在一只空火柴盒的抽匣里，举在耳边摇摇，听听硬币在火柴盒里发出的好听的音响，再把抽匣推开，倒出硬币，捏在手上翻来覆去地看，老也看不够。火柴盒也很漂亮，也是我的珍藏品。那时，和我年龄差不多大小的孩子最喜欢三样东西，除了洋钱（我们老家把硬币叫洋钱）、带皮盖儿的小玻璃瓶子，再就是火柴盒。现在三样东西我有了两样，我觉得自己一下子变得富有起来。

母亲是星期六给我的钱，第二天我就要到集上把钱换成一张纸。这就是说，那枚美丽的硬币只能在我手上存放一天。说实在话，我真舍不得让我的钱出手。可是不行，钱不交出去，纸张从哪里来呢！来到学校里，我没忘记炫耀我的富有，按城里人的说法，那叫臭显。我把硬币垫在书页空白处的下面。借来同学的蜡笔在上面一涂，币面上美丽的图案就显现出来了。我借来红、绿、黄三种颜色的蜡笔，涂一个图案换一种颜色，不一会，书页的天头地尾就凭空长出不少花花绿绿的钱。我的钱在迅速繁殖，这应了古人的一句话，书中有黄金。我周围的同学难免眼热，他们都想借我的钱在他们的课本里繁殖一回。如同我不会让我的鸡在别人家的窝里无限制地下蛋，我实行的是有限政策，只挑了一两个同学，允许他们拿我那枚珍宝般的钱去拓印一份两份。后来我想到，是我自己把事情做差了，因此埋下了不良后果的种子。

我把钱在同学面前显摆，无疑是露了富，暴露了目标，被图谋不轨的人盯上了。另外，我只把钱借给一两个同学做拓模，别的同学肯定会不高兴，甚至会萌生不好的念头。反正等课间休息之后回到教室，我放在课桌斗子里的火柴盒和那枚大钱不见了，永远都找不见了。

丢失五分钱，对我来说是一个了不得的大事。我闷着头，把课桌斗子一遍一遍翻得底朝天，着急加上害怕，我的手脚顿时变得冰凉。我知道，我家每挣一分钱都不容易，何况是五分钱呢。我首先想到，千万不敢让母亲知道我丢钱的事，要是母亲知道了，不知有多生气呢！不让母亲知道，最好也不能让两个姐姐知道，姐姐知道了，也不会饶过我。母亲当过县里的劳动模范，得过一枚沉甸甸的铜质奖章，奖章放在我家箱子里，前几天不翼而飞。两个姐姐一直怀疑我拿奖章跟游乡的货郎换糖豆儿吃了，我正有口难辩。如果五分钱找不到，我就更说不清了。可是，我要是不让家里人知道，就无钱买纸，就没法写作业。当学生不写作业，这个学还怎么上呢！事情被我想象得越来越严重，于是我哭了。

我是班里的班主席，同学们见他们的班主席哭了，都很同情，纷纷在我面前洗刷自己。还有的同学悄悄向我提供线索，说我的钱八成是一名叫范俊生的男同学偷去的，也有人说可能是女同学张秀云偷去的。范俊生家是地主成分，张秀云一家是我们村的外来户，班里出了什么不光彩的事情，一般都是往他们头上安。我意识到了这一点，平日里，我和这两位同学并没有什么大的矛盾。范俊生的毛笔字写得比我好，学习比我好，可他在一篇作文里，把我的学习成绩说成是全班第一，表示要向我学习。他的作文受到老师好评，这让我有些不悦。张秀云一说话就咧着嘴乐，人称张大嘴。同学们都不看重她，她也不看重自己，她从来就不是一个惹是生非的人。我相信他们不敢拿我的钱，我也没有任何证据能证明是他俩拿了我的钱，你说我转嫁危机也好，嫁祸于人也好，我没有别的办法，只好昧着良心把同学们提供的线索报告了老师。

老师也姓刘，和我同姓，按辈分我应喊他一声叔叔。老师大概考虑到我是班干部，家里确实很穷，当即喊过范俊生和张秀云进行询问。我们的学校只有一个教室，教室是三间通房，老师的办公桌放在教室后面一角靠近窗户的地方。那两位同学站在老师桌前接受询问时，全班的学生鸦雀无声，都竖着耳朵听。老师没让我回到座位上去，我只得站在那里旁听。他俩站在桌子前面，一上来就低着头。我站在桌子一端，也不用低头，这表示我跟他们是有区别的。他俩坚决否认拿了我的钱。否认的办法是赌咒，范俊生和张秀云都赌了恶咒。老师不屑于听他们赌咒，老师自有老师的逻辑，老师的逻辑是：你说你们没拿刘庆邦的钱，那，同学们为什么说是你们拿的呢？为什么不说是别人拿的呢？难道就你们两个好诬赖不成！老师的结论使用了当时很流行的语言：群众的眼睛是雪亮的。这种语言好像很有威力，一下子镇得范俊生和张秀云无话可说。最后，老师宣布了处理方案，责成他们二人各赔我二分钱，另一分钱的损失由我自己承担，老师认为我对自己的钱保管不善，也应负一定的责任。现在想来，老师这样判案的确太武断了，明显的漏洞是，五分钱是一个钱，只能被一个人拿走，不可能同时被两个人拿去。可他俩都没再说什么。在全班同学面前，他们就这样背上了偷钱的罪名，他们大概感到很丢人，很冤屈，两人都哭了。特别是张秀云，她再也笑不出来，两行眼泪顺着鼻窝往下流。老师还有话，老师要求他们必须在下星期一把钱交给老师，再由老师把钱转交给我。老师问他俩听清楚没有。他俩流着泪点了头。

到了星期一，老师果然把四分钱交给我，是四枚硬币，每枚面值一分。当时我还没怎么长脑子，不懂得深究这四分钱的来历，但凭着天生的直觉，我感到这四分钱有些沉重。长大到了外面，我听人比喻有的人看钱重，说是一分钱掰成两半花。我老家不是这样说法，我老家的说法更独特一些，说是一分钱掉地上能粘块坯。前者尽管把一分钱掰成两半，终究逃不过一个花的命运。而后者钱还没花，就先粘了一块坯。我有四个一分钱，一分钱粘一块土坯的话，该是怎样的分量呢！当然了，他俩赔给我的四分钱粘的不是坯，恐怕是比坯更沉重的东西。

待我年龄稍大一些，开始有了一点想象力之后，我想到，因为赔我钱，那两位同学一定作了不少难，受了不少委屈。在散文里，我写的是"不知道他们怎样拼到了二分钱"，一笔就带过了。在这里，我想我应该稍微展开一些。

先说张秀云。张秀云家的日子一点也不比我们家好过。她父亲上年冬天饿得得了浮肿病，浮肿还没有完全消下去，人只能呆坐在墙根，还站立不起来。她哥哥是师范学校的一个学生，不幸被打成了"右派"。哥哥在学校里挨够了打，伤及内脏，人虽被发还回家，但跟一个丧失劳动能力的废人差不多。她母亲的外号叫"泪人儿"，因为她母亲的泪腺特别发达，跟人说不到三句话眼泪就下来了。就这样一个家庭，张秀云去跟谁讨要二分钱呢。张秀云把关于二分钱的重大事情埋在心里，一点也不敢提起。她不敢说明真相，也不敢编瞎话，二分钱把三年级的女生张秀云愁坏了。要是秋天，她可以拿上钉耙，到收过秋的红薯地里扒红薯，扒一天红薯卖二分钱大概不成问题。可现在是春天，场里光，地里净，田野里只有刚起身的麦苗，连可供割取的野草都没有，张秀云该怎么办呢。那天是星期日，明天就是星期一，老师给她的只有一天期限，她必须在那天把二分钱搞到。老师说一不二，对老师的话她不能打半点折扣。要是弄不到二分钱，她就没法去学校，也没法见老师，等于学也没法上了。因她哥哥上学上成了"右派"，父亲母亲都反对她上学，说你哥上学都没上出好儿来，你一个鳖妮子，上学有啥用。而张秀云是多么喜欢上学啊！母亲见她眼神不对，老是犯愣，吵了她，命她到麦地里挖野菜去。她心里正憋着屈，母亲一吵她，她的眼圈就红了。她母亲爱流眼泪，却讨厌别人流眼泪，仿佛别人流眼泪都是模仿她一样，母亲说，她要是敢掉一滴子眼泪，就拿针线把她的眼皮子缝上。

到了麦子地里，张秀云老往麦苗根部的土里瞅，她希望能从土里瞅出二分钱来。瞅着瞅着，她似乎看见，黄黑的土里真的有一道白，她把白东西抠出来，真的是二分钱。二分钱的硬币沾满了土，她把土一擦掉，硬币就闪出银光来了。张秀云正要高兴，一瞅眼，二分钱就消失。后来她总算在麦地里瞅到一点闪光的东西，那不过是一块碎碗的瓷片。她把瓷片擦了擦，还用舌尖舔了舔，装进口袋里去了。麦地里空旷无人，她可以随便叹气，随便说话，她说："老天爷，愁死我了，愁死张秀云了。"她又说："张秀云，你是个小偷儿。"听了这句，她吓得四下里乱瞅，连忙俯在地上说："大老爷，我冤枉啊，民女冤枉啊！"她还是赌咒："我要是偷人家一分钱，叫我从手指头烂到脚后跟儿。"

依我猜，张秀云最后是跟她姐夫要到的二分钱。我这样猜测是有根据的，那天下午我在河坡里拾粪，看见张秀云跟她姐姐一块儿到姐姐婆家的庄上去了。我上学以外的大部分时间都是在拾粪中度过的。不光是我，我们那里的男人出门都要带铁锨和粪筐，空着手出去转悠，就不算个持家的男人，就有可能被人说成是二流子。农耕生活是舞台，铁锨和粪筐就是我们那里的男人必备的道具。加上村里刚给每户分了自留地，拾粪更是重要日程。其实地里哪有多少粪可拾，拾粪在多数情况下不过是走形式而已。不少人拾粪是到集上的牲口行，见哪头牲口有撅尾巴的迹象，好多张铁锨会争先恐后地伸过去，几乎能把牲口的屁股铲破。我做不来在牲口的排粪口争粪的事，只能在河堤上、河坡里瞎转。不想转了，就躺在刚长出草芽儿的软地上晒太阳，或者眯着眼看天上的云在慢慢地移。我听见砖桥上有人走动，一看，正是张秀云和她姐姐。不知为何，我有点害怕张秀云看见我，赶紧转过身去。我想张秀云只要看见河坡里躺着一个人，就会认出是我。我把她得罪了，说不定她会在肚子里骂我。她在肚子里骂我管不着，她要是敢骂出声，我是不会答应的。我一上学就当班干部，这使我从小就有了不可侵犯的尊严感。

张秀云中午提着半篮子野菜回家，一看她姐姐来了，心中一喜，仿佛盼到了救星，她打定主意，要跟她姐姐要二分钱。她不说要，可以说借。她没敢跟姐姐轻易张口，她担心一张口，姐姐会问她借钱干什么，父母会听到消息，会坏了大事。她采取的是迂回战术，埋怨姐姐为啥不把她的小外甥带来，她可想小外甥呢！为了表示她想小外甥想得厉害，为到姐姐家去做铺垫，中午的饭她赌气不吃。中午不会有什么好饭，不过是野菜咸糊糊。

因姐姐回娘家来了，姐姐又带来了一些红薯干面粉，咸糊糊做得稍稠一些，不至于能照见人。就这样的饭，张秀云能做到咬牙不吃，是需要很强的意志力，并做出很大牺牲的，因为那时的人肠子都很薄，肚子里没有一点老底，每顿饭都是维持生命的饭。张秀云心里盯着大目标，显然把想小外甥的事做过头了。母亲骂她作死，不吃拉倒，饿死她才好呢。她为二分钱的事委屈，母亲一骂她，她借机把委屈发泄出来，泪珠子掉下好几对。母亲抓过笤帚把要抽她，被姐姐拦下了，姐姐对她说："你想小外甥，一会儿跟我去看他不就得了吗。好了，吃饭吧！"张秀云的目的达到了一半，才慢慢开始吃饭。

张秀云到了姐姐家，表现得对外甥小星爱不释手，她一口一口亲外甥的脸蛋，把外甥逗得"呀呀"地乐，还抱起外甥在村子里乱转，以致张秀云的姐夫都有些感动，他对张秀云的姐姐说："你看，秀云对孩子比你对孩子都亲，好像孩子不是你生的，是她生的。"这时候，姐姐和姐夫差不多都中了张秀云的计谋，因为张秀云还没有提二分钱的事，所以他们都不觉得。一到吃晚饭的时候，张秀云故技重演，又不吃饭。她跟姐姐说："姐，我给你省一顿饭，你借我二分钱吧。我的铅笔用完了，要买一支新铅笔。"姐姐说："借钱归借钱，吃饭归吃饭，省饭又省不下现钱，你还是先吃饭吧！"张秀云还是不吃。她想跟姐姐像平时那样笑一笑，让姐姐觉得她是一个调皮的妹妹。可她一笑却笑得很严肃，几乎把重大主题露出去了。她姐姐手里不掌握一分钱，只掌握柴、粮、盐等日常用的东西。姐姐把小妹借二分钱的事转告给张秀云的姐夫。姐夫一般来说不拒绝小姨子的请求，从口袋里抠出二分钱来，借给张秀云了。张秀云像是达到了最终目的，捏紧钱，星夜就赶回家去了。

再说范俊生。范俊生弟兄两个，跟他叔叔过活儿。叔叔是个瘸子，也是个寡汉。队里用大锅锥打机井，一根铁棍打在他叔叔的腿上，他叔叔的腿就断了。在此之前，队里天天派他父亲赶着牲口到冰冷的水里整稻田，他父亲得了伤寒病，死了。他母亲呢，在大年初一那天上吊，也死了。他母亲被人从房梁上卸下来时，我跑去看过，那种吓人的样子，不说也罢。我们家和范俊生家是邻居，我对他家的每个人都熟悉，说得上历历在目。看他们家人一个个闷头闷脑的样子，我怎么也找不出一点地主的特征，想象不出他们怎么就当上了地主。二分钱的事不会对他们家的消亡产生严重影响，但也不能说没有一点影响，完整的桑叶都是被蚕一口一口吃掉的。

范俊生没别的办法可想，只有在叔叔身上打主意。叔叔所穿的夹袄内侧有一个口袋，钱就放在那里面。口袋是叔叔自己缝制，很有深度。叔叔习惯在夹袄外面扎一根布带子，这样等于把口袋底部也勒住了，钱放在里面可以说万无一失。范俊生看见，叔叔买盐买煤油需要掏钱时，都是先把布带子解开，手再从内侧口袋深深地掏进去，把暖得很热的毛票或硬币掏出来。叔叔每次掏钱都不愿让他看见，目光很警惕。不光在钱的问题上，在一切家庭问题上，他们叔侄三人都心存戒备，互相排斥。比如说午饭是熬红薯干，红薯干熬熟了，谁先盛饭谁就捞稠的，剩下的是稀汤寡水。捞不到稠饭的人也不摔勺子，而是把锅底的柴草灰挖到锅里去了，让吃过稠饭的人喝不成稀的。吃过稠饭的人一看锅里成了灰汤子，并不生气，只恶毒地笑笑，把碗放下就完了。这样的叔侄关系，范俊生知道跟叔叔要钱是不可能的，他要提出跟叔叔要钱，只能增加叔叔的警惕性。唯一办法只有自己动手。白天，夹袄在叔叔身上穿着，叔叔两眼齐睁着，他没有机会下手。只能在夜间等叔叔睡熟之后，他才能试试自己的运气。范俊生懂得干什么事情都得往前赶，在星期六的晚上，他就把叔叔的口袋叮紧了。他们叔侄三个住一间土屋，叔叔睡一张床，他和弟弟睡一张床。那时他们家的四间高瓦房还在村中央存在着，鹤立鸡群一般，人称大堂屋。大堂屋是村里的会议室，是政治中心。范俊生的叔叔什么时候需要挨批斗了，才有资格走进去。为了引导叔叔早睡，范俊生早早就睡了。他又一想，不妥，人睡得越早，睡的时间越长，越不踏实。他又起来了，想闹出一些动静，把叔叔像熬鹰似的熬一熬，把叔叔熬乏了，叔叔睡觉就死性了。然而屋里没有任何可供闹出动静的东西，三个和尚不光没水吃，连闹点动静也难。他在屋门后的空尿罐里撒了一泡响尿，仅此而已。响尿的效果不错，叔叔骂了他。叔叔原来骂他都是骂他妈："我日死你亲妈！"为此他用头把叔叔顶翻过，叔叔就不那么骂了，叔叔的骂改成："我日我那亲嫂子！"这样一来，他说他骂的是他自家的亲人，别人就管不着了。范俊生对叔叔恨得咬牙切齿，却不知回骂叔叔什么好，骂什么都脱不了干系，都等于骂自己的祖宗。范俊生经过思考，把叔叔骂成瘸骡子，"你个瘸骡子！"叔叔很快领会了被骂成瘸骡子的含义，他不想承认，哼哼唧唧，说："我是不是骡子，只有我嫂子知道，说不定，你还是我的种儿呢！"范俊生说："你是个驴杂种！"他们的对骂一点也不激烈，就那么慢声细语，跟说相声差不多，范俊生的弟弟时常被他们逗得嘻嘻发笑。

　　叔叔总算睡着了，但是月光很好，月光从窗口照进来，屋里的一切都朗然在目。范俊生对这样明亮的月光很不满意。他又静等了一会儿，抬头看看，叔叔确实睡沉了，月光照在叔叔脸上一片青。他这才悄悄下床，爬到叔叔床前，把头隐蔽在床帮下边，伸手去够盖在叔叔身上的衣服。他刚摸到叔叔夹袄内侧的口袋口，这时叔叔翻了个身，嘴像猪一样吧唧了几下。他吓坏了，赶紧缩回手，趴在地上不敢动。他觉出他的心一撞一撞动得很厉害。叔叔翻身翻得脸朝里，为他得手创造了条件。他再次行动时，手顺利地插进口袋底部，摸到了两枚小硬币，还有一枚大个儿的硬币，估摸着是一枚五分的。范俊生本想把五分的也连窝端走，犹豫了一下，把大个儿的硬币又放回去了。

早上一起床，范俊生的叔叔就发现失窃了，他问范俊生及其弟弟，谁动他的钱了，范俊生和弟弟都不说话。叔叔一指范俊生："肯定是你，把钱给我交出来！"

范俊生说："真没意思。"

"什么有意思没意思，你把二分钱交出来咱善罢甘休，是两个一分的，我不会记错。"

"怪不得人家说堡垒最容易从内部攻破，别人欺负我们还不够，你也帮着欺负我们。"

叔叔一把揪住了范俊生，开始搜身。别看叔叔是个瘸子，手劲却很大，他拉住范俊生的手腕子，范俊生又踢又转，怎么也挣不脱。说话间他搜了范俊生的口袋，没发现有钱。他用手捏住了范俊生的脖子，让范俊生张嘴。范俊生把嘴张开了，舌头也伸出来了，还是没钱。那么，叔叔就命范俊生把鞋脱下来。鞋是万万脱不得的，那二分钱就在鞋里。范俊生急了，喊道："地主分子要杀人啦，快来人哪！"

范俊生这一招打在了叔叔的痛处，趁叔叔一愣神，他逃脱了。他一逃脱，叔叔就追不上了。叔叔追出门外喊："范俊生，你是个小偷儿，你回来。"叔叔还对路上一个拾粪回来的人喊："截住那个小偷儿。"

范俊生一整天都没敢回家，到父母坟前躺着去了。叔叔喊他小偷儿，他想，我是小偷吗？在拿叔叔的二分钱之前，我从没偷过别人一分钱的东西，可现在……

张秀云和范俊生都是无辜的，二分钱的事一定在他们心上留下了深刻的创伤。从那以后，他俩不再理我，不理我的表现就是不再跟我说话。互相不说话这种情况，小孩子之间有，大人之间也有。人际关系恶化到最严重的程度，就拿不说话来表示。它是记仇的一种方式。我老家地处中原，不说话这种奇特的现象，一定有着深远的历史文化渊源，或者说其中定有掌故，只是我不了解罢了。它类似人与人、国与国之间的绝交。让人佩服的是，我们那里的人把这种方式运用得相当成熟，在低头不见抬头见的情况下，竟能做到长期不说话，长期地回避。张秀云、范俊生不跟我说话，我也犯不着主动和他们说话。我们之间出现矛盾是在三年级，直到初小毕业，其中有一年多的时间，我们都互相躲避，不说一句话。我和张秀云不说话好办一些，她是女生，我是男生，男生女生之间本来就不怎么说话。而范俊生不和我说话就显得我们矛盾很突出，因为男孩子在课间休息时总爱在一起打闹，他见我在那里就躲开了。有一次，同学们以搞团结的名义，几个同学捉住范俊生，几个同学捉住我，像闹洞房似的硬把我们往一块拉，意思是让我们说话、和解。我们都有说话的愿望，但表面上像受了侮辱一样，样子很恼怒，我们使劲挣着，不光骂了同学，还往地上吐了唾沫。从此，范俊生更没理由和我说话了。

范俊生后来和叔叔视若仇敌，叔叔动辄就骂他是小偷儿，让他滚蛋。范俊生真的出走了，一走数年没有音信。有一年，我在公社里参加学习某某著作讲用团，听说公社押回几个流窜犯，我过去一看，其中有一个是范俊生，他衣衫褴褛，被麻绳五花大绑着。我对范俊生深表同情，想过去和他说几句话，安慰他。可他一看见我，很不友好地使劲把脸扭到一边去了。范俊生被押回时间不长，又跑走了，这一走就失踪了。

张秀云早就嫁到别的村去了，成了人妻人母。

一晃三十多年过去了，许多同学我都忘了名字，只有范俊生和张秀云，我怎么也忘不下。我想，这是因为那五分钱联结着我们。我常常想，如果有机会见到他们两个，我一定要提起那五分钱的事，请求他们原谅我。我担心的是，恐怕这一辈子我也不一定有机会见到他们两个了。

按页数算来，这篇小说预定的字数已经够了。如果再想象下去，这篇小说还有文章可做，比如，到底是谁拿了我的钱呢？这一直是个悬案。我想，那个真正拿了我的钱的同学，看着别人受屈，心里一定不好过，那五分钱会像磐石一样压在他心上一辈子。还有，我那断案的老师日后会对他的武断造成的后果做何感想呢？好了，这篇小说就暂且写到这里吧。

美少年

后半夜，文周摸黑出村，潜进一块玉米地里。他没有马上动手，先伏在地上观察动静。玉米地里黑得跟泼了浓墨一样，他什么也没看到。没有风，玉米叶子不响。他听见了自己的心跳和远处蛤蟆的叫声。心跳持续不断地拍打着下过露水的潮地，有些沉闷。而夏夜里的蛤蟆发声嘹亮，如同号角。文周把刀子顺出来了，握紧了刀柄。他的刀子是用一根钢锯的锯条磨制的，尖端斜签着，刀口锋利，在白天老是闪射着太阳的光芒。即使在夜晚，他似乎也能看见刀面的余光。刀柄处缠了布条和线绳，握起来相当得势，顺手。文周今晚不是要杀人，他捅杀的对象是那些手无寸铁的玉米。玉米秆儿的玻璃光面还没长出来，根部包着一层层绿叶的裤子，嫩得一掐一股水，很便于穿刺。他把刀尖贴地皮对准一棵玉米，没费什么劲，玉米就被刺了个透心凉，刀尖从那面穿出来。玉米不会惨叫，也没有流血，他只闻到一股青苗的腥气。有时把一只刚吃饱的大青虫拦腰斩断，散发出来的就是这种气息。文周本来可以用刀子一侧的锯齿把玉米苗子彻底锯断，放倒，那样干省事得多。可按他的设计，就是要利用条形刀恰到好处的宽度，既把玉米致命的中心部分刺断，还要使玉米根部两边的青皮连接着，让玉米保持着一种虚假的站立姿势。这样，在太阳未升高、露水没落下之前，玉米苗子还是绿鲜鲜的，像是完好如初，皮货不会发现什么破绽。等到日头变毒，玉米叶子上的露水蒸发掉，那些被捅坏心脏抽出灵魂的玉米就该发生变化了。也许就在皮货的眼皮子底下，玉米苗子很快发灰，变软，直至枯萎。他似乎已经看见，狗日的皮货大惊失色，转着圈子看天看地，而后扑在地上，两手像土拨鼠一样对猝死的玉米青苗刨根问底。皮货首先想到的怀疑对象定是地狗子。地狗子是一种很肉头儿的白虫子，专爱吃禾苗的根，它在土里把禾苗的根一掐断，禾苗必死无疑。皮货扒不出地狗子，最终有可能会查出玉米身上的刀伤。看到他的长势良好的玉米成片地被人杀死，不知他会恼恨成什么样呢！

文周就是要让皮货尝尝恼恨的滋味。他以前恼恨皮货，现在他用这种暗杀玉米的办法让皮货也恼恨，却又找不到恼恨的方向。每捅死一棵玉米，他都能和皮货联系起来，上一刀捅进皮货肺管子里去了，这一刀捅的是皮货的蛋根子，他捅得相当解气，充满快感。在地块中间，他大约干掉了几十棵玉米，便在夜幕的掩护下，撤了。有一只鬼头鬼脑的过路野兔干扰了一下，不然他杀死的玉米会更多。

半晌午，文周预期的事情发生了，皮货在村长家门前嚷嚷起来。文周家离村长家不太远，文周躲在自家屋的茅房里，能把村长家门前发生的事情听得一清二楚。往日这个时候，他早就拿上钓鱼竿，独自一人到东河钓鱼去了。今天他迟迟没有出门。如同播下种子就难免等待收获一样，他报复了皮货，还要看看效果如何。皮货的反应是强烈的，他抱着已经发干哗哗作响的玉米苗子，把根部齐齐的茬口给村长看，干架似的向村长告状，断定有人向他下毒手了。不一会儿，村长家门前就来了好多人，比村长召集开会喊人要来得快。连文周的娘也凑过去了。皮货在人群里激情地转来转去，把玉米苗子作为罪恶的证据发给众人，让大家帮他验证罪恶。他说："我以为是地狗子咬的，一看，不是，是人……狗子干的。"皮货恼怒得有些结巴。在此之前的一天夜里，文周把皮货堆放在玉米地头的麦秸垛点着了，那次皮货没这般恼怒。因为村里许多人家的麦秸垛都被人点过，村长家的麦秸垛几乎每年都被人点。皮货像沾了什么光一样，有些得意，说他正想把麦秸垛烧成灰沤粪，就有人替他把好事做了。这一次看来是刺中皮货的痛处了。众人对这件事的看法是一致的：害青苗如害人命，这种事不得了。皮货开始无所指地骂人，往上骂得很高，往下骂得很低。他要求"有种的站出来"，发誓一定要逮住杀青苗的凶手，把凶手的人皮扒下来，塞上麦糠。文周不由得把自己腿上的皮摸了一下，觉得又紧又薄，跟里面的肉贴得很紧，扒下来不是那么容易。吹牛皮，说大话，文周在茅房里长满绿苔的墙后面笑话皮货了。文周在一片为皮货帮腔添骂的人声里，听见自己的娘也在协助皮货骂娘，他觉得不便多听，就从茅房里退出来了。

文周去东河并不指望钓到多少鱼，他是借钓鱼打发时间。文周今年十四岁，正是上学的年龄。他不去上学了，不钓鱼干什么呢！在学校，文周的学习成绩不算坏，每次班里排分，他都在前十名。可是，班里那些同学老是拿他姐姐说事，对他指指戳戳。有的同学跟他稍有矛盾，就骂他是"野鸡的弟弟"。他实在有些受不了。他跟皮货记仇，也是因为姐姐。那天午后，皮货在柿树下的草地上坐着吃一根新黄瓜，见文周路过，皮货老远就跟他打招呼，热情地让他过去吃黄瓜。自从离开学校后，文周神情阴郁，整天不说话，目光里充满敌意。村里人对他姐姐的非议比学校的同学更甚，话说得更难听。他用自己不断成长的敌意跟村里人作对。他当然不会搭理皮货，扭过脸一直往前走。皮货把黄瓜一撅两截，从树荫下跑过去，硬把一截黄瓜塞给文周，说："咱弟兄俩，你跟我外气什么！"拉文周跟他一块儿到柿树下的草地上去吃。文周不理解皮货为什么对他这样友好，皮货刚开始说的几句话还让他有些感动。皮货说："咱们两家在这个村都是外姓人，你我弟兄俩得团结起来跟他们干。今后谁要是敢欺负你，你就跟我说，我替老弟报仇。"但皮货很快就把话头转到他姐姐身上，问他姐姐什么时候回来。文周说不知道。皮货夸文周的姐姐长得真是好看，"我敢说，咱们这里方圆几十里，你姐好看数第一。过年时你姐回来，我觉着村里咋那么明亮呢，乖娘子，原来是你姐的脸盘子照的。你姐身上的那股小香风，走到哪里刮到哪里，把好多人的鼻子头都闻长了。茅房臭不臭，你姐进去一蹲，里面准变得香喷喷的。"皮货两眼放光，兴奋得两只手直搓摩。

文周不愿意让人提到他姐姐，一提到他姐姐，他就很警惕，眉头皱紧，黄瓜也不愿吃了。

皮货自我陶醉得有些收不住嘴，还有话对文周说："人家都说你姐在城里不正干，挣的是不干净的钱，我不这么认为。别人嫌弃她，我不嫌弃。回头跟你姐透个话儿，让她嫁给我算了，出不了一年，我保准让她给你生一个小外甥。"

文周把黄瓜摔碎在地上，骂了皮货的娘，站起来走了。

皮货对文周拒绝的态度一点也不计较，此后他老是纠缠少年文周，拿文周的姐姐过嘴瘾。皮货是个寡汉条子，三十多了还没尝过女人的滋味，他的欲火正在旺头上，恐怕谁也挡不住他口里冒点邪气。他一厢情愿，自称是文周的姐夫，并派给文周一个"俺小孩儿他舅"的狎昵称呼。他仗着自己腿粗拳头硬，有一把子成年人的力气，而文周年少体弱，力气还没长全，有时当众强行从后面搂住文周的小肩膀，让文周喊他姐夫。文周越挣扎，他搂得越紧，越对文周表示具有亲戚关系般的亲热。文周的父亲外出打工，死在异乡，皮货大概觉得，他跟文周一个毛孩子开什么样的玩笑都无所谓，都不会有人干涉他。看来皮货错了，他忽视了文周也是一个男人。文周的年龄是小一些，他的自尊心并不弱，人们对他姐姐的议论，使他的自尊反弹似的膨胀起来，几乎达到病态的程度。他的力气是不够大，但他的心劲很大，而任何可怕的力量，都是从心上增长出来的。还有，少年人的心是最不敢轻慢和伤害的，比如一棵小树，在它的嫩皮上划破一道小口，长大后树干上就会瞪起眼睛大的伤疤。随着树身长粗，"眼睛"越瞪越大，让人心里发毛。文周对皮货的仇恨就是逐步扩大的，他觉出皮货是在侮辱他，欺负他，他对皮货的反感就变成了仇恨，一般的仇恨变成了刻骨的仇恨。

　　鱼漂吃进水里去了，文周一提鱼竿，钓到了一条格牙。格牙通体金黄色，身上走着一些褐色的花纹。一落地，格牙就把背上和肚子两侧的三根利刺向不同方向挺开，"割鸡割鸡"示威似的乱叫。格牙的叫声不知从哪个部位发出来的，声音颤得像带了某种电流一样，听了让人麻心。文周把格牙摁在地上摘钩。格牙嘴大，吃钩也猛，它把带倒刺的钢钩一家伙吞进肚子里去了。文周连带着把格牙红色的胃囊子一块拽出来，才摘下钢青色的鱼钩。

文周没有像以往做的那样，在岸边挖个水坑，把格牙养起来。旁边有几棵长势挺拔的新苇子，他利用格牙背上的利刺，把格牙脸朝上肚皮朝外，扎在其中一棵苇子上了。如果苇子是一根斩桩，那么格牙就是一个死犯，他把死犯固定在斩桩上，却又不立即问斩，以欣赏的目光看着死犯最后的表演。死犯每扭动一下，斩桩就随之晃动。在夏日的阳光里，死犯的肚皮金黄中透着莹白，给人一种细腻润滑的质感。死犯美丽的肚皮一开始还能翕动，后来就小腹下垂，暴尸空中。文周想，要是能像整治格牙一样整治一下可恶的皮货就好了。皮货是村里有名的赖货，没有人看得起他。据说这赖货劣迹斑斑，在暑季的夜里，他躲在苇子丛里，偷看妇女洗澡，装神弄鬼往水里撒土。邻居家有一只小羊跑到他家去了，他关上门，硬把小羊欺负得大声惨叫。皮货的手脚子也不干净，偷鸡摸瓜的事干得得心应手。文周敢肯定，皮货那天吃的黄瓜准是从别人家地里偷的，因为他的地里根本没种黄瓜。皮货想把文周看成跟他是一路人，想让文周与他同流合污，或者说，皮货企图把文周当成玩弄的对象，算皮货瞎了狗眼。为姐姐的事，文周积了满肚子莫名的恶气正没地方出，做梦都想逮个人来拼一拼，可以说是皮货自己找上门来，撞在他的刀口上了。

皮货到河里挑水，补栽玉米苗儿，碰见在河边钓鱼的文周。皮货很惊喜的样子，问文周钓到了几条鱼。文周瞅着水面上的鱼漂，不吭。现在他不能听见皮货说话，一听见就肚里滚疙瘩，恨不能扑过去掐住皮货的脖子，一口气把皮货掐死。皮货说："你知不知道，哪个小舅子昨天夜里把老子的玉米捅死了几十棵，他娘那个水门的，我得罪谁了，这不是成心欺负老实人吗！"皮货用钩担一头的铁钩子钩着一只铁水桶，嗵地扔在文周钓鱼的地方，说："哎，你是我的真小舅子，我可没骂你，我疼你还疼不够呢。别钓鱼了，来，帮姐夫我栽玉米吧。"

文周不钓鱼了，他收起钓竿，对皮货呸了一口："我日你祖奶奶！"骂了皮货，他沿着河坡往南走了。皮货喝他"站住"，命他"回来"，他梗着脖子，不理皮货那一套。皮货像是悟出了什么，对着文周的背影大声问："我的玉米是不是你捅死的？"文周当然不会承认。皮货威胁文周，说要是查出捅死玉米的事是文周干的，他不把文周的一对蛋子儿挤出来，就算对不起文周。

文周连着两个晚上没有出门。他家院子门前有一条水坑，水坑外沿盖着一间炕烟叶用的土坯屋。他隔着门缝隐约看见，有一个人躲在烟屋的墙拐角后面，老鳖样的脑袋一伸一缩正向这边观察。他猜那个家伙可能是皮货。他爬上院子里的一棵椿树，换了个角度一看，果然是皮货。皮货顺手揪下挂在墙上的干烟叶卷烟抽，打火机一照，皮货的丑恶嘴脸就暴露出来了。皮货这样的做法让文周觉得可气又好笑。看这样子，皮货不但怀疑上他了，还学电视上私家侦探的模式，想来个自己破案。不是他笑话皮货，就皮货那缺心少肺的笨球样子，哪里是他文周的对手。文周下了树，打开院子的木门，走出来了，他故意开门开得很轻，给皮货一个错觉。来到坑边，他就站下不动了。外面很黑，坑里的水也是黑的。有个别星星映在水里，刚要发光，岸边的蛤蟆往水里一投，星光就破碎得看不清了。文周能想象出来，藏在墙角后面的皮货一定很兴奋，很紧张，皮货等他往地里走时，会在后面悄悄跟踪，在他毁玉米时当场抓住他。然而文周就是要让皮货瞎兴奋瞎紧张一场，在静默中和皮货保持对峙的局面。不一会儿，皮货就顶不住劲儿了，匍匐在地上，如爬行的巨型四脚蛇一样探出了脑袋。文周不失时机地褪下裤子，冲着皮货探头的方向，往水坑里撒了一泡尿。他的尿压不错，尿的扬程比较高，落在水里哗哗作响。撒完尿，他就进了院子，把门掩上了。他没有马上进屋睡，继续通过门缝看皮货有何反应。这个狗东西从墙角后面转出来了，也回敬似的往水坑里撒了一泡尿。由于皮货使劲往文周家院门口挺着肚子，尿得也不算低。皮货大概有些失望，踢踢腿要走开。文周不能放他走，猛地把院门拉开了。这次木门响声很大，"吱呀"叫了一声。皮货受惊不小，赶紧弯下腰，蹿到墙角后面去了。当晚，读过计谋大全的文周，把院门关了三次，开了三次。皮货想走又舍不得走，捉人又抓不到证据，被文周调动折腾得够呛。

　　姐姐从城里来信了，还寄回几百块钱。邮递员把信和汇款单送到村长家里，村长用大喇叭通知文周的娘去取。村长家离文周家不算远，不知为什么，姐姐来了信和寄了钱，村长从不给文周家送，都是打开大喇叭广播喊人，村长一广播，全村人都知道了，对姐姐的许多流言蜚语都是由此而起。这次村长广播是在中午，娘去赶集还没回来，文周只得去取。村长只把信件交给他，却不让他取汇款单。村长认为他还是个孩子，这么多钱不能交给一个孩子，还是等他娘回来再取稳妥些。文周拿了姐姐的信出门，不料广播把皮货也招来了，皮货凑上去让文周把信拆开念一念，"看你姐想我了没有？"文周把信捏紧，让皮货"滚你妈的蛋"。皮货瞪起眼，欲跟文周来武的，见村长从屋里出来了，正颇有兴致地看着他跟文周闹，没有动手，还是文的，说："你姐寄回那么多钱，也不分给你姐夫花点。你姐在城里卖钱的那玩意儿，可是属于我的，你小子知道不知道！"皮货说着，讨好儿似的对村长笑，文周气得小脸儿惨白，弯腰捡起一块烂砖，向皮货脑门子砸去。皮货一闪，躲过了。皮货指着文周说："好你个小子，你敢砸我！写个回信告诉你姐，让她赶快回来，她那玩意儿别让城里那些王八蛋再用了，用漏了底我就不要她了……"

　　文周插上了院子的大门，拆姐姐的来信，信封上写的是他的名字，信的内容也是写给他的。姐姐听说他辍学了，信的主要意思是劝他重返学校读书。姐姐说，农村的孩子有啥指望，唯一的指望就是念书能念出来。要是不念书，这一辈子就算完了。这次寄的六百块钱，就是供他上学用的。只要他用功上学，姐不怕花钱，他上到哪儿，姐就供他到哪儿。姐姐把他写成"我的好弟弟"，"就算姐姐求你了，你一定要好好上学，为咱家争气啊！"姐姐还在信中提到他们死去的父亲，说父亲要是有文化，有本事，就不会死得那么冤。看着看着，文周的眼睛有些模糊，一揉，沾了一手湿。他流泪了。父亲是前个冬天死的。那天下着小雪，父亲和另外两个人往大卡车上装盖楼用的预制板。车斗子里装满预制板后，那两个人到驾驶楼躲风雪去了，只剩下父亲一个人站在车斗子前面事先留下的一个很小的空间里。卡车跑动中间猛一刹车，预制板滑过来，把父亲的胸部顶撞在铁车帮上，死死挤住。父亲来不及呼喊一声，内脏就被挤碎了。父亲的尸体运回家后，眼睛还暴突地大睁着，眼皮怎么也盖不上。城里人说这起死亡事故是父亲违反操作规程，自己造成的，不愿赔钱。姐姐一次次到城里跟人家讲理，交涉，钱没要回多少，姐姐却回不来了。姐姐说她在城里找到了一份工作。文周不知道姐姐找的是什么工作。文周不相信姐姐会像同学们和村里人说的那样，但文周拿不出有力的证据，证明姐姐不像别人说的那样。姐姐过春节时回来，文周见姐姐穿戴打扮上确实变了。姐姐穿着带大毛领的皮衣服，光手上的金戒指就有三个。其中一个金戒指是缠丝蝴蝶形的，在姐姐手指不动的情况下，蝴蝶的翅膀也乱颤颤，飘飘欲飞。姐姐时不时地从随身带的小包里掏出镜子左照右照，拿出各色东西往脸上抹，眼圈上画，嘴唇上涂。这些东西遮住了原来的姐姐，使姐姐变得跟电视上的城里女人一样，文周觉得姐姐都有些陌生了。尽管如此，姐姐毕竟是跟他一娘同胞的亲姐姐，他不能容忍别人对姐姐说三道四，横泼污水。特别是像皮货那样的下三烂，自己是条小鱼儿，被大鱼追得团团转，却想把文周一家人当成是虾米来吃，文周岂能容他得逞。

这天后半夜，文周又采取了一次行动，把皮货的玉米毁坏不少。行动前，他先到皮货家门前侦察过，听见皮货睡得跟猪一样正打呼噜，他才潜进地里去了。这次他没给皮货留什么面子，用刀子上的锯齿直接把玉米苗割倒了。他放倒的玉米棵数比上次多得多，连皮货补栽的新苗，也被他连杀带铲，全部干掉。

皮货这次闹得动静比较大，他不仅报告给了村长，还按村长的提示，带着香烟，把镇上派出所的公安人员也请到了玉米地现场。派出所的人是开着摩托车来的，把村上的人都惊动了，大家纷纷拥向地里看热闹。村长挺在行地用土坷垃在小路上画了一道线，不许人们进地，说是要保护现场。公安人员把一大片倒地的玉米看了看，很快得出结论，这是有意破坏青苗，是犯法行为。至于犯罪嫌疑人是谁，恐怕还要仔细摸底排队。初步调查工作在村长家里进行。当事人皮货怀疑这事是文周干的。公安人员问他有什么证据。皮货把脑门子上的皮皱在一块儿使劲想了一会儿，没说出什么证据。村长说："没证据的话不能瞎说。文周还是一个孩子，他跟你没冤没仇的，为啥要毁你的玉米！"文周的娘每次到村长家领取姐姐寄来的汇款单，都按一定比例给村长提取不小的费用，村长总算没帮皮货说话。皮货大概觉得不说出一点证据来是说不过去的，于是说："我跟文周开玩笑，让他姐给我做老婆，他当真了，骂过我，好像还有点恨我。"公安人员让他说下去。皮货说："文周他姐在城里卖阴东西，谁稀罕她！白送给我我都不要。"公安人员问他还有什么线索。他不懂"现锁"是哪种锁，一时有些愣怔，脑袋打不开锁了。村长和公安交换了一下眼神儿，让皮货走了，说以后需要情况时再找他。

文周没有像姐姐恳求的那样，重返校园读书。除了钓鱼，他又给自己安排了一项意义非凡的活动——练武。他从镇上买回一本有关少林功夫的书，对照书上的图解，把自己关在院子里，一招一式进行苦练。他闭着嘴，怒着目，一拳一脚似有所指，每次都练得大汗淋漓。很显然，我们的还没长胡子的少年文周，胸中已怀有远大目标。他的目标是他的秘密，别人不好妄猜，也许跟"搭救""浪迹""江湖"这类沉渣泛起的老词儿没有什么关系吧？

皮货被割倒的玉米没有再补栽。夏至时赶时，时令已过，补栽来不及了。被割断的玉米茬子，皮货也没刨，大面积地保留着受害的根据。好像茬子一刨去，破案的希望就不存在了。然而公安人员再也没来过，破案的事便没了下文。这时，玉米地里出现了令皮货意想不到的景象，那棵棵玉米的断茬中心竟抽出了新芽，新芽长得很快，近乎只争朝夕，天天向上。有经验的人告诉皮货，新的玉米芽子会追赶上来，秋后不耽误收玉米棒子。皮货有些大喜过望，见人就报告好消息。他甚至说这是天意，老天爷不灭他，别人也没有什么办法。皮货也有些担心，倘若那在暗处的家伙再对他的玉米动杀伐，玉米恐怕就彻底完了。晚上，皮货抱起一领秫秆箔和一床被子，到玉米地的地头睡去了，守护着他的玉米。

　　文周和皮货再度狭路相逢是在一天午后。皮货在地里给豆子锄草，远远看见文周拿着钓鱼竿去东河钓鱼，赶紧藏进别人家一块枝叶茂盛的高粱地里去了。待文周走过来，他猛地从高粱地里蹿出来，横着锄杆拦住文周的去路。文周吃了一惊，不知皮货要干什么。皮货厉声质问："说，我的玉米是不是你割的？要是不说实话，老子剥了你的皮！"文周说："你敢！"文周不想被皮货纠缠住，又不能原路退回去，那样的话，于自己的男子汉气概和近日所练的武功都不好交代。文周斜着往豆子地里插，想绕开拦路的皮货。皮货放下锄，扑过去把文周捉住了。他两只粗壮有力的大手分别抓着文周的两只细手脖子，任文周怎么挣也挣不脱。皮货有些得意，说："小兔崽子，你逃不出如来佛的手心儿。"文周的手使不上劲，就用脚，他一脚踢在皮货的小腿杆子上了。文周这一脚是用了功的，按他的设想，即使不能把皮货的腿杆子踢断，至少可以把狗日的踢倒。可皮货没有任何受到重创的反应，只咦了一下，抬脚反击似的朝文周的双腿扫去。只一扫，文周就双脚腾空，倒在地上。皮货就势压在文周身上了。这块豆子地是别人家的，皮货不在乎把豆棵子压倒。

　　当身子底下压着一个人时，血气方刚的皮货转变了思路，他不再关心哪个毁了他的玉米，转向关心文周的姐姐。他逼着文周作出回答，让不让日他姐姐。文周的回答很明确："日你姐！""好，我让你日。"接着，皮货用极其不堪入耳的下流语言，贴近着文周的脸，骂了文周姐姐许多动作性很强的肮脏话。

他也许把文周当成文周的姐姐了，一边重复骂着一些话，一边往下撕文周的裤子。文周意识到皮货要干什么，腾出一只手，从口袋里摸出那把尖刀，在皮货大腿上刺了一下。皮货疼得惊叫一声，跳将起来。他腿上的皮肉被刺得翻开了，血流了出来。看见文周手持的刀子，皮货眼都红了，思路又转了回来。他断定这把刀子就是文周两次用来捅割玉米的凶器。镇上派出所的公安人员要他提供证据，他明白了，这刀子就是最有力的证据，他一定要把刀子缴获过来。他伸手夺刀，文周把刀的尖头对他挥舞着，不容他接近。他退到放锄头的地方，抄起了锄头。刀子是短武器，锄头是长武器。得到长武器的皮货马上得到优势。文周不敢恋战，欲转身逃走，钓鱼竿也不打算要了。皮货不等文周转过身去，锄头一伸，扒在了文周头上。他的锄头是歪着打出手的，本意是用锄钩钩住文周的脖子，把文周摞倒。文周的脖子本能地一缩，锄头就扒在人头一侧，把文周的头皮扒破了。有一块翻毛儿的头皮耷拉下来，几乎遮住了文周的一只眼睛。文周顿时血流满面，成了一个血人。这时的文周反而不逃了，浴着血，举着刀，向皮货冲去。他跟皮货拼了。

这一回合败阵的是皮货，他被文周满脸花的凶样子吓住了，用锄头招架着文周的疯狂进攻，伺机逃跑，临逃前，他又慌乱地用锄头朝文周抡了一下子。这次他没敢用锄头的正面，用的是锄头的背面。锄头的正面是带刃的锄板，背面是铁棍一般安装锄柄的铁裤子。随着"铁棍"的落点落实在文周的耳门，文周十四岁的人生便落幕了。文周的两个耳孔都流了血，再也不能站起来向天地谢幕。

把塘里的鱼一次性地全部捕捞出来，这里的人们说成是起塘。起塘的日子是人们的节日，是鱼们的末日。

大鱼早就料到会有这一天，他的一生仿佛都是为这一天预备的。这一天真的来到了，大鱼还是感到有些悲痛。起塘的消息大鱼头一天就知道了，他和所有的鱼一样，只得等着接受这个无可奈何的现实。头天晚上，不管是成年鱼还是未成年鱼，都不再吃东西，不再串门儿，连话也不说了，塘子里显得静悄悄的。大鱼潜在水底沉思了一会儿，也没想出什么名堂。在这最后的夜晚，任何思想都是苍白的，可笑的。他把头轻轻摇了一下，觉得还是利用有限的时间，把这个可爱的世界再看一眼好一些。

这个庄的鱼塘是绕着庄子开挖的，有的地方窄，有的地方宽。最宽阔的塘子在庄子的西南角，水面白茫茫的，恐怕比队里打麦场的场面子还要大许多。庄前有砖桥，庄后有吊桥，整个鱼塘是连通的。据说，这个庄的鱼塘以前并不是为了养鱼，是防范土匪用的，后来土匪没有了，肥水闲着也是闲着，人们就在水里放养了鱼苗。塘里的水并不流动，但鱼们可以随便走动，想到庄东庄西都可以。大鱼年轻的时候，曾在一夜之间绕着庄子跑了九九八十一圈。跑着跑着，还愿意噌地跃出水面，来一个漂亮的侧身空翻。今晚大鱼是没这个兴致了。再说，他身子沉沉的，已跳不动了。大鱼走到一片荷塘，没有停留就过去了。他知道的，荷虽然也是水里生水里长，和他们是近邻，但人家都是把荷苞举出水面，把花朵举向空中，花莲子上还长满了刺，清高得很，他只能对荷敬而远之。走到一片菱角塘，大鱼稍微停了一会儿。菱角秧子愿意跟大鱼拉拉手，表面上对大鱼还算客气。实际上，菱角对他们鱼类最终也是存有戒心的，这体现在每个菱角的果实上都长有两根刺，刺又硬又尖锐，果实落进泥里多年，刺都不失锋芒，鱼嘴都碰不得。显然，菱角上的刺主要是针对他们的，只是彼此心照不宣罢了。走到芦苇塘里，大鱼的心情才放松了。芦苇从来不嫌弃他们，愿意与他们为伍，有时还为他们提供保护。春天，他们吃去附着在芦苇芽子上的小虫子，而后在苇芽子根部蹭鳞。夏天，他们乐意叼住拔在水中的苇叶奋力一拉，把落在芦苇上的小鸟或蜻蜓吓飞。太阳毒辣时，他们成群结队地到芦苇丛里来乘凉。夜里有人下钩偷鱼时，他们躲在苇林里就没事了。大鱼一直对芦苇怀有感激之情，在上路远行之前，不和芦苇告别一下是说不过去的。他在芦苇丛里游得慢慢的，几乎与每一株芦苇都打了招呼，说了再见。他看见，芦苇的穗头已抽出了芦穗，这说明夏天快要结束了，秋天就要来了，秋天一到，芦苇很快就是满头白发。大鱼原以为芦苇还很年轻，不料芦苇的生命也是有限的，他只顾自己伤感，差点把芦苇的伤感也勾起来了，真是对不起芦苇啊！

出了芦苇丛的大鱼觉得眼前一明，抬头往上一看，原来是月亮升起来了，月光正照着水面。看样子，月亮再有两三天就圆满了，而他，再也没机会看到圆满的月亮了。想到这一层，大鱼再也抑制不住彻心的悲痛，眼泪哗地就流出来了。大鱼只在水里流眼泪，一旦出了水面，就是有天大的伤感，他也把眼珠使劲绷着，决不让泪珠流出一颗。这是他们做鱼的规矩，也是做鱼的志气。还有，别看大鱼的眼泪流得很汹涌，他一点也发不出声音来，连饮泣的声音都没有。他不能影响别的鱼，不能带一个不好的头。他知道，这时倘有一条鱼不小心哭出声来，满塘的大鱼小鱼都会跟着号啕大哭，那样就不好了，就显得太作悲了。

　　庄上的"节日"气氛越来越浓，家家都为起塘的事兴奋着。过大年的前夜，他们没有如此兴奋。过年是消费，而起塘却意味着收获。在五月里开镰收麦的时候，人们有过类似的兴奋，因为收麦也是收获。然而起塘与收麦有所不同，收麦是固定的、文明的、可以预知的收获，起塘是活的收获，带有狩猎的性质，点燃的是人类原始生命的欢乐之火。再者，每个人能猎获多少鱼事先是不可知的，也许能逮到好几条，也许一无所获。说白了，起塘带给人们的是一种神秘感，是紧张的兴奋和兴奋的紧张。起塘前夜，当大鱼和他的同胞们以各自的方式向现存的世界默默告别时，庄子里也有许多人睡不着觉，他们把所有的渔网都拿出来了，一遍遍地检查网是否结实，是否有漏洞。如果有漏洞，他们马上穿梭引线，在灯下织补起来。没有网的人家连夜到外庄的亲戚家借网去了，村街上响起的是四面出击的杂沓的脚步声。无处借网的人家就把鸡笼、竹篮之类的代用渔具拿在手边，这些东西比不上渔网，是漏水的，毕竟也总比赤手空拳好一些。当然，也有人寄希望于自己的两只手，摩拳擦掌，准备下进浑水里摸一回。同时，各家的主妇还备好了油和盐，烧鱼汤时，她们得把鱼稍微煎一煎。一次吃不完的，就用盐腌起来，中秋节时再吃。人人都准备好了，天放明时，庄子里却静下来了，连狗和公鸡也不怎么叫。在向鱼们发起攻击之前，人们并不需要埋伏，但不知怎么搞的，人们不知不觉就安静下来，使庄子里出现了如箭在弦的埋伏气氛。

起塘分两个阶段，第一阶段由队里组织社员集体捕捞，捞上来的鱼集中在一起，按人头和工分各半的比例统一分配。第二阶段称为放羊，剩下的鱼由全庄的人自由捕捞，谁捞到算谁的。一般来说，第一阶段能把塘里的鱼捞出三分之二就不错了，那么剩下的三分之一就可以进入自由捕捞阶段。人们主要期望的是第二阶段的捕捞，这个阶段的捕捞对象是小量的，人们倾注的热情却是大量的，加倍的。因为第二阶段的捕捞才是直接的收获，才是真正的多捞多得。

开始起塘的铃声是队长敲响的，铃声尚未落下，人们狗们已来到塘边。第一阶段的捕捞是由手持撒网的青壮男劳力进行的，他们从庄后的吊桥那里开始，分头一网挨一网朝相反的方向撒去。他们这样干是事先定下的策略，用意有两个，一是先易后难，把塘子狭窄处的鱼先捕捞出来；二是用这种办法把窄塘里的鱼往庄子西南角那片开阔的水塘里赶，然后用拦网截断鱼的退路，以便集中力量打歼灭战。尽管这样的捕捞是公事，人们还是很感兴趣，每拉上一网鱼，人们都抢上去观看。等到在大面积的水塘里集中捕捞时，全庄的男女老少几乎都到那里去了，连平日不出门的一个瞎子，也被人领到塘边，表情丰富地往塘里张望。由于塘面太宽，撒网撒不到中间，人们就抬来两张方桌放在鱼塘中央，撒鱼的人登上方桌四下里撒网。十几面大网眼和小网眼的撒网唰唰地撒下去了，一网网肥白的鱼拉上来了，这里那里，人们的欢呼声此起彼伏。鱼刚从网里卸下来时，在岸上乱蹦一气，这给孩子和狗增加了乐趣。孩子上去把鱼摁住了，狗呢，做出想咬又不敢咬的样子，欲进欲退地对挣扎的鱼汪汪乱叫。

那条大鱼也被赶到大塘里去了，但他还没有落网。出于求生的本能，他在千方百计地躲避着撒网的捕捉。有好几次，撒网的铅坠子几乎砸在他的脊背上，他都幸运地躲过去了。人们把方桌安置在大塘中央时，正好罩在他头顶上方。他不知道这是什么捕鱼用具，以为自己这一下完蛋了，再也逃不脱了。他的心紧收着，身子不由得颤抖起来。可是，他抖了好一会儿，也没人动他一指头，他还完整地在水里存在着。上面的人把桌子踩得砰砰响，就是踩不到他身上。他往四面打探了一下，才明白自己躲在了四条腿的桌子下面，这里是灯下黑，是一处相对安全的所在。有一条鱼惊慌失措地碰在了桌子腿上，大鱼让他到桌子下面来了。不一会儿，桌子下面就藏了好几条避难的鱼。大家惊魂未定，眼睛都瞪得大大的。他们都明白，这会儿逃脱的只是一场小的劫难，更大的劫难还在后头，等到全塘开始放羊，人们才会疯狂起来，对他们来说，那才是真正的在劫难逃。当桌子下面避难的鱼越聚越多时，人们就把桌子撤走了。失去了临时避难所的鱼们像炸弹的碎片一样炸开。大鱼这次没有盲目逃窜，他像是有了一点经验，离撒网的人越近，危险性似乎越小，于是，他悄悄地跟在撒网者的屁股后面，撒网者往哪里走，他也往哪里走。当撒网者杀了个回马枪，把一些炸开的鱼收进网里时，他刚好躲在撒网者叉开的两腿之间。接着，撒网者提着沉甸甸的一网兜子鱼上岸去了，他跟不成了，就溜着边走。塘里的每一处边沿他都很熟悉，有的地方坡度大，有的地方立陡，有的地方裸着黑树根，有的地方有黄鳝打的洞子。他有心到树根下面躲一躲，过去一看，里面有限的空间已躲有好几条鲇鱼和别的鱼，只好作罢。走到黄鳝洞的门口时，黄鳝倒是对他很热情，叫着他大叔，请他到家里暂避一时。他对黄鳝笑笑，指指自己的头。黄鳝一下子明白过来，自己的庙太小了，大鱼这个和尚太大了，他的庙里盛不下这么大的和尚啊！黄鳝有些不好意思，马上向大叔道歉。大鱼颇有风度对黄鳝招招手，继续溜着边儿往前走了。真是谢天谢地，大鱼竟越过大塘口拦网的边沿，重新回到环绕村庄的窄塘里去了。

大鱼一口气游到庄子西边的一棵树下，才停下来喘口气。他捂着胸口，小声叫着我的娘哎，说吓死我吧。这时，一群小鱼向他围过来，向他打听塘那边的形势怎样。大鱼镇定了一下，把胸挺了挺，像突围出来的勇士一样，说同胞们被抓走不少，但没什么了不起的，他不是越过封锁线，闯出了一条路嘛！小鱼顿时对他肃然起敬。大鱼示意让小鱼们散开，说更严酷的事情还在后头，大家要有这个心理准备。

岸上生长的是一棵楮树，楮树的枝叶往塘里伸展着。春天的时候，成熟的楮桃子结满一树，不断往塘里掉。楮桃子红艳艳的，糜烂着，非常甜蜜。鱼们聚集在树下的水里，眼巴巴地往树上瞅。每落下一颗楮桃子，鱼们就欢呼一声，蜂拥过去争抢。这样一来，楮桃子就像一只红绣球一样，被众多的鱼头顶来顶去，既落不下去，又吃不到嘴里，成了一场鱼们滚绣球的游戏。大鱼不跟他们抢，他是在夜间等别的鱼睡下以后，自己悄悄地来到树下守候，树上落下一颗硕大的楮桃子，他一张口就接住了。前面不远处还有一棵桑树，桑树上结的是羊脂白的桑葚子，也相当好吃。大鱼采取同样的办法，也是夜间到桑树下等桑葚子往嘴里落。除了这些蜜果，在盛夏的夜晚，大鱼还能吃到一些活食，比如落进水里的粉蛾，还有金龟子等。大鱼靠着自己的智慧，良好的胃口，还有不错的身体素质，很快就长大了，长得腰肥体壮，接近了危险的边缘。说实在话，这个庄上的人并没有怎么喂养他们。曾记得，他们是被一个南乡人用贴了油纸的竹编鱼篓挑来的，南乡人用一个特制的水瓢，把他们一五一十地数进水塘里就走了，再也不管他们的死活。南乡人把他们出卖了。大鱼想不起有谁往塘里投过食，既没有投过红薯秧子，也没投过牲畜的粪便，全靠他们自己日夜在水里找食。晌午人们在塘边的树荫下吃午饭，有时偶尔会向水里投下一根面条，那并不是真心喂他们，那是利用一根柔韧的面条引诱鱼类互相争斗，从而得到观看一场混战的快乐。别管怎么说，他们还是得感激这个村庄的人们，是这里的人们接纳了他们，收养了他们，为他们提供了还算舒适的生活环境。现在他们长大了，长肥了，人们要把他们捕捞出来，改善一下生活，这是顺理成章的事，他们没什么好埋怨的。

　　大鱼往岸上看了一眼，见树下站着一个人，他一眼就认出来了，这是二闺女。二闺女不认识他，他天天在水里，在暗处。可他对二闺女已经很熟悉了，二闺女在明处。二闺女在塘边给她家的猪割草，大鱼看见过她。二闺女在水边洗衣服，大鱼观察过她。在一个春雨霏霏的傍晚，二闺女一个人倚着树干往村外的远方眺望，大鱼更是久久地注视过她。在大鱼的印象里，二闺女总是皱着眉头，不大开心。大鱼知道这是为什么。二闺女在学堂里上学正上得好好的，母亲不让她上了，她家里太穷，母亲为她交不起学费。刚失学那天，二闺女一个人坐在塘边发呆，她说，我不活了，我投坑，死了算了，说着，胳膊举过头顶，头也往水里伸着，做出投水的架势。当时，大鱼和一群鱼正在二闺女面前的水下潜伏着，见二闺女要寻死，可把他们吓坏了，好好的一个闺女，千万不能死啊！他们想为二闺女呼救，可大家的嘴张着，就是发不出声音来。情急之中，大鱼突然想起人们讲述过的一个故事，如果看见水里漂着一个秤砣，就说明有水鬼在水里搞名堂，谁要是下水捞秤砣，水鬼们就会把他拉进水里，也变成一个水鬼。这个故事的意思是提醒人们，你如果看见反常现象，就得打一个疑问，莫要轻易上当。这个故事启发了大鱼，他也要搞一个反常现象出来。于是大鱼从水下浮出来了，屏住呼吸侧身躺着，把雪白的肚子露出半边。二闺女看见他了，说，鱼，鱼，你是装死吗？你要是装死，我往你身上泼点水，你就赶快走，别在这儿吓我。二闺女用手往他身上泼点水，他翻了一个花，沉进水里去了。二闺女果然打消了投水的念头，她说，我才不死呢，我要是投水死了，下辈子要是变成一条鱼，还是上不成学。二闺女说着，眼泪流下来了。

二闺女手里提着一个竹篮子，不用说，她也是准备参加起塘的。竹篮子已经很破旧了，底子上帮着楮树皮，沿子上缝着破布，整个竹篮子都成了黑色。二闺女家没有渔网，她的亲戚家也没有渔网，她只能用竹篮子试一试。大鱼不光熟悉二闺女，对二闺女家每一个成员都很了解。别说她家没有渔网，就算有渔网，也没人会用。二闺女的父亲死得早，母亲不好意思下水。姐姐有病，怕着凉。弟弟妹妹还小，他们的手还没有一个鲫鱼板子大。这么说来，参加起塘的责任只有二闺女来承担。二闺女的神情一点也不兴奋，好像还有点茫然，对于能不能逮到鱼，她大概一点把握也没有。大鱼有点替二闺女发愁，等到放羊时，别人家都能逮到鱼，二闺女逮不住鱼怎么办呢？大鱼终于想到了他自己，看来没有别的办法，只有自己到时候投进二闺女的竹篮子里去。刚想到这一点，大鱼不禁为自己的想法感动起来，心里一翻，眼睛差点湿了。他这时才明白自己了，自己躲来躲去，不让别人逮到，原来自己的潜意识里一直想着二闺女，自己就是为二闺女预备的啊！想到这里，大鱼浑身的冷血变热，一种献身的冲动，使他终于看到了生活的全部意义，顿感崇高起来。

二闺女身边又来了好几个和二闺女年龄差不多的女孩子，她们手里提的都是竹篮子。这么大的女孩子，干什么总是爱扎堆，总是互相模仿。她们见二闺女提来了竹篮子，也都把竹篮子提上了手。她们挖野菜，拾庄稼，用的是竹篮子，捉鱼也只有用竹篮子。竹篮子像是这么大的农村小姑娘的人生道具。

开始放羊的口令不知是谁传过来的，人们迫不及待地冲进水里去了。也许并没有人传口令，单看人们的行动，单看争先恐后的行动中所表现出的积极性，就知道事情到了哪一步。没有一个人喊叫，他们把全部的注意力和劲头都投入到水里去了。他们没长着鱼鹰一样的眼睛，看不透水中的鱼藏在何处，只能按自己的估计，靠勤奋的捕捞来说话。人们把十八般兵器都用上了，有的用抬网抬，有的用提网提，有的用搬网搬，有的用罩网罩，等等等等等等。起塘的高潮这时才掀起来了，不一会儿，水塘各处就被搅得天翻地覆。各色鱼等被一块接一块抛到岸上去了。为了抢时间，人们来不及把鱼送上岸，也不顾及是否把鱼摔疼，鱼在空中划了一个弧线，就重重地摔在硬地上了。各家都有拾鱼的人，这些人多是老人、妇女和孩子，每拾到一块鱼，他们就像拾到一块银子一样高兴。庄上的一些猪和羊也到塘边凑热闹来了，羊没说什么，倒是猪显得有些不平，气哼哼的，认为鱼的家族完了，完了。

二闺女和那帮女孩子还没逮到鱼，她们在做搅浑水的工作。塘底攒下的稀泥是很厚的，她们一边用脚蹚，一边用手搅，要把塘水变成泥巴浆子水。等把塘水搅和稠了，鱼们呼吸困难，就会呛得把头浮出水面张着嘴喘气，这时，她们对着鱼头下竹篮子，才有望逮到鱼。姑娘们都是穿着上衣和裤子下水的，她们的身体已开始发育，不敢脱光衣服。她们把水弄得呼隆呼隆响，干得很卖力。荷叶被她们弄烂了，菱角秧子被连根拔起，还有一些带白根的杂草，都浮上了水面。她们身上、脸上、头发辫子上都湿漉漉的，都沾上了泥巴浆子。她们还没逮到鱼，一个二个先变成了鱼的模样。她们的劳动见到了成效，一些鱼受不住了，开始浮出水面换气。鱼们换气不是一直换，他们浮上来换一口气，很快又潜进水里去了。所以姑娘们要眼明手快，当鱼刚露出水面，就得用竹篮子照头或兜底而去。遗憾的是，她们逮到的都是一些小鱼，例如窜条之类，连一条像样的大鱼也没逮到。

大鱼还在水里潜伏着，虽然他也感到胸口有些憋闷，泥腥味直顶脑门子，但他还耐得住，还能坚持，不必抛头露面去换什么新鲜空气。他想这就是他和小鱼的区别，有点风吹草动，小鱼就慌了手脚，暴露了目标，他绝不至于那样沉不住气。这里有经验的因素，说到底还是意志力的区别，他相信自己的意志是坚强的。大鱼注意到了，二闺女也逮到了几条小鱼。他有心到二闺女面前露出头来，让二闺女用竹篮子把他逮住，可是不行，他目测了一下，二闺女的竹篮子太小了，而他的身子太大了，恐怕二闺女的竹篮子连他的半个身子也盛不下。大鱼暂时还没想出什么好办法，就不即不离地跟在二闺女身后转，在寻找时机。这时，二闺女脚下踩到了一条不算小的黑鱼，黑鱼躺在人们踩就的泥巴窝子里，一动不动，二闺女把竹篮子顶在头上，弯下腰，两手下去，一下子就把黑鱼抓住了。黑鱼被抓出水面时，尾巴才摇了几下。这一切都被大鱼看到了，他相信黑鱼和他的心思一样，也是愿意让二闺女逮到。别看黑鱼平日里凶得很，对谁都爱搭不理，可他的心并不黑，关键时刻还真有自我牺牲精神。大鱼觉得自己不能再等了，再等就显得自己不够有诚意。于是他学黑鱼的办法，悄悄卧到二闺女脚旁去了。为了提醒二闺女注意，他的身子碰了一下二闺女的小腿。二闺女感觉到他了，张开两手去抓他。说来错误还是出在大鱼身上，当二闺女的双手刚接触到他的身体时，出于条件反射，他禁不住把身子扭了一下。这一扭把二闺女吓住了，她喊着，鱼，大鱼！竟跑到岸上去了。人问她鱼有多大，她把两条胳膊使劲张开再张开，说这么大，这么大！

大鱼正为自己所犯的错误懊悔不迭，附近手持各种渔具的人们已闻讯向他包围过来。水里霎时布满了数不清的腿和数不清的网，腿和网都很忙乱，欲望都很强烈。水更加混浊，能见度降到了最低点，大鱼把眼睛瞪得大大的，眼前仍像蒙了一层浓雾一样。他告诫自己，这时万万不可慌乱，稍有不慎，就有可能落入他人网中，铸成更大的错误。他极力辨别着方向，躲避着人们的进攻，争取早一点突出重围。一张撒网撒下来了，由于人太稠了，撒网落下来时，竟罩在了一个小男孩儿头上。小男孩儿说他又不是大鱼，赶紧把网从头上扯下来了。亏得有小男孩儿为大鱼抵挡着，大鱼就在小男孩儿身旁，倘是让网顺利落下来的话，大鱼插翅也飞不脱了。大鱼转过身来，刚要钻一个空子逃走，一张抬网又向他追过来。抬网的面积像一个大床的床单那么宽大，两边撑有木棍，父子二人抓着木棍，把网拉开，沿着塘底从这岸到那岸来回拉。拉一会儿，就把网抬出水面看看，有鱼就拾出来，无鱼就接着拉。大鱼在前边走，父子俩像是发现了他的行踪似的，老是在他后边紧追不舍，网面几乎碰到了他的尾巴。眼看抬网要把大鱼挤到岸边，大鱼急中生智，一头扎进塘底的稀泥里去了。稀泥很松软，他扎进了半个身子，只有下半身和尾巴露在泥巴外面。抬网的下沿走到他身上来了，刮得他的皮有些疼，可他一动不动，把自己装得像一块石头一样。父子俩把抬网拉到岸边，抬上来一看，网里是空的。大鱼觉得泥巴里的滋味很不好受，尽管他使劲憋着气，里面的腐败空气还是吸进他肺腑里去了，他觉得有些臭，还有些酸，直想呕吐。他意识到待在泥巴里绝不是长久之计，不被憋死也得被熏死。还有一条，待在泥巴里容易被摸鱼的人摸到，摸鱼的人很会利用泥巴的黏合力，他们一摸到鱼，不是急于把鱼拿出来，而是再把鱼往泥巴窝里摁，等把鱼制服了，他们才用手抠住鱼的鳃盖，稳稳当当地把鱼生擒。想到这些，大鱼活动了一下身子，打算从泥巴钻出来。然而还没等他钻出来，又一场灾难降临在他身上。他觉出来了，罩在他身上的是一个鸡笼。人们把圆锥形的鸡笼上下都打通，一下一下往水里罩，一直罩到底，每罩一下，用手往里面探摸，如果把鱼罩进去，鱼就没跑了。鸡笼下面的硬边刚好罩在大鱼腰部，大鱼一半在笼外，一半在笼内。鸡笼是用荆条编成的，硌在大鱼身上生疼生疼，差不多快要流血了。大鱼想逃，可身子动弹不得。那人是个老汉，老汉的手探进鸡笼里来了，像平时抓一只鸡那样往笼底捞摸。大鱼悲从心来，原以为自己和龙比较接近，谁知竟和一只鸡的下场一样。老汉的手摸到了他的尾巴，大概没料到他会那么大，老汉的手激动地抖了一下。老汉真够狡猾的，摸到鱼的扇子一样的大尾巴，老汉一点也没声张，而是顺着尾巴往身子上部摸。摸鱼要摸头，老汉懂得这个道理。老汉没摸到他的头，就捉住他的尾巴，把他往鸡笼里拉。老汉拉得轻轻的，好像在说，进来吧，这里边比较舒服。大鱼没有上老汉的当，他奋力拼死一挣，从老汉手里和鸡笼下面挣脱出来。大鱼为此付出了惨痛的代价，他的美丽鳞片被鸡笼刮掉了好几片。花瓣一样的鳞片很快漂浮到水面上去了，鳞片一边是玉白的，一边镶金边，还带着殷红的血丝。直到这时，老汉仍没有声张，自己闷着头，一鸡笼一鸡笼地快速罩去。人们发现了大鱼的鳞片，判断出大鱼已经受伤了，没有多大活头儿了，大家的劲头更加高涨。然而大鱼已经冲出人们的包围圈，跑到别处去了。

　　太阳渐渐西移，半下午的时候，人们才陆续上岸，塘里才静了下来。起塘给鱼们带来的是毁灭性的打击，全塘的鱼几乎被抓走完了，水里弥漫着遭劫后的鱼腥和血腥气息。

　　大鱼还活着。他头晕脑涨，伤口火辣辣地疼，呼吸也有些困难。他觉得自己也快不行了，有可能随时都会死去。但他不能死，死了算什么，过不了两天，就得变臭，就得自行化掉，自己的一生就白活了。他还得去等二闺女，让二闺女把他捞上去。他又回到村西那棵楮树下去了，苦苦地等待二闺女的出现。正如俗话说的，老天不负有心人，塘边去过几个人之后，傍晚时分，二闺女终于到塘边去了。二闺女手里什么也没拿，他不知道二闺女到塘边干什么。也许二闺女想到了大鱼还会回来，她就到塘边来了。大鱼不失时机，一闭气，就把自己漂浮起来。二闺女一开始并没往塘里看，而是看西天的晚霞。这让大鱼十分着急，他快坚持不住了，二闺女再不发现他，他就要死了。在死之前不让二闺女得到，他会死不瞑目。终于，二闺女看见他了，二闺女说，这是谁家的鹅死在水里了。大鱼没动没说话。二闺女捡了一个树枝子，下到水边来了，用树枝子把漂浮物拨动了一下，这一拨，二闺女才看清了，鱼，一条大鱼。二闺女一点一点把大鱼拨到岸边，掐住他的鳃，把他提起来了。二闺女仿佛早就认识他了，问，大鱼，是你吗？

大鱼没有回答，他觉得自己的灵魂已离开了身体，升上了高空。他从来没有这样轻松和幸福过，一到了高空，就像鸟儿一样飞翔起来。

幸福票

　　孟银孩拥有三张幸福票了。他把幸福票和自己的身份证相叠加，放进一个柔韧性很好的塑料袋里。可着身份证片子的大小，他把塑料袋折了一层又一层，折得四角四正，外面再勒上两道皮筋，才装进贴身的口袋里。

　　对于外出打工的孟银孩来说，身份证当然很重要，没有身份证就无从证明他从哪来哪去，姓什名谁，他的存在就像是虚妄的存在，简直寸步难行。可是，在没获得幸福票之前，他都是把身份证放在挂于宿舍墙上那个帆布提包的偏兜里，从没有像现在这般珍视。实在说来，他把身份证与幸福票包在一起，是利用身份证的硬度和支撑力，对比较绵软的幸福票提供一些保护。是身份证沾了幸福票的光，有了幸福票，身份证才跟着提高了待遇。幸福票关系到人的幸福，可见一个人的幸福比身份更重要。

　　不管下窑上窑，孟银孩都把那牌块形状的宝贝东西随身带着。趁擦汗的工夫，他都能把幸福票摸上一摸。他在裤衩贴近小腹的地方缝了一个暗口袋，幸福票就在暗口袋里放着。隔着被汗水湿透并沾满煤污的工作服一摁，他就把幸福票摁到了。幸福票贴向腹部时，他似乎感到了幸福票与他的肌肤之亲。汗水是流得很汹涌，裤裆里黏得跟和泥一样。这不会对幸福票构成半点损害，他相信幸福票的包装和密藏都绝对万无一失。

在窑上洗澡时，孟银孩的裤衩也不脱下来。窑上供给的洗澡水是定量的，每人每天只有一盆。他只能小洗，不能大洗。外面已是寒冬，宿舍里生了一炉煤火。他把属于自己的那盆水放在火头上燎一燎，用一根手指插进水里试试，觉得水温差不多了，就脱下工作服开始洗。他的手很黑，连双手指甲的光滑面上都沾了煤粉，成了黑的。就在他用一根手指试水温的当儿，那根手指就像是一管带有墨汁的毛笔，一入水黑色就扩散开了，无色透明的水霎时变成有色乌涂的水。他洗了脸，再洗脖子，身上也简单擦一擦。他洗澡用的毛巾本来是印有红花绿叶的，用过一两次后，花也没了，叶也没了，都变成煤炭了。他没有洗头。每天都不洗头。两个多月没去理发，他的头发已相当长了。这样长的头发是存煤的好场所，洗是洗不起了。他相信，要是用一盆水洗头的话，盆里至少会沉淀半盆子精煤。

跟孟银孩一块上窑的有好几个窑工，他们有的只洗洗脸，连脖子都不洗。有的却站在火炉旁，脱光身子，把身前身后都洗到。有一个叫李顺堂的家伙，特别重视清洗被他自己称为老大的生殖器官，他把那玩意儿前前后后、里里外外、皱皱褶褶都洗得很仔细，还抹上洗头用的膏子，在上面搓出一大片白沫。这还不算，他事先舀出一茶缸子清水，把清水温得不热不凉，一手托着那玩意儿，一手倒水冲洗。清洗摆弄期间，他的老大蓬勃得红头涨脸，一直处于亢奋状态。为此，他颇为得意，炫耀似的问别的窑工：怎么样？棒不棒？好使不好使？

别的窑工没人回答他的问题，只是拿眼瞥了瞥，没怎么表示欣赏。这玩意儿你有我有他也有，谁也不比谁的差。他们都把目光转向了孟银孩。

孟银孩顿生抵触，他在肚子里骂了一句娘，心说：你们都看我干什么！昨天，李顺堂提出跟他借一张幸福票，他拒绝了。他心里明白，这会儿别人看他是假，关注他的幸福票是真，目的还是引导李顺堂再向他讨借幸福票。他转过身子，给别人一个后背，把腹前的幸福票掩护起来。他把毛巾绞绞，在裤衩里面草草擦几把就算了，换上了在地面穿的绒衣和绒裤。

李顺堂双手推着两块后臀，把老大的矛头对着孟银孩指了两指。他虽然是凭空指的，因动作比较夸张，还是把人们逗笑了。

背着身子的孟银孩不知别人为何发笑，他猜大概是李顺堂在他背后使坏。

李顺堂自己不笑，他说：孟师傅，你干吗老是放着幸福不幸福，小心幸福票发了霉，黑头发的小姐变成白毛老太太。

孟银孩说：你怎么知道我不幸福？

李顺堂有些惊奇：这么说你是幸福过了，好，你总算想通了。你什么时候去幸福的，给咱哥们儿讲讲怎么样？

孟银孩不讲，他说没什么好讲的。他不能像李顺堂，好几个月总共才挣到一张幸福票。李顺堂领到幸福票的当天，烧得屁股着火，急忙赶到"一点红"歌舞厅就把幸福票花掉了。回来后，李顺堂把小姐夸成没下过蛋的嫩鸡，向满世界的人宣讲。李顺堂讲一回，添油加醋一回，好像他不止幸福一回，而是幸福过一百回了。

李顺堂知道孟银孩有三张幸福票。窑上的人都知道。关于幸福票的奖励政策是明的，只要小月下够三十个窑，大月下够三十一个窑，哪个窑工到月底都可以得到一张幸福票。窑主给窑工发幸福票时也是明打明，窑主说：这是好事，喜事。别看这一张小纸片，里面自有颜如玉，它代表着本老板给你发小姐呢，发媳妇儿呢，知道吧！李顺堂不相信孟银孩的三张幸福票都花完了，问：你不是有三张幸福票吗？怎么？一次都花完了？你是怎么花的？难道把小姐排成一排，你来了个一对三？

孟银孩想象不出一对三是什么样子，又不是打扑克，搓麻将，什么一对三，三对一！他说：我的票子我当家，想怎么花就怎么花，你管不着。

此时李顺堂已把老大收拾停当，用卫生纸擦拭一下，把老大装起来了。他知道孟银孩是个抠门儿的家伙，说不定连一张幸福票都没舍得花。他到底再次开口，让孟银孩把幸福票借给他一张，等他到月底把幸福票挣下来，一定还给孟银孩。

孟银孩没搭理李顺堂，到地铺上拉开被子睡觉去了。他觉得李顺堂这个人太没脸没皮，昨天说了不借给他，他今天又来了。现在幸福的地方多的是，听说泉口镇南边那个丁字路口，一街三面都是歌厅。没有幸福票也没关系，只要肯花钱，随便走进哪个歌厅都能得到幸福。钱就是另一种幸福票。李顺堂不想花钱，又想幸福，天下哪有这种道理！

不料李顺堂对孟银孩说：我知道你的幸福票在哪里放着，小心我给你偷走！

孟银孩说：你敢！他样子有些恼，说李顺堂要是敢偷走一张，他就让李顺堂赔他十张。

李顺堂却笑了，说：怎么样，我说他的幸福票在裤裆里掖着，一张都没花，我没说错吧！

这个狗日的李顺堂，原来是拿话试他。他也难免有点吃惊，李顺堂怎么会知道他的幸福票所藏的地方呢？说不定这小子已经偷过他了，因偷不到幸福票，李顺堂只好往他身上的隐秘处诈唬。在被窝里，他的手不知不觉往下运行，摸到那塑料包还完好地存在着，他的手没有马上离开，而是踏踏实实地把幸福票连同身份证都捂住了。他觉得这地方仍是最保险的，就算李顺堂知道了幸福票藏在哪里，狗小子也没办法偷走。只要他的裤衩还穿在腰里，幸福票没穿在肋巴骨上也差不多。孟银孩正值壮年，不是不懂得幸福票的妙处。他只要到窑主指定的"一点红"把幸福票交上一张，就会有一位小姐主动为他服务，搂腰可以，亲嘴儿也可以，摸小肚子可以，他想让人家怎样服务，人家都会满足他的要求。他的窑哥子手持幸福票，到那里接受服务的不是一个两个了，他们每个人回来都有一套说头，每个人说的都不一样，仿佛他们尝到的不只是"一点红"，而是八点红，九点红。孟银孩手里攒下了三张幸福票，这意味着他手里握有三个小姐，每个小姐都够他幸福一气的。他似乎觉得手下有些跳动，像是小姐们等不及了，从幸福票上走了出来，争着对他献殷勤，还动手捞摸他的下身，这个一下，那个一下。他正有些招架不住，被捞摸的那个东西腾地跳将起来，把自己的形象树立得颇为高大，像个勇士，并仿佛自告奋勇似的说：我来了，一切由我对付！孟银孩没有让"勇士"由着性子来，他只是笑了一下，没有拍"勇士"的头，连一句鼓励的话都没说，而是把"勇士"晾在了一边。再勇敢的"勇士"也经不起这种晾法，不一会儿，"勇士"自己就泄气了，就蔫下去了。

　　孟银孩之所以舍不得把幸福票花出去，主要是因为幸福票是有价证券。窑主说过，一张幸福票顶三百块钱呢。窑工把幸福票在小姐那里花掉，小姐拿着幸福票找到窑上账房，每张幸福票账房就得支付给人家三百块钱，一分钱都不能少。孟银孩一听就把幸福票的价值记住了，乖乖，三百块钱哪！老婆在家辛辛苦苦种地，一亩麦子从头年秋天长到第二年夏天，一年四季都经过了，打下的麦子也不过值个二三百块钱。而他一张幸福票的价钱就能买到一亩地的麦子。再拿鸡蛋来换算。去年中秋节，出了嫁的妹妹回娘家看望年近八十的母亲，给母亲用手巾包了一兜鸡蛋。这些鸡蛋母亲自己舍不得吃，也不让别人吃，说拿到街上卖了称盐。鸡蛋就那么有数的几个，老婆悄悄数过了，母亲趁人不在家拿到方桌上也去数。鸡蛋在桌面上是会滚动的，母亲的手没鸡蛋快，结果有一个鸡蛋从桌子上滚到地上摔碎了，摔得蛋黄涂地，捧都捧不起来。老婆发现鸡蛋少了一个，怀疑母亲煮着吃了。母亲既不承认自己吃了，也不敢说明是她数鸡蛋时把鸡蛋摔碎了，只是一次次指天赌咒，咒赌得又大又难听。那天儿子学校没课，在里间屋写作业，儿子把母亲摔碎鸡蛋的事看见了。在老婆和母亲因一个鸡蛋闹得不可开交的时候，儿子出来作证，把母亲摔碎鸡蛋的事实揭发出来了。母亲羞愧难当，哭得昏天黑地，两天不吃不喝，差点归了西。孟银孩每想起这件事就心情沉重，一个鸡蛋才值多少钱！他要是把一张幸福票换成钱的话，够买一千个鸡蛋都不止。试想想，他怎能舍得轻易把几亩地的麦子和几千个鸡蛋扔到那个不见底的地方去呢！还有，他女儿考进了县里的一所中专，每年的学费就得好几千。家里翻盖房子更是大事，更需要一笔大钱。儿子眼看就到了说亲的年龄，如果房子翻盖不成，就没人给儿子提亲。儿子结不了婚，就不会生下孙子，就等于他家从此绝后了。这是万万不行的。孟银孩是一个有远见和对家庭负责任的人，对比幸福票里所包含的小姐，他更看重幸福票的金钱价值。

当李顺堂再次提到他的幸福票时，他口气有所松动，答应可以商量。商量来商量去，因差距太大，二人最终未能达成协议。李顺堂问他一张幸福票想卖多少钱。他表示并不多要，窑主说值多少钱他就收多少钱。李顺堂说：你想卖三百？狗屁！你也不打听打听现在的行情，小姐多得都臭大街了，五十块钱就能泡一个。别说打野鸡了，干一只外国飞来的白天鹅也花不了三百。

孟银孩也知道幸福票卖不出原价，买卖心思不相投，一开始他不能自己降价。他问李顺堂愿意出什么价。

李顺堂向他伸出后面的三根指头。

孟银孩心上一喜，李顺堂出的价钱跟他想要得到的数目不是一样吗！这个李顺堂，真会开玩笑。

然而李顺堂说了：请你不要误会，我一根手指头只代表十块。

孟银孩的眉头顿时皱起来，要李顺堂不要开玩笑。

两个人又协商了一会儿，孟银孩咬咬牙作出重大让步，把一张幸福票的价钱退到二百五十，说他再也不能让了。李顺堂也拿出了应有的姿态，把价钱加到五十，说这就是最高价了，多一分他都不出。二人的买卖到底没能做成。买卖不成仁义在；李顺堂还是劝孟银孩只管到"一点红"玩一把，一个女人一个坑，坑与坑各不相同，只有到不同的坑里去扑腾，才能真正体会到做男人的幸福。

孟银孩说：小心坑里的水呛了你的肺管子！

李顺堂说孟银孩是死脑筋，不开窍。

　　天越来越冷，外面下起了小雪。天越冷，煤越好卖。从窑下提出来的新煤还冒着热气，雪花在煤上还没停住，就被等在窑口的大斗子汽车装走了。据说这个小煤窑的窑主很会做生意，煤价比国营大矿低得多。他采取的是薄利多销的策略。他还有一个重要的营销手段，谁来买他的煤，他就给人家一些回扣。回扣里除了现金，还有一张两张幸福票。那些买煤的人和拉煤的司机对幸福票都很感兴趣，一得到幸福票就拍着窑主的肩膀哈哈大笑，夸小窑主善解人意，够意思！够意思！离春节还有一个多月，窑主对窑工的奖励政策也有所调整，这月谁只要下够二十六个窑，就可以得到一张价值四百块钱的幸福票。幸福票的价值为什么提高了呢？窑主解释说，节前"一点红"的生意比较好，价格有所上调，所以幸福票的含金量也跟着相应增加。

　　孟银孩暗自庆幸，看来他没急着把幸福票出手就对了，幸福票不但保值，还增值。这才叫有福不在慌，无福跑淌浆。孟银孩也有了新的想法，幸福票的价钱眼下恐怕是最高的，他得抓紧时机，赶快把幸福票抛出去。等过了春节，幸福票的价钱肯定下跌，那时再出手就不划算了。

　　孟银孩正发愁通过什么渠道才能把幸福票换成现金，这天午后，"一点红"的一位小姐到窑工宿舍来了。小姐穿着一件银灰色羽绒长大衣，腰身勒得很细。小姐的个头儿不是很高，但她的鞋很高，鞋底很厚，人就显得高了。小姐的眉毛很黑，脸很白，嘴唇很红。小姐轻轻一笑，全宿舍的窑工都傻了，谁都笑不出来。有的窑工跟这位小姐打过交道，问她是不是送货上门。

　　小姐说：送货上门又怎么样，现在讲究提高服务质量嘛！

　　话一说开，窑工们都兴奋起来，纷纷跟小姐说话，让小姐坐。

小姐看看哪儿都是黑的，没有坐，说：看你们这儿脏的，跟猪窝似的。

李顺堂接话：你说对了，我们这儿就是猪窝。你来了就不能走了，什么时候给我们生下一窝猪娃子再说。

小姐说：不走就不走，你们谁手里还有幸福票？

原来小姐是上门收购幸福票来了。大家一致推荐孟银孩，说他放着三张幸福票呢。

小姐有些惊喜，说：真的？遂向坐在地铺上的孟银孩走去。

孟银孩一直没有说话。不知为什么，他胸口怦怦跳，心里有些紧张。他觉得这位小姐的确长得很漂亮。

小姐对孟银孩评价说：这位大哥一看就是个好人，是个知道顾家的人。

孟银孩被小姐恭维得头皮发躁，脸也有些红，不说话不行了，他说：你不要听他们瞎说，我哪里有幸福票。他问小姐叫什么名字。

小姐说，她叫小五红。

小五红？你姓小吗？

小五红说，她不姓小，小五红是她的艺名。小五红认为他们这里还挺暖和，解开外面系成花儿的腰带，把大衣敞开了。小五红里面穿一件紧身乳白色细羊毛衫子，奶子把衫子顶得很高，眼看要把衫子顶破。小五红一解开怀，一股子香气忽地就冒出来。她对孟银孩说：在外面打工多不容易呀，有福该享就享，有福不享过期作废。

别的窑工都赞成小五红的观点，把小五红的话接过来递过去地重复。他们的眼睛都火火地亮着，鼻翅子张得很宽。李顺堂已有些跃跃欲试，急于给窑哥子们作一个榜样，他说：你们都出去，我跟小五红单独练练。他又以命令的口气，让孟银孩把幸福票给他留下一张。

孟银孩还是否认他有幸福票。

这时有一个窑工提议：咱们都出去吧，给孟师傅创造一个机会。咱们都在这里，人家孟师傅想幸福也没法幸福呀！

这话有理。窑工们有的穿鞋，有的披衣，准备出去暂避。李顺堂样子不大情愿出去，对孟银孩说：嘴馋够不到自己的鸡巴，别放着好鸡肉吃不到嘴里。他走到小五红跟前，把小五红的小鼻头捏了捏，赞叹说：女人真是好东西呀！

小五红回敬说：男人也是好东西呀！

孟银孩当然不会单独跟小五红留在宿舍里，他不知道那将会出现怎样的局面，别人穿鞋，他也到地铺外面去穿鞋。

窑工们上去拢住他的肩膀，把他摁在地铺上，不许他穿鞋出去，说他要是出去了，把新娘子一个人留在屋里算怎么回事。李顺堂还一脚把他的大头棉鞋踢飞了，说去他妈的。

孟银孩恼了，骂了人，仿佛别人要合起伙来把他往火坑里推，嚷着，放开我，放开我，你们要干什么！结果，别人还没出去，他自己倒先蹿出去了。

孟银孩没去过"一点红"歌舞厅，他见到了小五红，就算认识"一点红"的人了。这使他想出一个新办法，要和小五红进行一笔交易。他打算把幸福票交给小五红，并不动小五红，托小五红到窑上的账房把钱兑换出来，然后给小五红一定的好处费。当然了，他只能先交给小五红一张幸福票，探探小五红的路子，要是交易顺利的话，他再交给小五红第二张，第三张。他想到了，也许小五红会使劲贴他，纠缠他，让他把幸福票花在她身上，再独吞幸福票的票款。为了避免出现这种情况，为了防止到时候自己管不住自己，他找了一个背人的地方，把自己攒了好久的热东西做出来了。他眯缝着眼，是想着小五红的可人样子，念着小五红的名字做的，仿佛真的和亲爱的小五红把好事做成了。当他最终看着自己很有质量的东西抛洒在肮脏的、冻得很硬的土地上时，未免长长地叹了一口气，觉得他的东西可惜了，真的可惜了。他从小就听人说过，男人吃十口饭才能生成一滴血，十滴血才能变成一滴精华，这么一大片子精华，需要吃多少饭才能长出来啊！

孟银孩是趁晚上到泉口镇的"一点红"歌舞厅的。半路上，他把塑料包掏出来，剥开，取出一张幸福票来。幸福票就是一张薄纸片，上面印有幸福票三个黑字，加盖着窑上的红色公章，很像以前使用过的地方流通粮票。他把捏着幸福票的手别进裤口袋里，找了半条街，费了好大工夫，才把"一点红"找到了。那里歌舞厅太多，一家挨一家。门面上灯光也差不多，都是一片炫人眼目的乱红。不管他走到哪家歌舞厅门口，都有人跟他打招呼，把他叫成先生，让他里边请。对于这样的热情，孟银孩有些不大适应，他没敢说话就走过去了。"一点红"三个字也是由霓虹灯组成的，只是点字下面的四个点不亮了，成了"一占红"。孟银孩正在门外找占字下面的四点儿，老板娘已到他身边来了，介绍说她们这里是有名的"一点红"，请进去点吧。

孟银孩问她们这里是不是有个叫小五红的。

老板娘说有呀，小五红可是她们这里最红的小姐，夸他这位先生真是好福气，不知怎么就把小五红点准了。老板娘一边把他往歌舞厅里领，一边喊小五红出来迎接客人。

　　歌厅里有不少旁门，小五红应声从一个小门里转出来了。小五红一见是孟银孩就笑了，老相识似的说：大哥是你呀，我就知道你一定会来找我。说着抱住孟银孩的一只胳膊，轻轻一拥，就把孟银孩拥进一间小屋里去了。小屋无窗，灯光也比较昏暗，墙根儿放着一只宽展的长沙发。小五红把孟银孩安置在沙发上，问他用点什么。孟银孩头脑涨着，听不懂小五红说的用点什么是什么意思。小五红说：请问你是喝酒？喝饮料？还是喝茶？

　　孟银孩这次听懂了，他摇头，说他什么都不喝。

　　小五红说：那，大哥给我买盒烟抽吧！

　　小五红的话说得这样明白无误，孟银孩还是听错了，他以为小五红让他抽烟，说：我不抽烟。孟银孩紧张成这种样子，当然是小五红造成的。小五红的穿戴与那天去窑工宿舍不同些，她下面穿着超短的裙子，把两条结实的好腿甩了出来。她上身穿一件细背带黑色羊绒衫，两只肥奶子半遮半掩，紧紧挤在一起，挤得冒突着，眼看要白光一闪，滑脱出来。孟银孩心口跳得咚咚的，装在裤兜的手指分泌出一层黏黏的东西，几乎把幸福票浸湿了。

　　小五红把唱歌机打开了，递给孟银孩一支唱筒，让他唱歌。他不唱。小五红拉他起来跳舞。他也不跳。那么小五红问他：你是不是现在就要做？

　　孟银孩问做什么？

　　小五红说：大哥知道做什么。好了，把幸福票拿出来吧。

　　孟银孩没把幸福票拿出来，总算把来意说出来了。

　　小五红样子有些惊讶，说大哥真会说笑话，常言说水往低处流，我要是把票换钱给你，那不成了水倒流了？我们这里历来没这个规矩。好了，来吧，我帮大哥把外面的衣服脱下来，看大哥热得这一头汗。

孟银孩往头上摸了一把，果然沾了一手汗水。不知为何，他觉得沾在手上的汗水是凉的。他拒绝小五红给他解扣子，问小五红能不能再商量商量。

小五红说：一张幸福票做一次，没什么好商量的。大哥别坏我们的生意，我们挣点钱也不容易。

事情没有商量的余地，孟银孩不说话了。

小五红以为他动了心，遂将一条白胳膊搭在他脖颈上，另一只手去摸索他裤子前面的开口，说小妹都着急了，来，让我看看大哥的家伙大不大！

这叫什么话！此地不可久留，再待下去非坏事不可。孟银孩猛地从沙发上站起来，摆脱小五红，夺门而去。他听见小五红和老板娘从歌厅里跟了出来，老板娘问怎么回事，小五红说：哼，傻驴一个！

孟银孩只得来到窑上的账房，问会计幸福票能不能直接换成钱。会计是一个上岁数的人，按照财务制度，他让孟银孩去找老板在幸福票上签字，老板签多少钱，他给孟银孩兑换多少钱。

老板就是窑主。孟银孩去找窑主签字之前，费了好几天犹豫。他知道窑主是很厉害的。一个窑工在幸福票的问题上不知说了句什么不好听的话，窑主着人把那个窑工痛揍一顿，立即把人家撵走了。窑主的办公室是个套间，外间一天到晚有手持电棍的保镖把守，见窑主须经保镖通报，得到窑主允许方可见上窑主一面。据说窑主手里还握有快枪，窑主夜间架着越野车到黄河故道里打兔子，矿灯一照，兔子立起身子，像个小人儿似的。窑主一枪就把"小人儿"撂倒了。他害怕说不了两句话窑主就得把他崩回来。可是，不找窑主他又没有别的路可走。他不能老是把幸福票压在手里，幸福票一天不换成钱，他就一天不踏实。

窑主没有他想象的那么凶，得知他手里有三张幸福票时，窑主微笑着，问他难道对女人没有兴趣吗？

孟银孩说：女人，女人……是的。

什么是的？

女人都是填不满的坑。

你填过几个坑？

没填过。

没填过你怎么知道填不满！据寡人的经验，填一个满一个，你不妨去试一试。

窑主到底没在孟银孩的幸福票上签字，而是给孟银孩讲了一番道理。窑主说，他为什么给弟兄们发幸福票没发成现金呢，就是想到了有的人舍不得花钱去幸福。要是给孟银孩把幸福票换成现金，就失去了幸福票本身的意义。票字旁边还立着一个女字，要是光看见票字，看不见女字，幸福票就算白领了，男人也白当了。

新的幸福票发下来的同时，窑主让人代他向窑工宣布，旧的幸福票全部作废。原因是发现有人用假冒的幸福票到"一点红"去幸福。窑工们看了看，新的幸福票上面，黑字果然改印成了红字。

黑字的幸福票作废了，孟银孩舍不得扔掉，仍和身份证放在一起。让他感到犯愁和紧迫的是新领到的带红字的幸福票怎样出手。

葬
礼

　　父亲是一九六〇年农历六月初六去世的。那年我不满九岁，正上小学二年级。当时父亲在生产队里当饲养员，他一天到晚待在饲养室里，很少回家。那天早上，我见父亲是双手搂着肚子，弯着腰走回家的。平常日子，父亲走路都是挺着腰板，双手背在身后，一副从不准备哈腰的样子。他这样把双手放在前面，身体一定是不舒服了。对了，我们那里不说什么舒服不舒服，是说得法不得法。如果身体和心情都很好，就是得法。如果身体出了毛病，就是不得法。看来父亲是不得法了。我没问父亲怎么不得法，只管上学去了。我觉得关心父亲是母亲的事，母亲会帮着父亲揉一揉肚子。那年父亲已五十多岁，在我眼里已经是个相当老的老头儿。由于我和父亲年龄上距离较大，其他方面好像也拉开了距离，父子之间显得不是那么很亲近。也许是父亲怕从小把我惯坏，故意不跟我亲近。自从那天父亲回到家，就再也没有挺起身子走出家门。或者说他回家往床上一躺，就再也没有下床。两天之后，父亲就去世了。

　　我听三爷、三奶奶和堂叔说，父亲得的病是抽筋霍乱。病到最后，父亲的确抽筋抽得厉害，他的手指和脚趾都抽得弯曲着，往一块儿挤着，掰都掰不开。略通医道的二姐后来告诉我，父亲得的不过是急性肠胃炎，像那样的常见病，只需挂上两瓶吊针，人就缓过来了。可是，当时的公社卫生院不具备打吊针的条件，从来没打吊针这一说。就算公社卫生院可以打吊针，我们家哪有钱送父亲去住院，去打吊针。在我的印象里，一分钱对我们家来说都很金贵，都很难见到。母亲不知从哪里借到一点钱，还是把公社卫生院背药箱的医生请来了。医生给父亲注射了大拇指粗细的一小玻璃瓶葡萄糖水，父亲很快把眼睛睁开了。当看到父亲眼里重新有了亮光，母亲很欣喜，我们姐弟几个都很欣喜，以为父亲的病已经消除了，没事了。谁知医生刚走，父亲又开始上吐下泻。母亲端着一只瓦碗，刚喂父亲半碗白开水，父亲直着脖子就把水吐出来了。父亲喝下去的水是清的，吐出来就变成黄的，里面似乎含了胆汁。这时候，要是给父亲吃一个鸡蛋，或喂给父亲一碗面汤，给父亲补充点营养，父亲的生命也许可以多维持一两天。然而那时全村都找不到一个鸡蛋。家家都不许喂鸡，哪里会有鸡蛋！给父亲做面汤也不可能，别说我家没有一星半点白面，恐怕村里的食堂也没有白面。

当时村里的食堂几乎到了揭不开锅的地步，快要解散了，暂时还没有宣布解散。每天，食堂不过用大锅煮些甜菜叶子，下点红薯干子面浑浑汤，按定量分给大家喝。那时人们已在私下里商量，保大人还是保孩子。商量的结果是保大人。不知从哪家开始的，家里为这家的男人另外准备了一只瓦罐，去食堂打饭时，把男人的饭单独打在瓦罐里。据说这样男人就可以吃够定量，就不致让饿狼一样的孩子抢了大人的饭。母亲模仿别人家的做法，也把父亲作为家里的重点保护对象，也给父亲准备了一只瓦罐。母亲把父亲的饭打在瓦罐里，直接送进饲养室，让父亲在那里吃。要是父亲不突然生病的话，他不会那么快死去。也就是说，父亲不是饿死的，是病死的。这一点有必要申明。

第三天早上，父亲就不行了。是三奶奶从父亲的命根子上看出父亲不行的，她说父亲的命根子缩得快没有了。听三奶奶这么一说，母亲也感到了事态的严重性。母亲问我父亲，还有什么话说。母亲的意思是问父亲有什么后事需要交代。我相信父亲能听到母亲的问话，但父亲没有说话。他大概是无话可说。或许父亲有满腹的话要说，他没有了说话的力气，说不出来了。

这天早上，父亲的六个孩子都在家里守着。我们都觉得气氛很不对劲，都有了不祥的预感，但我们都使劲憋着，还不敢哭。我最小的弟弟还不到一岁，还不会走路，还不懂事。他在大姐怀里，倾向母亲挣扎着小身子哭闹，是想让母亲抱他。父亲生病后，母亲没有再抱他，也没有喂他奶，都是大姐替母亲抱着他。大姐很负责任地紧紧抱着小弟弟，要他别哭别哭，不许他打扰母亲。越是这样，小弟弟哭闹得越厉害。小弟弟可能也觉出了家里的情况有些反常。

堂叔来了，摸摸父亲的手脉，试试父亲的鼻息，着手和母亲一起，把父亲往屋当门的小床上抬。我们那里的规矩，将死的人应当在屋当门断气。这样，他就不会对卧室的大床太留恋，就会走得顺当些。堂叔把父亲在小床上放好了。父亲面朝上，头冲门，双手双脚并拢，身上盖着一条粗布被单。这是父亲临死前的预备姿势，堂叔帮他做好了。父亲的双眼也闭上了，就剩下极微弱的一口气。

这时，堂叔叫着我的名字，让我站在父亲枕畔，喊我父亲。

堂叔没让我大姐二姐喊，也没让我的弟弟妹妹喊，只让我一个人喊。我第一次意识到，我是父亲的长子。长子在家里所担负的责任，跟父亲别的子女是不同的。见父亲脸色蜡黄，瘦得两眼塌坑，我心中大痛，波涛翻滚的泪水快要憋不住了。出于一个长子的责任，我没有哭，喊了父亲几声。我的声音颤抖得厉害，但还算清晰。我喊父亲喊"大"。我不但喊了父亲，还报上了自己的小名。

我的喊叫有了效果，我看见父亲的眼睛睁开了，父亲看着我，似乎还想说一句什么，但他终于没能说出来，就把眼睛闭上了。父亲这次把眼睛闭上，就永远离开了我们。

堂叔宣布似的说：好了，哭吧！

母亲率先坐在地上哭起来。我们也哭起来。因为憋得太久了，我们一哭声音就很大。我们有的坐着哭，有人跪着哭，有的头抵在箔篱子上哭。大姐哭得把小弟弟松开了。小弟弟爬着到了母亲身边，哭着往母亲怀里拱。这样的场面定是把小弟弟吓坏了。我哭得手脚麻木，脑袋轰轰作响，只剩下哭了。父母生了我，养了我，我第一次哭得这样厉害，这样没头没脑。我脑子里并不是完全空白，似乎还有一点点意识。我想到，父亲死了，我以后再也见不到父亲了。而我的同学们，他们还都有父亲。仅仅这一点点意识，足以使我悲上加悲，足以使我哭得昏天黑地。

定是我的哭太空洞了，没有什么实际内容，母亲教导我，要我对父亲说：你死得太早了，你咋不等俺长大了再死呢！

我听见了母亲的教导，觉得这样的话对父亲有埋怨之意。我的父亲，他也愿意把我们养大，他也不愿意死得太早啊！我不想埋怨父亲。可母亲既然让我这样哭，必定有母亲的道理。没有父亲了，我得遵从母亲的意志。于是我便按母亲说的那样，一遍一遍对什么也听不到的父亲哭喊起来。

这时我们家来了不少人。他们听说我父亲死了，听到了我们的哭声，就纷纷到我们家来了。我们家屋里屋外，还有院子里，都站满了人。我们那里就是这样，不管谁家死了人，大家都要去看一看。他们静默地听着我们哭。乡亲们的到来进一步推动了我们的哭。可以说我原来并不会哭，我虽然张着嘴哭得噢噢的，跟一个动物的悲哀没有多大区别。是母亲教会了我怎样哭，在我的哭里加进了人类的语言和思想性内容。

如果没人劝慰我们，我们或许会无休止地哭下去，那么，父亲的丧事怎么办？这一切都不用发愁。办理这类事情，我们那里早就形成了一套不成文的程序，每一道程序都是必不可少的。下一个程序，人们开始劝慰我们，让我们别哭了，并把我们从地上拉起来。他们把劝慰的时间掌握得很适当，不早也不晚。既让我们尽情哭够，别把悲气郁结在心里，又不让我们哭得背过气去，哭垮了身体。劝我们的大都是婶子辈的人，她们采取分头包劝的办法，一个人劝一个，或者两个人劝一个。像我母亲那样悲痛欲绝的对象，就需要两个婶子一人拉住母亲的一只胳膊，一边劝她，一边往起拉她。我听见一个婶子对母亲说：人已经死了，你就是把自己哭坏有什么用！你还得拉巴着几个孩子往前过，你要是撑不起架儿，几个孩子依靠谁？我听见另一个婶子对母亲说：几个孩子都看着你呢，你不哭了，孩子们就不哭了。你不心疼自己，还不心疼几个孩子吗？一开始，婶子们的劝慰效果并不好，因为她们也在流泪，她们说得断断续续的话里也带着哭音，加上她们的话仿佛使我们看到了更远处的悲哀，似乎捅破了我们心中更大的痛楚，我们的哭不但没有减弱和停止，反而掀起了一个新的高潮。但最终，婶子们还是把我们劝得止了哭。

安葬父亲，我们所遇到的最大的困难是没有盛殓父亲的棺材。送下世的人入土，一口棺材是最起码的条件。不管棺材再薄，也能落个土不打脸。可是前年大炼钢铁时，疯狂的人们把所有的树木都伐光了，烧光了，村里村外，连一棵胳膊粗的树木都找不到。不仅我们村，方圆几十里都干净得白茫茫的，都找不到一棵可以锯成木板的树木。没有树木，有现成的木板也可以呀。木板同样难寻。原来，我堂叔家的床底下倒是存有一些上好的桐木板，那是堂叔准备给他年事已高的老母亲做棺材用的。后来，作为队长的堂叔，不顾老母亲的坚决反对，还是带人把木板从床下拖出来，直接送到烈火熊熊的炼钢铁的炉膛里去了。还有一个办法，是用秫秸箔或芦席把父亲卷起来埋葬，这样的埋葬被称为软埋。要是把父亲软埋，我们的母亲，还有父亲的六个子女，怎么会忍心？

按理说，我们家出了这么大的事，遇到了这么大的难处，我母亲的娘家人，也就是我的舅舅们，应当帮助我们一下。据母亲说，她有兄弟姐妹九个，其中有我们的六个舅舅。可舅舅家离我们家太远了，远在几百里之外。我们从来没见过舅舅。十几年来，母亲也跟舅舅们断了联系。也就是说，我们这里哭父亲哭得死去活来，舅舅们连一点消息都听不到，我们完全处在孤立无援的境地。

无奈之中，母亲想起了一个主意，她说我们家有一个站柜，能不能把站柜的隔板打通？腿锯掉？代替棺材？堂叔认为这是一个好主意，看来只有这样了。对于用站柜代替棺材，三奶奶感慨很深，她认为这是我父亲的命。当初我祖父弟兄四个分家时，父亲曾指名要这个站柜，这个站柜还真的被他用上了。据说站柜是太祖母的陪嫁品，它比我们家每个人的资格都老。站柜是梨木做成的，相当沉重。站柜用了上百年，榫子一点都不松动。站柜门上镶的是月牙板，两扇柜门上各镶一块。门开时是两块月牙，门一关，两块月牙就拼成一轮圆月。"圆月"是黄铜的，哪怕是在夜间，它都能把透过屋里的月光反射得熠熠生辉。站柜的漆光没有被岁月遮掩，亮得还能照见人影。父亲第一次教我识数儿，就是用粉笔把数字写在柜面上让我认。站柜是我们家唯一一件像样的家具，父亲死了，站柜也站不住了，也要去了。

堂叔从外村请来两位擅长做棺材的木匠，把站柜抬至院子里，放倒，用锯子、斧头、凿子等，砰砰叭叭地对站柜动手术。他们正着手把站柜上镶的月牙板和各种黄铜饰件起掉。历来的规矩，棺材上不许带任何金属制品。我们在堂屋里守着父亲，同时为父亲准备送葬用的东西。这时我们兄弟姐妹都已经为父亲戴了孝。我和弟弟戴的是用生白粗布做成的方形的孝帽子，腰里扎了麻披子。因来不及做白鞋，只能临时在鞋脸子上缝一块白布代替。我的小弟弟身上虽然没穿衣服，他头上也戴上了一顶孝帽子。我的姐姐和妹妹跟我们男孩子戴孝的方式不一样，她们除了在头发辫子上系了白头绳，头上顶的是一块白布，腰里扎的也是一块白布。我说给父亲准备送葬用的东西，主要是在一只小瓦盆的底部用锥子钻孔。做引魂幡技术上要求比较高，有专门的人帮我们做。

小瓦盆作丧葬品时被称为恼盆，抑或是老盆。给每一位死者都要送上这么一只盆子。据说这盆子是给死者到另一个世界入门时喝水用的。喝水的量明确规定，你生前一共用了多少水，入门时要一次性全部喝下去，不管这水是洗手用的，还是洗脚用的，不管是甜水，还是苦水。这样喝水，带有惩罚的性质，也带有考验的性质。如果你生前费水太多，如果过不去考验这一关，就不能获得新生，就只能像鬼魂一样四处游荡。这只盆子由死者的长子负责送达。在起灵的那一刻，死者的长子把盆子在地上摔碎，死者就算收到了，就带上盆子上路了。在盆底钻孔的目的，是为了让死者喝水时边喝边漏，喝一部分，漏掉一部分，喝不完也会漏完，不至于因喝不完水被拒之门外。盆底的孔必须由死者的子女来钻。子女间可以互相代替。比如小弟弟不会钻，我可以替他钻。但别的任何人不能代替。死者有几个子女，就只能钻几个孔，多一个少一个都使不得。大姐向三奶奶请示，能不能多钻几个孔。大姐的用意不言而喻。三奶奶面带惧色地说，那可不行，让把门的神查出来就不好了。有学问的人解释说，在盆底钻孔，明显是类似人们的一种作弊行为。因作弊是死者的子女，代表的是子女的孝心，神灵们都同情了，理解了。孝心是神圣的，是不可剥夺的，神灵们对孝心也很推崇。但作弊是有限度的，一过了头就可能适得其反。那么我们姐弟六个，就老老实实地在盆底钻了六个孔。

买恼盆也好，买纸买炮也好，我们家都没有钱，给父亲办丧事所用的钱都是全庄各家各户凑的纸份子钱。我们庄办有孝庄会，全庄的人家都自愿加入了孝庄会。孝庄会不知是从哪个年代建立起来的，也许自从有了我们庄在中原大地上的存在，孝庄会就建立起来了。不管谁家死了人，孝庄会的人就会主动到各家各户去收钱。每家交一毛两毛，把钱集中起来，办丧事的经费就差不多了。纸份子钱，各家交多交少是自愿的，但这个钱义不容辞，一点也不能拖欠。家里没钱，借钱也得交。是啊，谁家能不死人呢？谁敢欠下死人的债呢？按孝庄会的章程规定，谁家死了人，须先由这家的长子挨家挨户去磕头请孝，然后人家才会拿出纸份子钱。我不记得去别人家磕过头。我想也许母亲嫌我小，舍不得让我挨家去磕头，她替我把头磕了。

把站柜改成棺材后，该把父亲往棺材里放了。这时我们又遇到了一个难题，父亲没有大棉袄穿。父亲这次是远行，他翻了山还要渡水，走过树叶飘零的寒秋，还要走进大雪纷飞的严冬，虽然父亲是在夏天上路，但他上路的时候必须做长期打算，必须穿上一件大棉袄。父亲只有一件小棉袄，只穿小棉袄绝对是不行的。要是我们家里有棉花，有布料，给父亲赶制一件大棉袄是来得及的。然而可惜得很，我们家实在找不出可以做一件大棉袄的布料和棉花。这次是三爷给我们出的主意，他说我祖父有一件大棉袄，把祖父的大棉袄先给我父亲穿吧，到秋后再给我祖父另做一件新的大棉袄。母亲拿这个主意跟祖父商量。祖父点点头。

该说说我祖父了，我失了父亲，祖父失去了儿子。

父亲死后那两天，我很少看见祖父，不知祖父到哪里去了。父亲是祖父的长子，父亲对祖父一直很孝敬。祖父七十多岁了，老得胡子都白了。在晚年的生活中，祖父对父亲很依赖。由于营养不良，祖父得了浮肿病。他的两条腿变粗了，走路都走不稳了，一站起来就摇摇晃晃。冬天，父亲扶着祖父，把祖父扶到饲养室的墙根儿，让祖父坐在那里晒太阳。祖父一坐下，就拉开裤管，检查他的腿。他把大拇指的指头肚子摁在肿得明亮亮的小腿上，一会儿，指头肚子就陷进去了。指头一拿开，腿上就留下一个深坑。祖父在他腿上留下许多深坑，那些深坑迟迟不愿意弹起来。除了摁自己的腿，祖父就眯着眼看太阳。他像是要辨认一下，还是不是原来的那个太阳，看看太阳到底走到哪一步了。该回家的时候，还是父亲把他架起来，扶着他慢慢往家走。等祖父的浮肿病稍好一些，父亲给祖父找了一根竹子当拐棍。祖父拄着拐棍，可以走到村头，向远处眺望一下。父亲的去世，无疑对年迈的祖父是一个极大的打击。我想，祖父没有在家里待着，一定是躲在一个背人的地方在悄悄地哭泣。他为儿子哭，也为自己哭。他不敢看见先他而去的儿子，也不敢听见他的孙子孙女们为父亲而痛哭。

　　是祖父自己把他的大棉袄给我父亲抱出来的。大棉袄已经很旧了，原本黑色的袄面已褪成灰色。大棉袄还没来得及拆洗，领子上结了一层厚厚的脑油，像剃头匠用的擦刀布子一样。就是这样一件带大襟子的大棉袄，被穿在父亲身上了。我不记得父亲还穿了别的什么衣服。穿上大棉袄的父亲显得很落魄，很别扭。我曾看见过父亲一张穿军装的照片，照片上，父亲肩膀宽宽的，脖子里的扣儿系得紧紧的，表情冷峻，目光威严，那是何等英武！穿上大棉袄的父亲与穿军装的父亲相比，反差简直太大了。而且，这件大棉袄对父亲来说是永久性的，他没有机会再换其他衣服了。我为父亲感到委屈。

　　父亲被放到棺材里了去，棺材也封上了，负责抬棺的人们正往棺材上绑绳子、穿杠子。抬棺材用四根杠子，八个人。前面四个人，后面四个人，都是青壮男人。单等鞭炮一响，抬棺的人说声起，起，父亲就可以出殡了。按以往的规矩，我们至少还应该请一支唢呐班子，为父亲吹吹打打，送送殡。因为我们家没有钱，请不起唢呐班子，这个规矩就免了。那几年，村里别家死了人，也都不请唢呐班子。一个根本的原因，是吹唢呐的也吃不饱饭，肺活量减弱了，吹不动了。那个年代是没有声音的年代。为父亲送葬的亲人不多，除了母亲，就是我们姐弟几个。在父亲临出殡的那一刻，我们都跪在地上，作好了准备。我们院子里的人并不少，黑压压的，几乎站满了。来人大都是围观的。我看见我的许多同学也来了，不管他们站在哪个角落，他们所关注的对象都是我，因为我是他们的班长，不知为什么，面对同学们的注视，我稍稍有些气恼。我希望他们最好躲远点儿。也有一些人是负责照顾我们的，有两个婶子照顾我母亲，堂叔专门照顾我。

　　钻了孔的恼盆已放在我面前，盆一侧垫着半块砖。盆和砖都是堂叔为我放好的。他大概担心我把恼盆平着摔在地上摔不碎，所以才预备了半块砖。把盆子摔在砖头上，就容易碎了。恼盆必须摔碎，如果摔不碎，就不能送达父亲，父亲就没法喝水。还有一个说法，如果死者的长子摔不碎恼盆，就表明他是一个不孝的人，就会长期落下笑柄。我已经把恼盆看了好多次，我相信我会准准地把它摔在砖头上，摔得粉碎。长这么大，我还没有摔碎过一件完整的东西。这一次不知是谁夺走了我的父亲，我恼了，我要利用摔碎盆子发泄我的恼怒。

　　除了恼盆要由我摔碎，引魂幡也要由我扛。引魂幡做工比较讲究，技术上要求也很高。因为它牵涉的是人的魂，人的魂是靠它引导方向的。引魂幡的形状很像一杆旗帜，"旗杆"是用青柳栽子（可以直接栽在坟侧，所以称为栽子）制成。上端有一个三角形的扁平的大纸镊子，纸镊子里嵌满纸带。这些纸带剪成各种各样的花，并连接起来，接得很长，一直飘飘洒洒地垂在地上。

据说人的魂是白色的，那引魂的幡也得做成素白色的。幡本身差不多也有了魂一样的性质，它显得十分轻，在没有一点风的情况下，那长垂的花带也抖动得簌簌的。引魂幡在我肩膀上靠着，那些纸花飘满我一身，几乎遮住了我的脸。我不知道父亲的魂这一刻在哪里，是望着引魂幡？还是已经依附在引魂幡上？反正我顿感引魂幡沉重起来，对它充满敬畏。

炮声响起来了，我们再次开始哭。我刚要伸手抓恼盆，堂叔抢先把恼盆抓在手里，替我把恼盆在砖头上摔碎了。这一定是堂叔他们事先安排好的，他们怕我手劲小，摔不碎盆，就让堂叔趁乱中替我摔碎了恼盆。堂叔他们真是小瞧我了，我怎么会摔不碎一个钻了孔的盆子呢！

我把引魂幡紧紧抱在怀里，不能再让堂叔替我撕幡了。随着抬棺的人们往村外的地里行进，我哭着走一段，就把幡撕下一条，扬向空中。我听大人们说过，刚死的人都是很恋家的，如果没有引魂幡的召唤和引导，魂灵不愿轻易离开家。如果引得不得当，把魂灵留在家里就不好了。出于这个原因，对怎样撕幡就提出了要求，不能撕得太快，也不能撕得太慢。撕得太快，不等走到坟地就把幡撕完，死者的魂就像失去路标似的，就找不到继续前进的方向。撕得太慢，间隔距离太远，死者的魂就像迟迟找不到下一个路标，也会不知道该往哪里走。我在心里排好了计划，撕幡撕得不快也不慢。撕下的幡片，有的落在地上，有的随风飘走了。不管幡飘向哪里，我都在心里想着父亲的样子，默默地喊着父亲，相信父亲一定会寸步不离地跟着我走。母亲说得对，我还没有长大，父亲舍不得离开他的儿子。父亲不娇惯我，但他一直很喜欢我。在我生病的时候，父亲愿意把我紧紧地搂在怀里，让我发汗。有一次，我发烧烧迷了，从父亲怀里蹿了出来，掉到了床下。父亲伸手拉我时，我竟在父亲的胳膊上咬了一口，把父亲的胳膊咬得浸了血。在那种情况下，父亲都没舍得动我一指头。

父亲的墓坑打在我们家的老坟地里，在祖母的坟侧。墓坑是长方形的，有一米多深，墓坑的朝向不是正南正北，也不是正东正西，而是掉角斜向。我不知道这又是什么讲究。我记得当年那块地里种的是芝麻，芝麻已经长得齐腰深了，白花开得一层一层的。

人们用绳子托着底，把棺材连同父亲放进墓坑里去了。人们往外抽绳子。绳子抽出后，人们开始用铁锨往墓坑里和棺材上封土。

黄土纷乱地打在父亲棺材上，如同打在我少小的心上，我的心碎了。

桃子熟了

　　胡桃的姥娘死了，娘去哭丧，带回一条子孝布。孝布是用整幅的白生粗布撕成的，有一尺多宽，三四尺长。他们那里把撕孝布说成是撕孝，到时有老成的妇人专司其职。撕孝的人给谁撕多撕少，都有讲究，是看人给分寸，分亲疏定轻重。胡桃的娘是姥娘的亲闺女，所得的孝是最重的。娘一得到孝布，就把孝布顶在头上，哀哀地哭。风一吹，孝布的下摆难免有些飘扬。这时哭丧的人不能把孝布包在头上，也不能系在脖子里，顶多把孝布的中间在下巴那里捏一下，他们要的就是白色的、飘扬的效果。胡桃的娘流了很多眼泪，她没舍得用孝布擦眼泪。得到孝布的同时，她就在心里给这块布派定了另外一种用场。回家的路上，她把孝布从头上取下来了，叠成一个方块，夹在一侧腋下。这个转移表明，孝布作为行孝的使命已经完成了。

　　胡桃把娘哭得红肿的双眼看了看，就注意到了那块白布。云想衣裳花想容，这么大的闺女对布是敏感的。布上虽然没有染色，也没有印花儿，跟一张白纸差不多，但它毕竟是布，不是纸。是布就可以做成一件上身的东西。那时到供销社买布是凭布票。胡桃家的布票是有一些，可家里没钱，光有布票也是白搭。

那时队里分给各家的棉花也很少，把棉花攒下两三年，纺成线，才够织一匹布的。所以胡桃家很缺布。娘刚把那块布放下，胡桃就把布拿起来了。娘让她把布放下，别动。胡桃已把叠在一起的布抖开了，说她看看。娘没有指出那是一块孝布，只说是一块生布，没啥可看的。胡桃说，她想看看够不够做一件褂子。娘说不够，差多着呢。

有些失望的胡桃把布放下了，她没有按原样把布再叠好，还甩了一下，样子像是不大高兴。

娘拿了布到里间屋去了，让胡桃也过去。胡桃问干什么。娘说，让你过来你就过来。胡桃进了里间屋，娘让她站好，碰碰她的胳膊，让她把两只胳膊举起来。胡桃知道娘要干什么了，她的脸一下子红了，动作有些迟疑。但她还是慢慢地把胳膊举起来了，举成投降的样子，又不情愿完全投降。娘把布的一头在她的一侧胳膊下面掖住，扯紧布的另一头，让她转。她一转，那块整幅的长布就把她的胸脯裹住了，她就转到娘怀里去了。娘说，这块布够给你做一件裹胸。胡桃点点头。

胡桃的胸脯不裹住是不行了。她胸前的那两个东西，先是像两个大枣儿，后来像两个柿子，再后来就像两只兔子，成了活物。原先那两个东西如平地生果，一碰硬铮铮的，似乎能感到里面还长着核儿。变成"兔子"后，虽然还翘巴着，就不那么生硬了，一摸一弹，一动一跳。胡桃挑担子，它们在胸前跳；胡桃推水车，它们在胸前跳；胡桃踩轧花机，它们在胡桃胸前一上一下，跳得更欢实。有时胡桃明明在休息，它们像是存有惯性，似乎还在颤动。这就有些羸人，就给胡桃姑娘造成了一些麻烦。村里那些男人，只要一看见胡桃，就愿意往她胸前瞅，瞅得两眼直瞪瞪的。有那大胆的男人，不光往胡桃胸前瞅，还拿那两个东西说事，问胡桃，你那胸口是什么？胡桃以为人家说她衣服前襟子上沾了草，低头瞅瞅，说没什么呀！问话的人说，没什么那里怎么鼓那么高。胡桃知道人家指的是什么了，她的脸立时红透，很快作出恼样子，说，去！还有的男人别出心裁，把胡桃的两个奶子比成两个老斑鸠，夸胡桃可以。胡桃不知她有什么可以的。那人说，天上飞着的老斑鸠你都能逮到。胡桃又被蒙住了，她说没有呀。那人还是一本正经，说，你骗谁呢，两只老斑鸠明明在你怀里揣着，你还说没有。这一次胡桃骂了人，她说，你妹子怀里才揣着老斑鸠呢！那时胡桃的娘还没给胡桃做裹胸，胡桃从未穿过裹胸。两个大东西在胸前跳得实在太厉害了，胡桃就把胳膊抬起来，把它们抱住，压制一下。不管是干活儿还是走路，胡桃不敢挺胸了，她把腰稍稍哈一点，或是把两个膀子往前瓦一瓦，把两个活泼的东西收敛一下。这样让胡桃觉得有些别扭。她看见村里一些老奶奶，一个两个腰弯得不成样子。她担心长此以往，自己将来也会变成一个驼背。

娘刚把裹胸做好，胡桃就把裹胸勒上了。做裹胸其实很简单，娘连剪子都不用动，只把布的毛边缝了缝，一边缀上一排布扣儿，一边卧上相应的扣鼻儿，就算做成了。胡桃让娘出去，她背着身子，吸着胸，把扣子疙瘩一个个硬塞进扣鼻儿里，就把裹胸贴胸裹上了。事情就是这样，这块布前天还顶在娘的头上，给死去的胡桃的姥娘送葬。一转眼，这块布就有了新的用场，就跑到了姥娘的外孙女儿那朝气蓬勃的处女奶子上。胡桃在胸前摸了一圈，那两坨鼓着的东西一下子被勒得塌下来了，虽然胸脯还有些厚，但不那么鼓了，不那么高了，连最高处的两个小疙瘩都被勒得陷下去了，几乎找不到了。刚勒上裹胸时，胡桃一时不大适应，呼吸不如以前那么顺畅。但她很快就适应了，就呼吸自如了。她原地把身子颠了颠，那两个原本调皮的东西变得老老实实，俯首帖耳，不颠了。由于胸脯裹紧了，胡桃仿佛觉得全身都紧了，正如说书人说的，头紧腰紧脚紧，一连三紧。身上一紧，一利索，胡桃想跳一跳。她真的跳了，一跳有二尺高。不管她跳得有多高，她胸前的东西都不再跳了。

胡桃又把胸挺起来了，谁往她胸前瞅，她也不怕人家瞅了。她在心里对那些没出息的人说，瞅吧，没有了。那些人似乎有些遗憾，对胡桃说，哎呀可惜了，没啥看头儿了。还有人问胡桃最近丢东西没有。胡桃已学得很有警惕性，她猜出来了，人家问的还是她胸前的东西。这个不要脸的问题本身就是一个圈套，不论她怎样回答，都得中人家的圈套。她的办法是什么话都不说，一扭脸就走了。

穿上裹胸的胡桃觉得很不错，她想让娘给她截一块洋布，做一件洋布裤子。在此之前，胡桃都是穿家织的土布裤子，从没有穿过机器织的洋布裤子。土布裤子染成黑的，上面接着粗布袋一样的白裤腰。扎裤腰带时，得把大裤腰一折，在小肚子前折成一大把，皱皱巴巴，鼓鼓囊囊，甚是难看。胡桃见村里有一个和她年龄一样大的姑娘，穿了一件天蓝色的洋布裤子。裤子是量着人的腰身裁的，人的腰有多细，裤腰就多细，扎裤腰带时，再也不用折。裤子两边还有口袋，人家手往下一顺，就插进口袋里去了，不管走路还是站下说话，两只手都可以放进两边的口袋里。就算人家把手掏出来了，口袋里装的还有东西，一块手绢，或一把甜枣儿，看去仍很好看，让人禁不住多看两眼。胡桃希望能做一件同样的裤子。可以说胡桃的心情是矛盾的，她把胸前的两块东西收拾住了，就想在裤子上做点文章。她害怕赢人，又禁不住地想赢一赢人。

胡桃把她的美好愿望跟娘提出来后，娘一口就拒绝了，娘说做啥洋布裤子，不做。她说就做。娘说用啥做，用树叶子做吗？娘说着往树上看了一眼。他们家是这个村的一家孤姓，也是外姓。人家都姓郭，只有他们家姓胡。以前，他们家的人给这村的老财扛长工，种菜园。后来，他们就留在了这个村。郭姓的人都住在有海子包围的村里，只有他们一家住在村外的菜园里。他们家门前是种有不少树，有的树树叶子还很阔大，可哪种树叶子能做裤子呢？另外，他们家房后还生着不少芦苇，芦苇的叶片也不少。苇叶包粽子是好样的，包人的大腿和屁股恐怕就差点劲。不过，这难不倒胡桃，胡桃做裤子的决心一定，她要靠自己的劳动挣钱买布。她听人说了，镇上的收购站正收购桑树子儿。她家门前正好有两棵桑树，树上结满了桑葚子，她把桑葚子采下来，把里面的子儿淘出来，不就可以卖钱嘛！桑树的叶子是不能做裤子，可还有桑树的子儿呢，不等于桑树的子儿也变不成裤子呀！

胡桃爬上高树，抓住树枝奋力一摇，成熟的桑葚子就像雨点儿一样吧吧嗒嗒落下去。桑葚子是紫红色的浆果，每一枚浆果的汁水都很饱满，都能把地上砸成一点红。胡桃把桑葚子捡到铜底罗里，到塘边去淘洗。她把桑葚子抓烂，抓成紫红的浆子，用水把浆子漂走，只把桑葚子里面的子儿留在罗的底部。她这只手抓了那只手抓，两只手都染成了紫红色，连指甲盖都变成了紫红色。鱼们爱吃桑葚子的肉，喝桑葚子的浆，胡桃每次在塘边淘洗桑葚子时，都引来不少鱼，在她跟前的塘面翻花翻成一片。桑树的子儿是金黄的，跟小米很相似。她把桑树的子儿摊在荷叶上晾晒，连鸡都以为是小米，转来转去光想吃。胡桃采了一夏天桑葚子，淘洗了一季子桑树子儿，把所卖的钱三毛两毛地攒起来，终于买了一块天蓝布，做成一条梦寐以求的洋布裤子。

穿上新裤子的胡桃，觉得腿也轻了，腰也软了，兴奋得一天到晚脸上红通通的，好像腿不再是过去的腿，腰不再是过去的腰。有了这么好的裤子，别的土布裤子她就不想穿了，恨不得做梦时也把新裤子穿在身上。睡觉前，她把新裤子叠整齐，放在枕头旁边，第二天一大早就穿出去了。

娘对胡桃有些看不过，说，你看你烧包烧成什么样子了，你小心着你！娘的话有所指。

胡桃到镇上的缝纫店做裤子时，当地正流行西式女裤的一种最新做法，这种做法的特点是不分前后，可以把包屁股的后面换到前面，也可以把前面换到后面。只有当时的农村才会发明这种做法。说白了，这种做法就是为了爱惜裤子，节省裤子。要是做成只能一面穿的裤子，屁股那里就容易磨白、磨破。两面换着穿呢，等于可以把一条裤子的寿命延长一倍。裁缝征求胡桃的意见，胡桃当然愿意选择不分前后的做法。这种做法带来一个不可避免的问题，就是裤子两边的口袋一个朝前，一个朝后。如果两只手同时插进口袋的话，只能是一只往前插，一只往后插。这没关系，胡桃的手是勤劳的手，她的手老也不闲着，很少往裤子口袋里插。既然有裤子口袋，她当然不会让口袋空着。她没有手绢可往口袋里装，装一把枣子又硌得慌，只能装点儿别的什么。至于胡桃往口袋里装了什么，一般人都想不到，那是姑娘家精心挑选的一个秘密。原来她往口袋里装的是两团棉花。她把生棉花里面的棉籽儿剥出来，把棉花弄得暄腾着，就装进口袋里去了。这下可不得了，由于棉花的帮衬作用，使胡桃的屁股像是顿时大出许多。她的屁股本来就不小了，这样一来，她的屁股就显得更加肥硕。娘说她烧包，要她小心着，就是指的这一点。

娘不想让胡桃打扮得太漂亮，特别不愿意看到胡桃把屁股搞得那样大，初生的牛犊儿不知道老虎的厉害，那样搞是危险的。自从女儿一天天长大，当娘的就觉得有一种潜在的危险在向她悄悄逼近，使她一天比一天悬心。她发现村里那些男人的眼睛老在胡桃身上睃来睃去。只要她一不在胡桃身边，就有人往胡桃身边凑，跟胡桃嬉皮笑脸。胡桃在水塘这边淘桑树子儿，对岸有好几个男人过来过去。她家的茅房原来在屋子后头，那里长了很多芦苇，几乎把茅房拥住了。有一次她去茅房解手，觉得茅池后面的墙怎么有点透风呢，扭头一瞅，土墙不知什么时候已被人掏了个洞，有一只眼睛正在洞子后面瞪着。她提起裤子正要骂人，洞子外面的人已收起眼睛跑了，趟得芦苇哗哗乱响。她知道，这不要脸的眼睛是冲胡桃来的，打的是胡桃的主意，倘是胡桃在这里被人看去，那还了得！她让胡桃的爹把茅房周围的芦苇都砍掉还不算，还把茅房扒掉，移到屋山一头去了。屋后还有不少芦苇，芦苇是公家的，都砍掉是不行的。她假设芦苇里藏的还有人，动不动就到屋后对着芦苇丛骂一通。她把胡桃盯得很紧。一到天黑，她就不许胡桃再出门。夏天天热，她可以在院子里睡，从不让胡桃在院子里睡。镇上放电影，任胡桃百般求她，她就是不放胡桃去。她说天黑，路上有小鬼儿，小鬼儿半路上把你拉走怎么办！又说电影有啥看头儿！胡桃趁她稍不注意，自己跑走了。她把什么事都放下，追着胡桃就去了，直到在电影场子里找到胡桃，把胡桃的手扯在自己手里才放心。

　　对于胡桃裤子口袋里放的棉花，娘也认为那是女儿的一个秘密。她怕女儿害臊，没有把女儿的秘密揭露出来。趁女儿熟睡的时候，她轻手轻脚过去，把女儿裤子口袋里的棉花掏出来了。她想通过这个办法给胡桃一个暗示，让胡桃知道，在口袋里装棉花是不好的。

　　早起穿裤子，胡桃发现口袋里的棉花没有了。第一次，她没想到是娘掏走的，怀疑是弟弟掏走的。弟弟是个馋嘴的小家伙，大概以为她口袋里装的有什么好吃的东西，就偷偷地往她口袋里摸，没摸到什么好吃的东西，就把她的棉花掏走给扔了。胡桃没有质问弟弟为啥掏她的口袋，也没有吵弟弟，只把弟弟狠狠瞪了一眼。她从家里盛棉花的篓子里又揪了两团棉花，分别装进两个口袋里。按当地姑娘的眼光来说，奶子太大了，会让人觉得害羞，觉得丑，得把奶子勒平为好。而屁股大了呢，就是难得的，就是好看，就是美。因为他们那里有一个流传已久的说法，买牛买个抓地虎，娶媳妇娶个大屁股。姑娘的屁股大小，是他们衡量媳妇美丑的重要标准。胡桃肯定是听到过这种说法，肯定受到了这种审美观的影响，所以她才自觉不自觉地把自己的屁股往大了整，往美里整。从反应看，她这种做法的确收到了良好的效果。她在村里或地里一走，就觉得有人跟在她后面看。有人不仅跟在她后面看，还发出啧啧赞叹。跟人家看她的奶子不同，她不怕人家看她的屁股，不怕赢人。她心里说，随便看，赢死你！她甚至有些得意。她这般美好的屁股不光赢了男人，连村里的好多生过孩子的女人都被她赢了。有的女人竟对着她的耳根说，胡桃，哪个男人要是娶了你，你保证能给人家生一窝儿子。胡桃是听说过大屁股女人生儿子的说法，但她还没有把生儿子的事和自己联系起来，听人家这么一说，她的耳朵根子都红了。

娘再次把胡桃口袋里的棉花掏了出来。出于一个母亲的本能，她要保卫自己的女儿。她家屋子东面的水塘边有一棵李子树，每年李子树上开花不少，挂果儿也不少。要是等李子长熟，定是红艳艳的一树。可自从树上开始结李子，李子从来没有红过，还是青鳖蛋子时就被人摘光了，年年都是这样。为保住李子，她也曾想过不少办法，比如命儿子向树干上抹脏物，让丈夫把树干周围捆上刺棵子等。这些办法一点也不顶用，青青的李子上还长着细细的绒毛，就被嘴馋手长的家伙们半路上偷走了。青李子又涩又苦，并不好吃，那些不知名的坏蛋们不知犯的哪门子贱，就是不愿等李子长圆长饱长红就下手。李子嘛，被人摘了也就摘了，她想骂，就骂骂，不想骂，就笑笑。反正她不再指望拿李子甜嘴，卖钱。女儿就不一样了，在女儿没找到婆家之前，她得保证女儿不出半点闪失。最娇莫过女儿身，若女儿稍有闪失，就等于把女儿给毁了，女儿就不是原来的女儿了。李子头年被人摘去，第二年还会再生。女儿只有一生，要是被人摘过，就永远不可弥补，找婆家就难了。所以在女儿定亲之前，她无论如何也要保护好女儿，让女儿保持一个完好无缺的清白之身。已经有人开始给女儿提亲了，只是亲事尚未确定，不知将来把女儿娶走的是哪一个。好比说她种了花儿，养了花儿，随着花骨朵一天天长大，她成天提心吊胆，怕风又怕雨，防蜂又防蝶，对花骨朵精心呵护，却并不知道将来花落谁家。她的保护是没有确定服务对象的保护，是无私的保护。这不但丝毫不会影响她保护女儿的积极性和责任心，相反，亲事越是没有确定，她越觉得自己所负的责任面越宽，责任越重大。

这一次，胡桃猜到是娘掏走了她裤子口袋里的棉花，有点害羞之后，她就把脸子拉下来，生气了。人家往口袋里装点东西娘也管，娘管得也太宽了。她把棉花篓子搬出来翻了翻，果然在篓子里侧翻出了那几团亲切的棉花。胡桃产生了一些逆反心理，娘不是反对她往口袋里装棉花吗，她偏要装。她把四团棉花分成两部分，统统装进裤子两边的口袋里去了。新棉花的弹性和吸收空气的能力是很好的，这样一来，胡桃的屁股两帮就加倍地鼓，加倍地宽。对比之下，胡桃的小腰就显得越发地细。如果说胡桃的口袋里装进两团棉花时，虽对屁股进行了艺术加工，夸张还是有限的，还像是一幅写实的油画。现在装进四团棉花呢，就把屁股夸张得像一幅漫画了。为防止娘再次把她视为身体组成部分的棉花掏走，睡之前，她把棉花掏出来，放进被窝里，第二天起床穿裤子时，再把热腾腾的棉花装进去。

连弟弟都发现她胯骨两侧鼓得有些格外，问她口袋里装的是啥。她说啥都没有。弟弟不相信，提出把她的口袋摸一摸。胡桃扬起了巴掌，对弟弟说，你敢，我打死你！弟弟当时没敢摸她的口袋，但小家伙还把姐姐鼓鼓囊囊的口袋惦记着。姐姐裤子两边的口袋支乍得跟刚吃饱的水羊肚子一样，怎么可能啥东西都没有呢？趁姐姐端着碗吃饭时不注意，他的手迅速往姐姐一侧的裤口袋里一插，从中掏出了一团棉花。

胡桃见弟弟掏出了她的秘密，登时就恼了，她连饭也不吃了，放下饭碗就去捉弟弟。

掏出棉花的弟弟本来有些失望，姐姐一捉他，他大概觉得有点好玩，抓着棉花就跑了，姐姐越是说给我，给我，他跑得越快。他跟姐姐转树，转井台，姐姐几次差点捉住他，他的腰一瓦，打一个转折，就躲开了。这么大的男孩儿喜欢的就是乱跑乱跳，在没人逗他的情况下，他自己动不动就跑一气。后面有人追他，可以说正中他的下怀，他正好可以借机炫耀一下自己兔子一样的跑速。他跑到水塘外沿去了，把手里的棉花对不再追他的姐姐高高举着，说哎，哎，棉花，棉花。

胡桃气得脸都黄了，隔着水塘对弟弟骂了不少狠话，她让弟弟死去吧，有本事永远都别回家。还说她再也不给弟弟做鞋穿了，让蒺藜把弟弟的脚扎个稀巴烂，看弟弟还跑不跑。

这一幕胡桃的娘都看见了。一开始，娘是帮着胡桃说话，娘命胡桃的弟弟把棉花拿回来，还骂了胡桃的弟弟是个小兔孙。娘后来说的话，胡桃就很不爱听，她听出娘把她也捎带上了。娘说棉花又不是花儿，又不能插在头上，有什么可玩的！把好好的棉花弄脏了，弄死性了，就没法儿纺线没法织布了。

娘拿话捎带她，她就把气转移在娘身上，说，都是你，成天惯着他，把他惯得不像样子！

娘说，我怎么惯他了，我这不是帮你说话嘛！你这闺女，我看你越大越不懂话儿！

你说我不懂话儿，我就是不懂话儿。别当我听不出来！你说棉花不是花儿，我就说棉花是花儿。胡桃流泪了。

娘早就想对胡桃指明利害，她并没有因为看见胡桃流泪就不说话了，说，你看着棉花是花儿，干脆把篓子里的棉花都戴在你身上算了。这么大的闺女了，只知道铁重，不知道棉花多了也能压倒人。说别人你不知道，你亲姑你总该知道吧。你要是不小心，不听话，你也不会比你姑好到哪里去。

胡桃不愿听娘提起姑姑，更不愿意娘把她和姑姑作类比，她说不听，不听，跑到屋里趴到自己床上哭去了。姑姑的事胡桃是知道的。据说姑姑跟外村的人定了亲，是在出嫁的路上，被本村郭姓的人半路打劫，生生抢回来的。姑姑被抢回村里后，即被按着头和本村一个姓郭的男人拜了天地，塞进了洞房。爷爷、奶奶、父亲、叔叔等，听说后气坏了，嗷嗷叫着要跟那家人家拼命，要把姑姑夺回来。无奈郭姓的青壮男人和年轻妇女都出动了，把反锁着的洞房保卫得里三层、外三层，他们家的人想接近洞房根本不可能。不管他们家的人从哪个角度往里冲，都有数倍于他们的人拥上去阻拦。他们家的人恼得几乎就地摔头。而阻拦的人都不着恼，还嘻嘻笑着，俨然以新结成的亲戚关系称呼他们家的人。这种强加的亲戚关系使他们家的人恼上加恼。更可恼的是她的姑姑。第二天，正当胡桃的奶奶哭得寻死觅活，姑姑从洞房里出来了，姑姑反过来劝奶奶，说娘，娘，别哭了，在哪里不是吃饭过日子呢！他们家的人认为，这是姓郭的仗着人多势众欺负他们。姑姑被抢事件，是他们家的耻辱，胡家祖祖辈辈都要记住这个耻辱。他们家除了否认姑姑家这门亲戚，拒绝和姑姑家的人来往，以后胡家下辈再生了闺女，坚决不许和本村郭姓的人员通婚。作为胡家下辈的第一个闺女，胡桃接受了姑姑的教训，并记住了他们家的祖训，她不打算和本村的男孩子有什么过深的交往。她之所以不愿听娘把她和姑姑相提并论，因为她觉得自己和姑姑所处的社会不一样，她生在新社会，新社会讲究婚姻自主。她相信只要她自己不同意，谁也不能强迫她和本村的某个人结婚。哭过之后，胡桃把另一只口袋里的棉花也掏出来了。她不再往口袋里装棉花了。

　　娘并没有因胡桃裤子口袋里不装棉花而放松警惕，放松对胡桃的严密保卫。可以说胡桃一天天大着，娘的心在胡桃身上一天天小着，不敢有丝毫大意。她虽然不能像老母鸡抱小鸡那样，天天把女儿包在翅膀底下，但她目光炯炯的，谁要是对女儿多看几眼，她都要在心里留上一个记号。她心里有数，村里有好几个小伙子看上胡桃了。这从他们的眼神儿里就看得出来，他们一看见胡桃，眼里就像汪了水，或者像着了火。他们的年龄都和胡桃大小差不多，因年龄比较接近，他们就以为人也可以接近。其中两个小伙子的母亲，已托媒人找过她，给胡桃提亲。她一点余地也不留，一口就把媒人回绝了。遇到机会，她还对那两个小伙子使冷脸子，让人家死了那份想娶胡桃的心。

可怕的是村里有一个结过婚的叫大本的人。这个人喜在女人堆里走动，被称为善串女人行的骚情人。大本仗着父亲在城里有一份工作，家里在花钱方面活便些，加上他本人嘴甜，有手段，不知怎么就讨得了女人欢心。他在村里跟好几个女人有那种关系。据说不管再扎手的果子，只要被大本看中，没有他摘不到手的，吃不到嘴的。胡桃的娘发现，不怀好意的大本在打胡桃的主意了。大本把村里的女人吃一个又一个，定是吃馋了嘴，又想换换口味，就把下一个目标锁定在胡桃身上了。胡桃在水塘里洗衣服，大本隔着水就把一只香瓜扔到胡桃面前去了。金黄的香瓜在水面载浮载沉地漂着，转着，很是诱人。大本小声催胡桃快捞，快捞。眼看胡桃要伸手捞瓜，她赶快从芦苇后面冲出来，把大本骂走了。瓜也漂走了。和胡桃一块儿到镇上赶集，她不过上趟茅房的工夫，大本就凑到胡桃身边去了，不知正在胡桃耳边说些什么。她一从茅房出来，大本就钻到人堆里去了。这些都是她所看见的。她没有看见的，不知还有些什么事。忽一日，她见胡桃洗裤子时，从裤子口袋里掏出了一方叠在一起的花手绢。这个发现让她大惊，她据此作出两点判断，一是手绢定是大本给胡桃买的，二是她不在场的情况下，大本将手绢偷偷塞给胡桃的。既然两个人有了单独会面的机会，看来事情已相当危险了。她问胡桃，哪里来的手绢？

胡桃说是她自己买的。

胡说，你哪里来的钱？

不要你管，反正不是偷人家的钱。又说，是上次买裤子布时剩下的钱。

胡桃开始对她撒谎了，女儿一对娘撒谎，离出事儿就不远了，看来事不迟疑，她得赶快采取行动。

她的行动，是以请大本帮个忙的名义，让大本到她家里去了。她家里当时没有别的人，只有她和大本两个人。她把大本领到她睡觉的屋子，就把门关上了。她对大本说，你想那个，就跟我那个吧，你想怎么那个都行，就是不能打胡桃的主意。你敢动胡桃一指头，我就跟你拼命，就死在你们家里。说着，她就动手解扣子，解裤带。

大本说不不不，大本夺门出去了。

红围巾

喜如春天去相亲，到秋天还没有下文。喜如相亲是在一块麦地边。那时麦子刚起身，满地都是绿的。春风吹过，麦苗一波一波地涌，从远方涌来，又向远方涌去，一直涌过看不见的地方。后来，麦子黄了，割了。地里点上了玉米，栽上了红薯。再后来，玉米棒子掰了，红薯出了，地里变得干干净净。这期间喜如一直在等，天天都在等。跟人家相过亲了，她觉得应该等到一点什么。可半年都过去了，关于相亲的事，喜如没有得到什么确切的消息。

媒是四姑给她说的，也许四姑已经把结果告诉她了。四姑来走亲戚时跟她说过：等以后遇见合适的，姑姑再给你说。四姑说的是以后，没说以前。四姑这种没头没脑的说法，喜如不认为四姑把结果告诉她了。人家看了她，她也看了人家，她很想知道一个准话，人家到底愿意不愿意。她后悔自己当时太害羞，太碍口，该问的话没有问。那男孩子问她愿意吗，她迟疑一下，点了头。反过来，该她拿同样的话问人家一句，要是问了，结果当时就出来了。她低着头，红着脸，没敢问。她太依赖四姑了，四姑既然是媒人，她想着那个话应该由四姑问，四姑一问清，自然会告诉她。也不知道四姑问过人家没有，反正四姑只说了那一两句话就完了，好像一下子就把那一章掀过去了。平日里，四姑跟娘说起别的话来一套一套，是很稠的。对于春天里的那件事情，四姑的话不知为何那样节约。喜如当然不能问四姑，四姑不说，她就不听，四姑说多少，她只能听多少。这是当闺女的规矩，也是当闺女的难处。你要是把不住劲，问出个一句半句，就会被人笑话了去，甚至被人看不起。就算喜如一百个心想问，她也只能做出漠不关心的样子，把一百个嘴巴都扎起来。

娘说的话，也不能让喜如满意。娘对四姑说：俺喜如还小，加上虚岁才十五岁，过个三年五年，再说婆子家也不晚。四姑给她说媒，并没有直接跟她说，是通过娘给她说的。这就是说，四姑有什么话，都是先跟娘说，娘再说给她。相亲之后，她想着娘会好好地跟她说上一会子话，她一直等着那一天。不知有多少次了，娘一喊她，她心里就腾腾跳好几下。娘喊她，还是像过去一样，只是让她拿一样东西，或者干一件事情，没有坐下来好好说话的意思，一点也没涉及让她心跳的那种话。娘的话就那么几句，跟四姑说的话也差不多。喜如隐隐觉得，娘的话前面应该还有话。前面有话，才能引出后面的话，娘后面的话才接得上。说不定那前面的话，就是四姑先说给娘的关键的话，到了娘那里，娘就把那段话截住了，留下了。那是什么样的话呢？有什么话当娘的不能跟闺女说一说呢？

地里是干净了，喜如心里一点都不干净。地里没庄稼了，也没草了，她心里却像长了草。这事不怨别人，就怨娘。过罢年，她一听说四姑要给她说媒，把她吓得不得了。她一点心理准备都没有，没想到说媒的事这么早就临到了她头上。在此之前，她都是把给你说个婆子家当成骂人的话去听，四姑提出给她说媒，她一时没转过弯儿来，差点把四姑的话也当成了骂人的话。她想她没得罪四姑呀，四姑干吗骂她呢！都是娘替四姑说话，说四姑是为她好。还说她从小四姑就喜欢她，有了好人家，四姑第一个想到的就是她。那天让她去相亲也是，她退着缩着，说什么也不愿意到麦地里让人家去看她。让她到地里薅草可以，拾柴可以，剜菜可以，可是，让她和一个从没见过面的外村的男孩子去见面，去说话，这叫什么事呢，这太让人害羞了，太让人为难了。又是娘好说歹说，非要让她去。娘说：当闺女的一朵花，早掐晚不掐，这个不掐那个掐，早晚得出门子。早点相亲，早点把亲事定下来，心里就踏实了。她嘬着嘴，恼着脸子，不管娘说什么，她都不说话。娘捉住她，一拉一搡的，给她洗脖子，给她梳头，编小辫儿。娘越说不许嘬嘴，她的嘴嘬得越高。娘说：你就不听话吧！谁都喜欢喜兴的人，你要是这样嘬着个嘴去跟人家见面，人家想愿意，也不敢愿意。喜如这才说话了，她说：不愿意拉倒，不愿意正好！他不愿意，我还不愿意呢！

喜如打定的主意是不愿意。本村跟她年龄差不多大小的男孩子她都知道，一个两个，坐没坐相，站没站相，踢死蛤蟆弄死猴，哪一个像是能相亲的样子！跟她相亲的男孩子虽然是外村的，她不相信外村的男孩子就会好到哪里去。事到临头，喜如的阵脚有点乱。她没有再嘬嘴，两个好看的嘴角不知不觉就放平了。她打定的主意似乎也忘记了，人家一征求她的意见，她稀里糊涂地就对人家点了头。在离她们的村子比较远的一块麦地边，男孩子先到，她后到。四姑一直把她领到男孩子身边，领得离男孩子很近，说好了，你们两个说说话吧，就走了。她看了那男孩子一眼，或许是两眼，对人家并没有留下什么特别的印象。反正人家有鼻子，也有眼。但要问她那男孩子是大鼻子，还是小鼻子，是双眼皮还是单眼皮，她就说不清了。她事先听说人家正在上中学，就看见人家上衣的口袋里别着一支钢笔，的确是当学生的样子。因为她老是低着头，还看见男孩子脚上穿着一双蓝运动鞋。运动鞋的号码显得过于大了，男孩子的两只脚上像踩着两只小船。她想到了，这样大的鞋，可能是男孩子的娘从别人家给男孩子借的。这样的相亲，喜如要是摇头就好了，一摇头事情就过去了，就可以各奔东西。麦子地是很平的，往哪边走都可以当路，路都是又宽又软。问题是，喜如没有摇头，而是点了头。

相过亲的喜如，好像一下子就长大了，好像换了一个人一样。她心里愁得不行。一到没人的地方，她就叹气，重重地叹气。听见自己的叹气，她还有点想哭。她老是想，她被人家看过了，人家不是用平常的眼光看的，而是用相亲的眼光看的。要是只用平常的眼光看，看看也就看了，走路、赶集，谁不看看谁呢。被人家用相亲的眼光看过，恐怕就不一样了。至于不一样在哪里，喜如也说不明白。越是说不明白的事，她越是钻进去出不来，越是想弄明白。想来想去，喜如在总的事情上像是明白一点了，那就是，人家虽然看了她，可能并没有相中她。人家当时没点头，可能过后也没点头。不然的话，四姑和娘不会这样无声无息。想到这一层，喜如把自己解脱算了，就当自己没有相过亲，那天到地里，权当去剜了一回野菜，或者去放了一回羊。可是不行，喜如又向自己提出了新问题，人家没相中她哪一点呢？她在哪方面有欠缺呢？

喜如鼓足勇气对娘说：娘，我想要一条围巾。长这么大了，这是她第一次张口跟娘要东西。娘说：我是想给你买条围巾，哪有钱呢！喜如不说话了，她的嘴又噘了起来。还是那天去相亲前，娘说去村东头的五婶子家给她借一条围巾戴上。五婶子是刚娶到这村不久的新媳妇。五婶子结婚那天，喜如去看过，五婶子头上的确戴过一条新围巾。那条围巾是大红的，顶在五婶子头上，把五婶子的脸都映红了。喜如听人说过，以前娶新媳妇都是顶红盖头，把人的头和脸都盖上。只有把新媳妇领进洞房里，只有新郎才有权利揭开红盖头。现在顶红盖头被说成是旧风俗，不兴顶红盖头了，红盖头也没有了。那么，新媳妇们就戴一条围巾，围巾半遮半掩的，也能遮一点羞。喜如看见，五婶子在回娘家和去赶集时，也戴过那条红围巾。红围巾其实是方的，五婶子斜对角把围巾一折，折成一个三角形，可以顶在头上，可以围在脖子里，也可以披在肩上。无论怎样戴，围巾都很好看。那天娘空手去，又空手回来了，没借到围巾。娘去得晚了，五婶子的红围巾已被五婶子娘家那村的人提前一天借走了。那村有一个闺女，也是要去相亲，也需要戴一条红围巾。喜如把自己相亲不成的原因最后归结到没借到围巾上。想想看，一个闺女家，哪能露头露脸的让人家看呢！要是戴上一条围巾呢，她的脸会显得红一些，好看一些，也许人家会看上她。常言说，人趁衣裳，马趁鞍妆。她没什么好衣裳，也没借到围巾，凭什么让人家去看她呢！娘见她像是生气了，替她想了一个办法，说要不然你去地里扒红薯吧，你扒的红薯，单独放在一边，家里不吃你的。等你扒的红薯攒够两筐，让你爹挑到集上卖了，卖的钱够买一条围巾了，就给你买围巾。

当天下午，喜如就扛上钉耙，挎上荆条筐，到地里扒红薯去了。她知道，地里的红薯已经收过好几遍，想扒到一块红薯是很难的。他们这里每年种的红薯倒是不少。一年红薯半年粮；

红薯稀饭红薯馍，离开红薯不能活，说的就是这个地方。到了秋天，红薯的根部渐渐隆高，红薯叶子渐渐变黄，红薯叶子下面蚰子的声音开始变得嘶哑，生产队里就该出红薯了。出红薯之前，由女社员们用镰刀先把红薯秧子割掉，地面上只留下一小截粗根。出红薯时，钉耙不能直接扒在根部，那样容易把红薯扒烂。钉耙高高举起，一下子扒在最适当的地方，把钉耙把子一掀，往跟前一拉，一窝红薯就出来了。一棵红薯结几个不等，有的两三块，有的四五块，也有的只有一块。只结一块的，往往比较大，像大碓头一样，一块就有二三斤。社员们在前面出着红薯，队长、会计和几个社员，抬着大筐和大秤，在地里就把红薯分给各家各户了，红薯在地里堆成一堆一堆的。红薯分完后，队里收了工。各家的人找到分给他们的那堆红薯，老婆孩子齐上阵，把红薯削成薄薄的红薯片子，就地晾晒。红薯刚才还是红的，霎时就变成了一片白。这是第一遍收红薯，叫出红薯。在晾晒和捡拾红薯片子的过程中，有人很留心，会发现个别露头的，没出干净的红薯，他们悄悄地把红薯扒出来，就手把红薯削成红薯片子，或者把红薯放进筐底，用晒干的红薯片子盖上拿回家。这些只是些小动作，不能算是又收了一遍红薯。第二遍收红薯叫犁红薯，也叫抄红薯。抄红薯也是由生产队派人执行。专事犁地的社员叫犁把儿。犁把儿套上牛、驴，或者骡子，把明晃晃的犁子往出过红薯的地里一扎，从地头抄起，一道挨一道，一寸都不落下。这样抄红薯，等于把红薯地翻个底朝天，剩余的红薯再也无处藏身。每一张犁子和每一位犁把儿后面，都跟着一个拾红薯的女社员。女社员挎着笺头筐，低着头，眼睛瞅着犁沟。犁子每抄出一块红薯，女社员赶紧把红薯拾到筐里去了。筐里的红薯快拾满了，女社员趁犁把儿犁到地头时，把红薯倒在地头的拖车那里，等收工时一并运回去。这些抄出来的红薯要集中到生产队的粉坊，用剁刀在木槽里剁碎，上石磨磨成糊糊，澄出淀粉，最后制成粉条。为什么要派女社员拾红薯呢？因为女社员眼尖，心细，不会放过一块红薯。加上女社员腰软，弯腰也方便。每一位犁把儿也很负责任。他们一手持鞭，一手扶犁，嘴里吆喝着牲口，眼睛还瞅着犁沟。他们若看见抄出来的红薯又被暄土盖住了，就边走边用脚尖踢一踢，把泥土踢开，把红薯暴露出来。也有时，红薯个头比较大，卧得又比较深，被运行着的犁头横着或纵着切断了，咔嚓一响，犁子后面闪出一片白光。这时，犁把儿会吁住牲口，把犁子停下来，用鞭把儿将仍嵌在地下的另一半红薯掘出来。这样用犁子普遍抄过之后，地里的红薯就算收干净了。喜如到地里扒红薯，就是到抄过的地里扒。这是第三遍收红薯。第一遍叫出，第二遍叫抄，第三遍叫扒，也叫溜。地里既然没什么红薯了，队里就放羊了，只要不怕掏力，谁想去扒都可以。

这块地虽然很大，但不少地方已被勤快的人扒过了。喜如放眼望去，见地里仍有几个人在不同的地方扒着，那些人有男的，也有女的，有老的，也有少的。喜如往地中间走了走，找到一块无人扒过又离别人较远的地方，开始扒。没扒过的地方和扒过的地方是不一样的。没扒过的地方一道一道的，土块比较大。有的土块被光滑的犁铧擦过，土块的表面也很光滑，微微的有些光亮。扒过的地方，土比较碎，比较绒，泥土上留下的还有脚窝。喜如听有经验的人说过，每座坟周围往往会藏有一些红薯。因为犁子走到坟跟前，犁把儿总会把犁子提起来，把坟绕开一点，这样坟前坟后就会留下一些三角地带。喜如没有到坟跟前去。她知道，坟周围早被人扒过了，轮不到她扒。再说，她不敢到坟堆那里去扒。每座坟里都埋有一到两个死人，死人总是让人害怕。喜如揽得有三尺多宽，一钉耙挨一钉耙往前扒。土地分两层，上面是熟土层，下面是生土层。熟土层翻来覆去种庄稼，把土种熟了。生土层很硬，一扒都是生土瓣子。她必须扒过熟土层，扒到生土层，比犁子抄得深，才有可能扒到红薯。一钉耙把熟土层扒不透，她就再套一钉耙，扒出生土瓣子来才罢休。她扒了一丈多远，没有扒出一块红薯。土地是黑的，仔细看还有点发黄，颜色很深。而红薯是鲜红的，要是从土里扒出一块红薯，一定很显眼。土地的表面有点干，一扒开，下面就是湿的，似乎用手一攥，就能攥成一团。她把粘在一起的湿土块都捣碎，万一哪一块泥土里包着一块红薯呢。可以说喜如每扒一钉耙都满怀希望，希望怀得像红薯一样大，像红薯一样红。可土一扒开，希望顿时破灭。喜如不泄气，上一个希望破灭了，她把新的希望寄托在下一钉耙上。钉耙扬起，她的希望也随之升起。

土地里可真干净，除了黑，还是黑，除了土，还是土。人们说哪个地方干净，都是说一尘不染。这里的干净，不知该怎么说，因为这里都是尘，都是土了。喜如心说，扒不到红薯，哪怕扒出一片红薯叶子也好啊！她知道，在夏天，红薯叶子是长得蓬蓬勃勃，满地里都绿汪汪的，看不见地皮。社员们在割红薯秧子时，红薯叶子也会落在地上一些。但红薯叶子一落地，很快就会变黑，黑得跟土地的颜色一样。出红薯时把红薯叶子往地下一埋呢，红薯叶子很快就化掉了，跟土地融合在一起，再也无从寻觅。不能说喜如一点东西也没扒到。扒出两三丈远的时候，她扒出了一个挺大个儿的虫蛹子。虫蛹子是老豆虫变成的，粗得像一管钢笔。"钢笔"下端尖尖的，上端还有一个鼻儿，恰似钢笔的挂钩儿。那鼻儿里储藏的是蛾子的须子，等蛾子从虫蛹子里飞出来，它的须子会抽得很长很长。她把虫蛹子扒出来后，虫蛹子的尖肚子这边一摇，那边一动，仿佛在说：我睡得好好的，你把我扒出来干什么！喜如把虫蛹子放过去了，接着往前扒。她不信扒不出红薯来。村里有一个人，每次到地里扒红薯，都能扒到半筐到一筐。村里人都很羡慕他，说他长得有红薯眼，隔着地皮就能看到红薯，所以在别人扒不到红薯的情况下，他每次都能扒到红薯。喜如的爹从不相信这种说法，爹说：人的眼睛是一样的，谁都没长什么红薯眼。只是人的心劲不一样，人家有耐心，不怕下力，扒的面积大，才扒到了红薯。喜如认为爹的说法是对的，她也得有耐心，不怕下力。

　　一群大雁，伸着脖子往东南飞。有的大雁一边飞，还一边叫着，叫得啊啊的，好像长途飞行已经累得顶不住了，要求停下来歇一歇。可整个雁群没有一点停下来的迹象，对个别雁的叫喊不予理会，只管飞走了。喜如回头看看，离她放筐的地方已经好远。她的筐还是空的。她打了转折，往回扒。她累得有些热了，额头上出了一层细汗。她用手背抹抹汗，脱下外面的夹衣，只穿一件单褂子，继续扒。喜如觉得眼前一白，红薯，她差点叫出声来。她不用钉耙扒了，怕把红薯扒烂。她扑下身子，用手扒。在犁子犁过的犁底，她果然看见了半块被犁头切断的红薯。她在心里高兴地说：我总算扒到红薯了！她把红薯周围的土清理了一下，看见红薯的断面上凝结着一个个小绿点儿。那是红薯流出的白汁子，一干就变成了绿点儿。喜如小心地把红薯扒出来了。说来她多少有点失望，原来大半块红薯被犁子切走了，剩下的红薯只有一小片，不到一块红薯的五分之一。或者说只剩下一块红薯皮而已。若是在家里做饭，喜如看到这样的红薯皮，也许一抬手就扔到院子里去了，给猪吃算了。在这里她可舍不得扔，她费了那么大的力气，总算见到红薯了。红薯再小，也是红薯啊！她把红薯轻轻地放到筐里去了。

太阳落下去了，地里开始发暗。有人用钉耙把挑起筐，回家转。他们说，天快黑了，不扒了，走啦！他们把走啦的啦字拉得长长的，好像是唱戏的叫板一样。他们不是招呼喜如，让喜如也回家，他们是自己跟自己说话。喜如还不想走，她扒到的红薯还太少。她往村庄的方向看了看，见灰趴趴的庄子上冒出了炊烟，还隐约听到了拉风箱的呼哒声。欲哭的感觉又在喜如心头升起来了，她说：扒个红薯真难啊！当个人真难啊！她又对红薯说红薯，红薯，你们别跟我作对好不好？你们救救我好不好？我一个闺女家，也没别的想头，不就是想买一条围巾嘛！也不知道红薯听到她的话没有，反正红薯还是没有出来。星星都出来了，红薯也没出来。

第二天，天还没有大亮，爹没起来，娘没起来，喜如就起来了。娘说天还不明，让她再睡一会儿。她没有说话，扛上钉耙挎上筐就走了。走到门外，她听见爹对娘说：喜如这闺女大了，知道操心了。爹说的话，喜如有点似懂非懂，知道操心，操什么心呢？不过她听出爹是在夸她。天上有半块月亮，地上下了一层霜，她弯下腰瞅瞅，红薯地里白花花的，那不是月光，的确是一层霜。她上去用脚一踩，土就软得像雪一样陷下去。她抬起脚来，那层白的就没有了，就粘在她鞋底上了，或者被她踩化了，地上留下了一个黑黑的脚窝。这时候光线不好，她扒红薯扒得慢些。每扒一钉耙，她都要弯下腰瞅瞅，看看有没有红薯。她没有扒过的地方是白的，一扒就成了黑的。也就是说，她不扒还好，越扒就越黑。她眼前是一片白，所扒过的身后是一片黑。不管是黑是白，她都要扒。偌大的地里没有别的人，只有喜如一个人在扒。如果给喜如做一个剪影，她的剪影也是黑的，似乎有些单薄。同时，她的映在夜幕上的动作也是重复的、单调的。一个扎辫子的小黑人，把黑色的钉耙举起来，扒下去，往后一拉，小黑人就弯下腰去瞅。以此循环往复。有那么一刻，喜如像是忘了自己在干什么，忘了自己是在扒红薯，也忘了一切是为了挣到一条围巾，她就那么机械地扒。似乎只要扒，就过得去，不扒，就过不去。直到东方出现了朝霞，喜如才恍然大悟似的，记起自己在扒红薯。朝霞是嫩红的，跟刚出土的红薯的颜色一样。随着朝霞不断漫延，布满了半边天，朝霞就变成了和红围巾一样的大红颜色。她想，要是随便扯下一块朝霞，做一条围巾就用不完。这样想着，她停下来，对着朝霞看了一会儿。朝霞抹在她脸上，使她的脸变得红通通的。

前面有几只喜鹊在叫，它们一叫，头往下一压，长长的尾巴就一翘。它们还乱飞、乱跳，飞起来，翅膀一收，又落回原来的地方。喜如听说，喜鹊的眼睛很尖，比人的眼睛尖得多。它们从红薯地的上空一飞，哪里有红薯，它们就能发现。它们若落在哪里，哪里就有红薯。人们跑去一看，一般都能捡到红薯。当然，红薯大都被喜鹊的硬嘴啄过了，上面留着几个小洞。喜如想看看喜鹊起落的地方有没有红薯。或许喜鹊见她老也扒不到红薯，就给她指出红薯在哪里，让她去捡。她一走过去，喜鹊们就叫着飞走了。她转着圈儿，这儿瞅瞅，那儿瞅瞅，一块红薯也没瞅到。再找喜鹊，喜鹊并没飞远，而是落到被她扒过的那片土地里去了。她没捡到红薯，喜鹊在土里一啄一啄的，像是啄到了虫蛹子之类的东西。蛐子、蚂蚱等，都往地里下的有子儿，她的眼睛看不见，也许喜鹊的眼睛看得见。她想借喜鹊的眼力没借到，喜鹊倒把她的手力借到了。喜鹊们真够赖的，原来它们是要把她引开，跟她交换一下场地。喜如有点懊悔，自己想取巧，反而上了当。她警告自己，今后再也不许想着取巧了。喜如埋下头来扒红薯，在土里发现了一条红头绳一样的细根。这样的细根，他们这里叫行条。她顺着行条往下扒，越扒行条越粗。喜如禁不住有些心跳，她预感到这下有戏了。扒红薯的人常说，老鼠拉木锨，大的在后边，指的就是这种状况，指的就是行条尽头可能会带出一块较大的红薯。据说红薯的行条和红薯身上都长有不少细根，这些细根是吸收营养用的，在红薯被扯断秧子的情况下，只要红薯还埋在地下，没被移动过，它仍在吸收营养，一直在长个儿。果然，在行条的带领下，喜如在二尺多深的地下扒到了一块红薯，这块红薯不算小，至少有一斤多重。由于红薯是生长在生土层里，红薯长得不太圆溜，体型有点扁。还是因为生土层的土质比较硬，红薯的表面不太光滑，有些坑坑洼洼。可红薯的颜色是嫩红的，嫩得像新生婴儿的皮肤一样。她对着红薯又看又闻，差点把红薯亲一口。接着，喜如又扒到了好几块红薯。那些红薯有烂的，也有完整的；有的像小老鼠，有的像线穗子。看看，扒不到红薯的时候，红薯不知在哪里躲着，一块儿红薯都不出来。扒到红薯的时候，红薯拉二连三地就来了。难道水中的鱼儿爱成群结队，土中的红薯也喜欢扎堆儿不成！

　　喜如把她扒来的红薯放在灶屋里。灶屋一角，支有一盘石磨。磨盘下面，有四条木腿。她把红薯码放在木腿中间，上面盖上一把干草。她扒回的红薯差不多有一筐了。如果有两筐红薯就可以换一条围巾的话，目前她已经有了半条围巾。他们家每天都吃红薯，早上蒸红薯，中午用红薯片子面掺点豆面擀面条，晚上烧红薯茶。家里吃的红薯另外放在一个筐里。一筐红薯吃完了，娘和她就到院子里的红薯窖里再掏一筐。他们家的红薯窖是竖式的，窖筒子像是井筒子。井筒子见水，窖筒子不见水。窖筒子打够七八尺深，就平着开挖仓储用的拱形洞子，左边一个，右边一个，两边的洞子都很深，也很阔。窖红薯之前，他们先把烂的和有虫眼的挑出来，然后把筐上系上绳子，把尚好的红薯装进筐里，一筐一筐往窖下系。窖红薯是她和爹的事。爹把红薯筐子往窖下系，她把红薯往洞子里倒。她个子低一些，地洞子里不用弯腰，也不碰头。一侧的洞子倒满了，她就挑一些大块儿的红薯，把洞口码起来，再往另一侧的洞子里倒。有时候，两个洞子都装满了，窖洞子里也要窖一些。在没下雪之前，窖口盖一张高粱莛子扎成的锅盖就行了，到了数九寒天下大雪，为了防止寒气往窖里入侵和红薯受冻，锅盖上头还要盖一块草苫子，草苫子上还要压一扇小石磨，另外还要封上土。这样窖里就暖和了，红薯就没事了，什么时候取出来都是鲜灵灵的，吃过冬天，还可以吃到春天。

　　有一天中午，喜如从地里扒红薯回来，发现她的红薯少了。别看上面的干草还盖得好好的，她一眼就看出红薯少了。每一块红薯都是她亲手扒出来的，都来之不易，都在她脑子里留下了印象，少一块红薯她都知道。而且，她的红薯少得很明显，只留下完整的，凡是烂的都没有了。喜如顿时很生气，这事不会是别人干的，一定是娘干的。窖里那么多红薯，筐里也有红薯，还不够吗，为啥还要吃她扒的红薯！娘难道就不知道，她每天起五更打黄昏，扒一点红薯有多难！但她没有就红薯的事去问娘，一问就显得跟这个家

120

离心了，生分了，说不定会生更大的气。有一点她想到了，烂红薯容易坏，不禁放，娘可能是怕烂了的红薯坏掉，就挑出来吃了。

中午饭，娘做的是炒红薯丝儿。炒红薯丝儿的做法，是用铁皮做的拉子把红薯拉成丝儿，把里边的淀粉过滤出来，攥干松，放上油、盐和葱花儿，上锅炒。这是红薯多样化吃法的其中一种吃法。这证实了喜如的猜测，娘肯定把她扒的一部分红薯拉成了丝儿。为了赌气，也是为了抗议，喜如午饭没吃炒红薯丝儿，坚决不吃。她只喝了一碗稀饭就算了。

晚上扒红薯回来，喜如发现她的红薯堆又有了变化。这次变化不是少了，而是多了，几乎顶到了磨盘。她认得出来，多出来的红薯都是完好无损的，红薯的块头儿大小也差不多。不用说，这些多出来的红薯都是从他们家的红薯窖里转移出来，添加在她的红薯堆上的。有一点她吃不准，多出的红薯，不知是娘给她添上的，还是爹添上的？爹是个细心人，爹给她添红薯的可能性大些。爹定是见她中午不大高兴，弄清了原因，就悄悄地把红薯给她添上了。爹不但把吃掉的红薯补充上了，还多添了不少红薯。这让喜如觉得有些惭愧，她中午不该不吃炒红薯丝儿，不该给娘脸子看。还好，她没把赌气的原因说出来，没有跟娘吵架。要是跟娘吵了架，不知她会惭愧成什么样呢！

逢集这天，爹把她扒的红薯装了两大筐，准备挑到集上去卖。爹说，卖了红薯，买一条围巾，保证没问题。

听了爹的话，喜如的脸一下子就红透了，恐怕比红围巾还红。

既然扒的红薯够买一条红围巾了，喜如就不必再去扒红薯了。可爹去赶集走后，喜如又到地里扒红薯去了。女儿家的心事让人猜不透，她为什么还去扒红薯呢？

麦子

　　建敏是福来酒家的门迎，也叫礼仪小姐。到了营业时间，她早早地站在门口一侧，等待食客的到来。她不必站在门外，只站在门里就行了。酒家的两扇门都是玻璃，一落到底，有人从门外走过，稍一瞥眼，就把透明玻璃后面的建敏看到了。建敏上身穿的是蓝底白花的掐腰中式褂子，下面穿的是黑色长裙，加上从地面到门口起有几级台阶，建敏的身材显得很高挑，为酒家收到了不错的招牌效果。见有人来了，建敏马上拉开门，身体前倾、脸上微微笑着，一只手做出请的动作，说，您好，谢谢光临！有人用过饭要走，建敏需及时推开门，关照人家走好，说，欢迎下次再来。这一套程序化的动作和说词都是老板教给她的，她都记住了，运用起来也不是很难。可老板说，她的胸应该挺起来，笑得也应该自然些。她听得出来，老板对她的表现不是很满意。她两肩后掰，试着把胸挺起来了，只挺了一会儿，不知不觉间又收敛成原来的样子。关于笑得自然些，建敏做起来也比较难，她对自己的笑没法作出判断，哪样儿算自然，哪样儿算不自然呢？在酒家的洗手间里，她对着墙上的那面大镜子笑了一下，又笑了一下，笑着笑着，眼泪就浸出来了。老板还有要求，说建敏要是描描眉，搽上口红，化点淡妆，就更好了。建敏塌下眼皮，不说话了。

老板是建敏的姑姑。前些年，姑姑跟着姑父在北京搞家庭装修。他们搞装修攒下了钱，就租了临街的房子，开了这家餐馆。刚来时，建敏不愿意当门迎。虽说站在玻璃后面，因玻璃不遮人，跟站在街边也差不多。街上的人过来过去直着眼瞅她，她很不习惯。她又不是摆在服装商店门口的塑料模特，让人家瞅来瞅去算什么！姑姑说，我是对你好。有的人酒喝高了，就不讲规矩，我怕你上菜时受不了那个委屈。建敏看看那些端盘子端碗的姑娘，她们果然穿的短裙，大腿露得吓人。过了一段时间建敏才知道了，当门迎是有条件的，对身材、长相、说话的音质都有一定的要求，不是谁想当便能当的。比如一帮女孩子在台上跳舞，其中必定有一个跳得最好，被称为领舞。建敏在这个酒家服务员中的地位就相当于领舞。也有的服务员不是这种说法，她们说建敏长得比较能吸引人的眼球儿。建敏不喜欢这样的说法，要么说眼睛，要么说目光，什么眼球儿不眼球儿的。

建敏的活儿不算重，要的不过是个站功。从上午十点站在晚上十点，她都不能坐，要一直站着。初开始，她觉得自己的腿都站硬了，脚脖子都站粗了，一天下来，双脚沉得像是拖着两坨铁块子。她没有跟任何人说，这点小苦不算什么，她不声不响就吃下去了。把苦吃到一定时候，她的站功就练出来了，腿就不那么硬了。干这活儿还得长眼色。有些食客走到门口是犹疑的，进与不进像是处在两可之间。建敏得看到这一点，得赶快迎出来，走下台阶，把食客的犹疑变成不再犹疑。只把食客迎进门，建敏的任务就算完成了，别的服务员会把食客像抓接力棒一样接过去，食客或是坐散座，或是进雅间，都由穿短裙的服务员负责。至于

麦子 　123

把"接力棒"带出多远，伺候到什么样的程度，就看各个服务员的本事了。

饭菜好做客难请，这是流传在建敏老家的一句俗话。以前，建敏对这句话没什么体会，不知道为什么要请客，客有什么难请的。自从在福来酒家当了门迎，她才懂得这句话后面的苦辣酸甜了。这句话应该改一下，叫酒家好开客难迎。建敏现在每天都担心来酒家吃饭的客人太少，担心酒家的客座坐不满。姑姑说的，要是吃饭的客人太少，酒家就不赚钱，就交不起房费、电费、水费、卫生费、绿化费还有营业税等等。如果酒家赔了本，当老板的姑姑拿什么给她们开工资呢！她们拿不到工资，岂不是等于白干了！在福来酒家的对过儿，唱对台戏似的开着另外一处酒家，透过一街两行的银杏树，建敏一探头就把对面的酒家看到了，那个酒家规模大一些，档级也高一些，人家不是叫酒家，而是叫酒店。也是听姑姑说的，北京的饭店酒店分七八十来个档级，高等人进高级饭店，普通人只能进一般饭店。福来酒家大约能排到八级，撑死了能排到七级。对面的楼上楼下都有雅间并带卡拉 OK 的酒店恐怕能达到六级的标准。建敏注意到了，人家的门迎不是一个，是两个，门两边一边站一个。人家穿的是粉红缎子的旗袍，上面花是花，朵是朵，打眼得很。还有人家那种像是城里人才有的神气，都远非乡下来的建敏所能比。建敏往对面酒店看几眼就不敢看了，每到用餐时间，出入那间酒店的男男女女总是比较多，相比之下，来福来酒家吃饭的人恐怕还不及人家的半数。这让建敏心里不大平衡，甚至有些懊恼。她意识到一个当门迎的责任，双倍的责任。她想，是不是因为自己当门迎当得不好，来这边吃饭的人才这么少。一天晚上，她趁姑姑给供在酒家的财神上完香，把她的想法跟姑姑说出来了。姑姑说，好孩子，你当门迎当得很好。建敏的眼睛一下子就湿了。

门前这条南北街道国庆节前刚翻修过，人行道加宽了，铺了彩砖，酒家门两侧还砌了两个长方形的花池。花池是用釉里红的瓷砖砌成的，里面已填满了新土，只是还没有种花。建敏一抬眼就把花池里的新土看到了，那些土不知从哪里拉来的，黑油油的，绒乎乎的，土质相当不错，种花肯定不成问题。也许季节到了秋天，不是种花的季节，好多天过去了，花池一直空着。须知农家闺女的眼里是见不得空地的，花池空着，她心里好像也空着。娘病死后，他们家的地都是由她和爹种，边边角角都种到。像这样两方子地，他们会种上小麦，或是油菜。如果不种小麦和油菜，也会种上大蒜和兰花豆，反正不会让地闲着。建敏问过姑姑，花池里为啥不种花？姑姑说，她给街道办事处交过绿化费了，种花的事归街道上管。建敏又问，街道上是不是等到明年春天才种花？姑姑说，可能吧，不管它。

两边的花池里各有两棵保留下来的高杨树，秋风渐渐凉了，杨树叶子偶尔会落下一片两片。杨树叶子手掌一样大，落在花池里的暄土上瓦楞着，像是轻轻呵护着什么。建敏知道，土里什么都没种，杨树叶子自作多情而已。建敏把池子里的细土用手攥过，土是湿润的，黏性很好，一攥就春蚕一样在手心卧成一条。建敏抓起一把土在鼻子前闻过，苦盈盈，甜丝丝，还有那么一点腥，是她所熟悉的那种味道，一下子就吸到她肺腑里去了。建敏习惯按农时为土地着想，农时不等人，这两方花池难道要空下一秋和一冬吗？花池闲着也是闲着，别人不种，她来种点什么不行吗？这个念头一撞，建敏心里不由地腾腾跳起来，仿佛某样种子已经种下了，并已在她心头发芽，开花。

她打算种的是小麦。

别人家的孩子到远方打工，父母都给孩子包一把家乡的土，建敏的爹为建敏包的却是小麦。爹包的小麦不是一把，而是两捧。爹找了一个塑料袋，把塑料袋放在麦芡子上，往里装了一捧，又装了一捧。爹用麻绳把塑料袋扎了口，外面又包了一块旧手绢。建敏没有阻拦爹，爹想包什么，就让他包什么；爹想包多少，就让他包多少吧。爹给她准备的有一只帆布提包，提包里只放了几件换洗的衣服，反正别的也没什么可装。爹一边把小麦往提包里放，一边对建敏说，这些麦子都是你种出来的，啥时候想家了，你就闻闻这些麦子。建敏只点点头，没有说话，也没有看爹。她眼里的泪不是一包，是两包，两包泪都包得满满的，她要是一开口，眼泪就会掉下来。

村里的男孩子女孩子就建敏出来打工算是晚的。前两年，爹说她年龄还小，舍不得放她出去。今年她超过了十八岁，爹说，你想出去就出去吧，我不能把你老拴在家里。建敏对外出打工并不是很积极，她说，我要是出去了，谁帮你种地呢？爹说，那点地我自己种得过来。她又说，那，谁给你和我弟弟做饭呢？爹说，你放心，饿不着我和你弟弟，你一走，我自己就会做了。不是爹撺你出去，爹也知道外面的钱不是好挣的。可你要不出去打工，不光咱家的房子翻盖不成，恐怕连你弟弟上学的学费都成问题。那天一大早，爹送她到镇上搭汽车，弟弟建根睡在床上还没醒。弟弟刚上小学三年级，正是贪玩贪睡的时候。她来到床前，叫着建根，建根，我走了，你跟爹在家里好好的。她叫得声音发颤，建根还是没醒。她把手伸进被窝里，摸了摸弟弟。弟弟的小身子瘦瘦的，脖子里涩拉拉的，上面有不少泥皱儿。她的眼泪再也包不住，呼地流了出来。娘死那年，弟弟才一岁多一点，是她把弟弟拉扯大的。她代替娘的职责，把弟弟管得很严。有一次弟弟没完成老师布置的作业，她抓过弟弟，打得很厉害。弟弟叫着，姐，姐，别打了！她说，你不好好学习，就得打你！她后悔不该那样打弟弟，心疼得差点哭出声来。她对爹说，我走后，你别打我弟弟。爹说，我不打他。好了，走吧。

　　建敏和酒家的姐妹们没有别的地方住，下了班都是住在酒家，她们把酒家当成了自己的家。有的睡折叠床，有的睡桌子，有的睡在拼起的椅子上。建敏更省事，她在地上铺一张席，睡在地上。有姐妹说，别睡在地上，地上凉。建敏说，没事儿，这样省得翻身时掉在地上。姐妹们都笑了，人已经在地上了，再掉还能往哪里掉呢！趁酒店打烊时，建敏把带来的麦子分出一半，悄悄地往花池的土里撒。她把麦子装在口袋里，装作掏麦子时不小心，麦子自己就撒在土里了。每撒下一小撮，她就马上用脚趋趋，踩踩，把麦子埋住。她的样子很胆怯，生怕人家发现她在种麦子。时间差不多到了半夜，街上静了下来，只是偶尔有一辆小车经过。每开过一辆车，建敏心里就一惊，撒麦的动作就停了下来。当一个骑自行车的人路过时，建敏吓得赶紧从花池里跳出来了，她好像在说，我什么都没干，只是到花池里看看。一个服务员问：建敏，你在外面干什么呢？再不进来，我们就锁门了！建敏说，我看看有没有月亮。这样说着，建敏想起，自从她来到城里，一次也没看见过月亮。她抬头往天上瞅，天上灰蒙蒙的，哪有月亮的影子呢！姐妹们又笑话她了，你当是在老家呢，城里这么多灯，早把月亮给遮住了。

把麦子种在花池里，好像同时种在了建敏的心田里，这一下建敏有心可操了。她明明知道麦子种下后要等五六天才能发芽，可麦子种下的第二天，她就禁不住往麦地里看。这时花池的概念已经淡去，被麦地所代替。她站在左边，看右边的麦地；站在右边，看左边的麦地。看着看着，她的目光就有些发虚，有些走神儿。她走神儿走到老家去了，似乎看到大片大片的麦子已经出齐，并由鹅黄变成了葱绿。回过神儿来她有了一点顾虑，不知道城里的土地适合不适合长麦子，她从老家带来的麦子服不服北京的水土。午后，天下起了小雨，建敏十分欣喜，她觉得老天爷真是顺她的心意呀，她刚把麦子种上，老天爷就下起雨来了。雨下得不是很大，几乎看不见雨点儿。往银杏树上看，才能看见银杏的叶子乱点一气。这让建敏想起一个儿时的游戏，一个孩子伸着手掌，另一个孩子用一根手指头往手掌心里点，一边点一边念，点点豆豆，开花一溜，小狗搬砖，握住老千，老千开门，呼啦一群。念到呼啦一群时，伸着手掌的孩子方可以收拢指头，去握另一个孩子的指头。如果把手指握到了，就算赢了。握不到就重新点点豆豆，再来一遍。眼前的情况像是银杏叶子一直伸着手掌，而雨点伸着小指头纷纷往银杏叶子上点，点点豆豆不知念了多少遍了，银杏叶子一次也握不住雨点的手指头。然而麦子地里的土色儿变深了，由黄黑变成深黑，由深黑变成油黑。大片的杨树叶子把细密的雨点收集起来，收集到足够大时，变成悬胆似的水珠，才从叶尖处坠落下来。水珠在叶尖所指定的地点边沿坠落，地上就砸出一个个小坑。小坑土变细，泥变稀，呈现出灰白的水光。有了这场难得的好雨，小麦不发芽无论如何也说不过去。

小麦没让建敏失望，几天后的一个早上，建敏开门一看，小麦发芽了。小麦像是听到了口令，说发芽，都发芽，说立正，都立正。小麦刚钻的芽是鹅黄的，真嫩哪，嫩得让人舍不得碰。而那些芽又是针形的，颇具锋芒的样子，像是不许人们碰，谁碰就扎谁一下子。建敏有些感动，她差点喊一声，快来看哪，小麦发芽了！她没有喊，这还是她的秘密，已经发芽的秘密。一个服务员发现了麦芽，哟了一声对建敏说，我看着花池子里发出来的怎么像麦芽子呢！建敏笑了笑，没说是麦芽子，也没说不是麦芽子。姑姑一眼就把麦芽子认准了，她问，这是谁种的麦子？服务员们一时有些害怕，都不敢承认。姑姑看着建敏，问是不是她种的。建敏的脸很红，不承认是不行了，她说，是我种的。她以为姑姑会吵她，不料姑姑说，花池子空着也是空着，种点麦子挺好的。麦苗子不怕冻，一冬都是绿的，我就喜欢看麦苗子。你种得有点稀，再种稠点就好了。

针形的麦芽很快展开了，一个叶变成两个叶，两个叶变成四个叶。好比一卷子画，一打开就漂亮了，一幅变成多幅，鹅黄变成葱绿。可在建敏看来，再好的画也比不上她的麦苗，风一吹，麦苗的头发就飞扬起来，就会跳舞。画上的东西会跳舞吗？她的麦苗还会长高，出穗，画上的东西会出穗吗？一对老人在街上散步，他们看见麦苗停下了。老太太说，快看，麦苗儿！老太太高兴得像个孩子似的。老爷子摘下眼镜低头一瞅，说不错，真是麦苗儿。老太太说，好玩儿，花池里怎么会长出麦苗儿呢？老爷子说，这有什么奇怪的，肯定是有人在花池里种了麦子。老太太说，依我看麦苗比花儿还好看呢！老爷子说，农民意识。两个老人的对话建敏都听见了，她禁不住想乐。一个像是当爸爸的，看见麦苗也不走了，对身边的女儿说，这是麦苗儿，可不是草，你要认准喽。女儿只看了一下，似乎对麦苗儿不大感兴趣。爸爸说，咱们吃的面包面条，还有馒头，都是麦子做的。女儿的问题来了，咱们吃的面条是白的，麦子怎么是绿的呢？爸爸笑了，说我的傻闺女，这是麦苗，麦苗还要拔高、抽穗、扬花儿、结籽儿，把籽儿磨成面，才能做成我们吃的东西。女儿长啊了一声，表示知道了。这父女俩说的话更好玩儿，建敏再也绷不住嘴，粲然笑了出来。建敏的牙又细又白，闪着瓷光，平常不笑的时候都像在笑，一笑就显得光芒四射。此后，建敏发现每天都有人注意她的麦子，有人对着麦苗能瞅好一会儿，还有人在麦苗前照相。建敏心说，这是我种的麦子，你们看吧。她对每一个人都很欢迎，从中得到相当的乐趣和满足。

姑姑说，建敏，你现在笑得比以前自然了。

建敏说，是吗？我也不知道。

也有人对麦子不喜欢。一天，街道上的一个干部把酒家门前的麦子看到了，大声问，怎么搞的，这是谁种的麦子？

建敏吓得不敢说话。姑姑笑着迎出来了，请干部进酒家喝茶。干部不喝茶，还问麦子是谁种的。姑姑没说是谁种的，只说，这两片绿，不是挺好看的嘛！干部说，好看什么，北京城里怎么能种麦子呢！你当是你们老家门前的自留地呢，想种什么种什么。种麦子影响首都的市容环境，你知道不知道？你马上把麦子给我拔掉！姑姑说，我也不知道是谁种的。干部说，你帮我打听一下是谁种的，让他马上拔掉，一棵不剩。姑姑说，帮你打听一下可以，让人家拔掉，我可没那个权力。

干部走后，建敏看着姑姑，意思问怎么办。姑姑说，要拔他自己拔，我们才不管呢！又不是我们种的，凭什么让我们拔！我最不爱听他老拿北京吓唬人，怎么，北京人就不吃粮食了？

秋风凉了，银杏树的叶子很快变黄。建敏不明白银杏的叶子为何黄得这样快，前两天还是绿的，还有上岁数的人在树下捡拾银杏白色的果实，转眼之间，满树的叶子说黄就黄了。银杏叶子的黄是一种明黄，叶面像上了一层黄釉，太阳一照，闪闪发光。又好像叶片把太阳的能量和光芒储存下来了，使树上的叶子变成了无数个金黄的太阳。建敏不愿意让银杏的叶子下落，希望叶子能在树上保留得时间长一些。然而冷空气来了，大风刮了一夜，建敏早上开门一看，"太阳"落了一地，层层叠叠，连门口的台阶都盖严了。建敏呀了一声，几乎不敢出门，像是怕踩坏了满地的"太阳"。她往两边的麦地里看了看，麦地里也落满了银杏叶。有麦苗顶着，银杏叶不能完全平铺，有的落在麦苗根部，有的在麦叶上搭着。麦苗似乎也看见每天都关注它们的建敏了，它们仿佛纷纷推着树叶向建敏招手，说建敏姐姐，我们在这里呢！麦苗地里落进黄叶，这是又一种黄绿分明的景象。把目光看散了，还以为是草地里开满了黄花呢！可惜建敏不会画画，也没有照相机，她要是能把这好看的景象画下来或照下来就好了。穿着橙色马甲的清洁工过来了，他们把街道上的落叶扫成一堆一堆不算完，还跳进花池，把麦子地里的落叶也扫了下来。建敏不想让清洁工扫麦子地里的落叶，不愿看到清洁工踩她的麦苗，见清洁工的大脚在麦苗上踩来踩去，她心疼得几乎想对清洁工说别扫了。她到底没说出口。还是因为她胆怯，麦苗一样胆怯。麦子种在人家的地方，她不敢承认麦子是她种的，就无法保护那些麦苗。

下雪了。这是入冬后的第一场雪，一上来就下得很大，王码电脑公司软件中心地一片白。两片麦地的积雪有半尺多厚，不用说，麦苗都被白雪覆盖住了。建敏知道，麦子是很喜欢下雪的，在他们老家，有麦盖三层被头枕白馍睡之说。可建敏每天看麦苗看习惯了，一旦看不到麦苗，她心里稍稍有些着急。她走下台阶，一手往上拉着袖口，一手把积雪拨开了，一棵麦苗露了出来，在晶莹的白雪中，麦苗显得碧鲜碧鲜。然而她似乎听见麦苗在说，我睡得好好的，你把我的被子拉开干什么！建敏说，对不起，对不起，我把被子重新给你盖好。她把拨的雪拨回原处，并从别处又捧来一捧雪，等于给那棵麦苗多加盖了一层被子。

酒家门前这条街道不是商业大街，不是很繁华，但商务大厦还是有的。除了矗立在街北口的商务大厦，还有宾馆、小型超市、音像制品商店、茶艺馆、杂志社、装饰公司、歌厅、国家某个矿业部门的信访接待处、报刊亭等等。那些地方，建敏只到小型超市去过，在里面买过一点日常用品。别的她连多看一眼都不敢看。离福来酒家最近的是那个信访接待处，建敏每天都看见一些远道而来的矿山人，站在铁门外面，等候开门。他们穿戴都不好，个个都是愁眉苦脸，一看就是进京告状的。他们有的少了胳膊，有的少了腿，有的娘领着儿子，有的是爷爷领着孙子。还有一次来了一大帮妇女，她们一到门口就集体痛哭。建敏听出来了，原来她们的男人都在一次事故中死了，她们在为男人而哭。建敏最不敢看的是那家歌厅。歌厅白天不是很显眼，一到晚上就热闹了。歌厅门口扎了灯棚，数不尽的彩灯乱闪一气，把人的眼都晃晕了。透过歌厅的大玻璃门，可见一个摆满各种酒瓶的大吧台，吧台外面是一溜可旋转的高脚凳子，凳子上坐的几乎都是年轻女郎。那些女郎都化着浓妆，穿着短裙，面目都很妖冶。她们不是朝着吧台抽烟、喝酒，而是一律脸朝外面，满怀期待。见有客人进来，她们才赶紧迎上去了。还有的女郎干脆到门外的灯棚下面去了，只要有男人走过，她们就热情相邀，叫着老板或大哥，请到里面潇洒一下。按自己的理解，建敏认为歌厅不是好地方，不是干净地方，好像多看一眼就会脏了自己的眼似的。她对歌厅还有一种说不出的恐惧感，好像那里蹲着一只狼，稍不警惕，她就会被狼吃掉。

他们村有一个闺女，外出打工挣了不少钱。爹用闺女挣的钱盖了楼房，闺女还掏钱给弟弟买了运货的汽车。闺女每次回家，都是戴着金戒指，金耳环，脖子上还挂着手机。村里人都说，一个闺女家外出打工，哪会挣那么多钱，除非那个闺女干的是不正当的事，挣的是不干净的钱。以前建敏想象不出，同村的闺女是在什么样的地方挣钱。现在建敏把那个闺女和这个歌厅联系起来了，她甚至认为，那个闺女也许就在这个歌厅里，她避免往歌厅那边看，也有避免看见那个闺女的意思。倘是万一与那个闺女碰了面，那闺女不嫌丢人，她还嫌丢人呢！

到这个酒家打工之前，建敏外出打工的机会是有的，有人约她到广州的一个厂子检验灯泡，还有人约她到温州的一个厂子做服装，爹都把人家回绝了。检验灯泡，爹说怕伤了建敏的眼睛。做服装，爹说建敏不会。建敏明白，不让她跟着一个可靠的人出去，爹不放心。姑姑开了酒家，姑姑说，让建敏跟着我去干吧。姑姑一说，爹就答应了。建敏临走，爹干咳了好几声才说，建敏，爹得跟你说句话。建敏见爹的脸色有些吓人，知道爹要说什么。爹说，钱，挣多挣少都没啥，只要你平平安安的，就算对得起你娘了！

过春节时，酒家照常营业，建敏没有回家。建敏给爹写了信，报了平安，还寄了钱。爹把电话打到酒家来了，建敏一听是爹的声音，就哽咽得几乎说不成话。爹问，建敏，你怎么了？建敏脸上使劲笑着，眼角还是有眼泪流下来，她说，爹，我挺好的，您身体好吗？爹说我身体很好。我弟弟建根呢？学习用功吗？提起弟弟，建敏喉头又哽咽了好几下。爹说，建根懂事了，学习知道用功了。建敏想跟爹说说麦子的事，爹说好了，就这吧，把电话挂了。

麦苗还存在着。过了春分到清明，麦子起身了，并开始拔节。只是麦子显得瘦一些，发棵发得也不多。要是在老家，建敏会给麦子上一些化肥，浇两遍水。这里没有化肥，也没法浇水。她在心里对麦子说，对不起，实在是委屈你们了。她梦见麦子长得很好，面积也很大，一片绿汪汪的。除了麦子，还有油菜。油菜已开花了，东黄一块，西黄一块。建敏不记得自己种了油菜，怎么会开出这么多油菜花儿呢？建敏仔细看了看，油菜花的花瓣落了一地，还落在油菜叶子上，把叶子都染黄了。看来真是油菜，这是怎么回事呢？难道麦子里也有油菜的种子？醒来后建敏觉得有些可笑，原来她把北京的麦地梦成老家的麦地了。

没办法，麦子后来还是被人拔掉了，没等出穗扬花就拔掉了。那帮人大概是城市绿化队的，他们自信得很，不由分说，跳进花池，像拔草一样就把麦苗连根拔掉了。他们接着用铁锹把土刨开，却没栽什么花，栽的是一丛一丛的草。

种草就一定比种麦子好吗？建敏眼睁睁地看着人家把她种的麦子拔掉，眼睁睁地看着人家栽草，她无话可说。

唱歌

长金不喜欢烧锅，一烧锅就得拉风箱，风箱的风兜着灶底往上吹，吹得柴草烟子和火星子呼呼从灶口往外冒，每回都落得一身灰。衣服上落了灰还好办些，烧完锅，到灶屋外面，拿围裙上上下下前前后后抽打一番，就差不多把灰抽飞了。不太好办的是落进头发里面的灰，她低下头，让头发从头顶垂挂下来，两手把头发抖搂好一会儿，也不一定能把吸附力很强的灰片子抖干净。可娘让她烧锅，她又不能不烧。再烧锅时，她就像村里的一个新媳妇儿学习，对头发采取保护措施，用一块手巾把头发包起来。长金还有一个办法，赌气似的光挑好柴火烧。她把柴火分成两类，赖柴火和好柴火。赖柴火有麦茬、杂树叶儿、草毛缨子等。这些柴火细碎，难烧，消耗量大，灰多。好柴火有豆秆、芝麻秆、高粱秆等。特别是豆秆和芝麻秆，因豆子和芝麻里有油，仿佛豆秆和芝麻秆里也有油，一见火就像放小鞭炮一样噼啪乱响，燃得旺旺的。娘说她怪知道好柴火好烧。她说对了，谁都知道好面馍好吃。只管往锅底续"小鞭炮"。

这天傍晚，长金正烧锅时听见村里传来了歌声。一个十八九岁的闺女，耳朵是很好使的，对歌声也是很敏感的，她一听就被歌声吸引住了。她扭过脸往门外看看，似乎把歌声看见了，歌声宛如一群长着透明翅膀的小蜜蜂，正蜂拥着往灶屋里涌。往门外冒的是炊烟，往屋里涌的是歌声，二者在门口像是发生了小小冲突。性子强的歌声嚷着：我要进去！性子弱的炊烟说：好好，我走。

　　长金听出来了，歌声里有男声，也有女声。男声粗一些，女声细一些。男女声掺在一块儿，就互相补充，不粗又不细，很是好听。下午临收工时，妇女队长秋明宣布，基干民兵把工具放回家，洗把脸，马上到学校门前的操场集合，学唱革命歌曲。长金一听秋明说的是基干民兵，就把眉低下了，她不是基干民兵。基干民兵既是基础，又是骨干，各方面条件要求都比较高，不是谁想当就能当的。长金别说是基干民兵了，连普通民兵都不是。既然这样，学唱革命歌曲的好事当然要把她排除在外。长金愿意听到歌声，又害怕听到歌声。她一边支着耳朵听，一边又想找两团棉花把两只耳朵塞起来。鸟爱唱歌，风爱唱歌，长金正处在一包子感情的年龄，怎么能不喜欢唱歌和听歌呢！可是，她没有资格去学唱歌，歌声一起，就等于宣布她跟人家不是同路人，而是一个另类，这不能不令长金伤心。然而歌声还是响起来了，而且一响起来就无处不在，一直传到长金的耳朵里，长金一点办法都没有。她不用去看也想得出来，学唱歌的男女民兵排成了两排，男民兵站一排，女民兵站一排；女民兵站前排，男民兵站后排。在女民兵那一排里，秋明一定站在第一名的位置。别看她和秋明同岁，还是小学同学，除了这两点，在别的方面，她什么都不敢跟秋明比，一想起秋明，她就羡慕得不行，也惭愧得不行。这是为什么呢？因为秋明家的成分是贫农，她家的成分是地主，分属于不同的阶级。有了阶级，就要开展斗争。提起贫农阶级，两个字：依靠。提到地主阶级，也是两个字：打倒。虽然都是两个字，意思却是相反的，从政治地位上讲，两个阶级根本不可能同日而语。

长金只顾想着唱歌的事，燃着的芝麻秆从灶口掉下来了，她都没有往灶膛里拾。

娘过来了，说：你这闺女，是烧锅呢？还是烧自己脚呢？我就知道你，一听见人家唱歌，你就不是你了！

长金这才回过神来，赶紧把掉在地上的火拾起来扔进灶膛里。灶膛里的明火已经不多了，她又拿起一大把芝麻秆，填进灶膛里。

娘定是嫌她一次填柴火太多了，说：哪有你这样把柴火不当柴火的，不想烧起来吧，想干啥干啥去！

不烧就不烧，你以为我想烧锅呢，八辈子不烧都不急！长金在肚子里跟娘犟着嘴，把烧火棍一丢，站起来到门外去了。

长金家住在村子的东南角，那里有一片小树林，还有一个面积挺大的水塘。长金走过小树林，靠着一棵柳树，到水塘边站着去了。季节到了秋天，天气已有些凉，树上的叶子正在下落。那些树叶有柳树叶，也有槐树叶、椿树叶。它们落在地上，也有的落在水塘。落在水塘里的树叶并不立即沉下去，而是轻轻地在水面漂浮着，偶尔打一个转儿，像是进行最后的舞蹈。因地气下沉，水塘里水波不兴，一天比一天变清，清得像镜子一般。水拖车在水面滑，一下子就滑出好远。村子不大，空气透明，来到外面的长金把歌声听得更真切些。是一个从部队回来的复员军人在教大家唱歌，复员军人教一句，那些基干民兵就学一句；复员军人再教一句，那些人再学一句。秋明说教歌的地方是在小学校门前的操场，那么歌声应该从她的身后传过来。可在长金的听觉里，头顶有歌声，水面有歌声，四面八方仿佛都有歌声萦绕。长金不大分辨得出歌词的字眼儿，好像有日落西山，还有红霞飞什么的。她往西边看了看，太阳已落下去了，天边却保留着一抹红霞，与歌子里唱的正好对景。红霞还映进水塘里，把对岸半边的塘水都映成了胭脂色。因歌子里唱到红霞，仿佛红霞也成了歌声的一部分，歌声已蓄满水塘。她要是也能去学唱歌多好啊，哪怕只学会一支歌呢，活一个人也算不亏。这时她才突然明白，一个人长一张嘴，不光是用来吃饭的，也不光是用来说话的，还有一个更高级的功能，那就是用来唱歌的。如果一辈子连个歌都不会唱，岂不是白长了一张嘴。可是，谁招她呢，谁带她呢！她生的不是地方，她投胎投错了人家啊！有心到村里去，躲到一个墙角后面把学唱歌的人们看一看，又怕被人家发现，遭人家的笑话。人家也许会说，一个地主家的闺女，还想学革命歌曲，做梦去吧。长金又急又愁，都快要哭了。

吃过晚饭，长金借了一个理由去找胡桃。胡桃是去学唱歌的基干民兵之一，长金听见学唱歌的活动已经结束了，胡桃大概也该回家了。长金晚饭吃得很少，只喝了半碗红薯茶。娘让她吃点红薯面馍，她不说话，也不吃，心说：连歌都不能唱，吃馍干什么！长金不敢巴结秋明，不等于她在村里没有要好的闺女，比如小她一岁的胡桃就跟她比较好。胡桃家是村里的一户外姓人家，别的人家都姓刘，包括长金家也姓刘，只有他们一家姓胡。外姓人家总是受大姓人排斥，胡桃家也不例外。长金不排斥胡桃，在某些方面，她们好像还比较接近。她俩一块儿拾柴，一块儿薅草，下雨天一块儿纳鞋底子，还一块儿莫名其妙地叹气，颇有一点惺惺相惜的意思。然而胡桃家的成分很好，比贫下中农成分还要好，他们家的成分是雇农。据说在旧社会，胡桃的爷爷和父亲就是受雇于长金的父亲，给长金家扛长工。新中国成立后，姓胡的一家在这个村分到了土地，就留在了这个村。对于以前的历史，大大咧咧的胡桃不是很清楚，也不是很计较，没有影响到与长金的要好。倒是心事比较多的长金，对胡桃常怀一点愧疚和一份感激。来到胡桃家，长金还没进屋就听见胡桃正在哼歌，哼的就是刚才学的那支歌。胡桃是用鼻子哼的，哼得抑扬顿挫，像弹花锤弹在弓弦上一样，欢快而有力。长金想站在门外多听一会儿，不料胡桃的娘看见了长金，跟长金打了招呼。一见长金，胡桃就不哼歌了。不过胡桃哼歌时的兴奋表情还在脸上洋溢着，她脸上放着红光，眼睛是那么明亮。她的眉翅子飞扬着，两个嘴角翘得好像怎么也合不拢嘴。长金心想，这就是唱歌的作用啊，人人心里都有一枝花，不唱歌花不开，把歌儿一唱，花儿扑棱就开了。

长金说，她来看看胡桃的鞋帮子做好了没有。

胡桃把一只带着针线的鞋帮子拿出来给长金看，说快做好了。

他们这里以前都是做尖口小脸子布鞋，现在有了新样式，改成做方口大脸子布鞋。新式样的布鞋脸面子宽，要是在上面绣一朵花就更好看了。可不行呀，现在谁都不敢往鞋上绣花，谁往鞋上绣花就是有剥削阶级思想，就要批判谁。以前长金教过胡桃绣花，现在无论如何也不能提绣花的事。别说往鞋上绣花了，连鞋面布都不敢用别的颜色，一律是黑色。长金把胡桃的鞋帮子翻来覆去仔细看过，夸胡桃手真巧，鞋帮子上的针脚纳得真细密。

胡桃说：这还不是跟你学的。

长金说：你现在比我做得好。长金这样拿鞋帮子说事儿，其实她的心思并不在鞋帮子上，全在唱歌上，比起唱歌来，鞋帮子算什么呢！于是她又说：你唱歌唱得也很好。

这次胡桃没有接长金的话，也许她觉得秋明没让长金去学唱歌，说这个话题不大好。她还是说鞋帮子，问长金：鞋帮子要不要再纳两圈儿？

胡桃以前不是这样，不管她说什么话，胡桃都是顺着她说，胡桃今天怎么了？她说：再纳两圈儿也可以，多纳两圈儿鞋帮子结实些。她还是把话题拉回到唱歌上，说：胡桃，我刚才都听见你唱歌了！

胡桃这次绕不开了，说：我瞎哼哼呢。

你瞎哼哼都哼哼得这么好听，要是唱出声来，不知道有多好听呢！

好什么，我还没学会呢！

长金压低声音，这才把她找胡桃的真实想法说了出来：等你学会了，教教我可以吗？

胡桃顿时变得严肃起来，还有那么一点警惕，像不认识长金似的把长金看了一会儿，摇头说：我不敢教你，要是秋明知道了，该批评我了。

你悄悄教我嘛，别让别人知道嘛！

偷来的锣鼓打不得，唱歌又不是纳鞋帮子，我一教你，你一唱，别人肯定会知道。别人要是知道了，该说我阶级阵线不清了。

长金就怕别人跟她提阶级阵线，阶级阵线的说法像一根大棒子，一提就把她打蒙了，她就无话可说。别看胡桃平时跟她关系不错，到了关键时刻，胡桃就在他们之间划了一道分界线，与她拉开了距离。长金鼻子一酸，差点流了眼泪。为了不让胡桃小瞧她，她使劲忍着，不让眼泪流出来。她说：就算我啥话都没说。

秋庄稼收完了，庄稼秆子也都收拾得干干净净，生产队里的男女社员开始整地，准备种冬小麦。过去种小麦，把地犁一遍，耙三遍，地整平就可以了。现在要搞小麦丰产田，公社从外地小麦丰产县给队里请来了小麦技术员，由技术员指挥大家整地。地耙过了，还需要社员站成一排，手持钉耙，过筛子似的把土坷垃敲打一遍。土坷垃像鸡蛋那么大都不行，得把"鸡蛋"打碎，打得"青子""黄子"都流出来。土地整得细得不能再细，社员们就拉起长绳子，以绳子为准绳，把地起垄，打成畦。打畦的目的，是为了将来便于给小麦浇水，冬灌一次，春灌一次。天很蓝、很高，阳光一照下来，使黄色的土地显得更黄，到处呈现出暖色的调子。地头插着好多红旗，旗杆上系着红布缝制的毛主席语录袋，里面装着毛主席语录。暄腾的土地里储存了足够的阳光，软得热乎得如刚套好的棉被一样，随便往哪里一踩，似乎都有阳光冒出来。因此不少社员干活时把鞋脱在一边，光着脚在田里走来走去。中间休息时，有人干脆往地上一躺，把眼睛眯上了。这时有个妇女撺掇坐旁边的胡桃唱歌，说胡桃昨天晚上学过唱歌了，唱一个给大家听听吧。不少妇女都对听歌很感兴趣，她们看着胡桃，让胡桃唱吧，唱吧。

胡桃的脸一下子红透，说：我唱不好，我还没学会呢。

别人没注意到，胡桃的脸一红，长金的脸也忽地红了。人家又没让她唱歌，她的脸红什么呢？没办法，长金的脸皮就那么薄，她的脸就是那么爱红。

那些妇女盯住胡桃不放，这个说：别谦虚了，唱个歌有什么难的，一张嘴不就出来了嘛！那个说：又不是让你上花轿，你脸红什么！来，给胡桃呱唧呱唧。呱唧就是鼓掌，妇女们给胡桃鼓了掌。

长金也很想听胡桃唱歌。她让胡桃教她唱歌，胡桃不教，看胡桃现在怎么办！不过她没有参与鼓掌，已经把双手拿起来了，犹豫了一下，没有合在一起。

胡桃站起来，拉拉衣角，并仰脸望了一下蓝天，像是要唱了。可她只是动动嘴唇，羞涩得好像张不开嘴似的，还是没唱出来。她的眼睛找到了秋明，把秋明看着，有些求救的意思。

秋明为胡桃救了场，说：这样吧，昨天学过唱歌的基干民兵集中集中，大家一块儿唱，正好把新歌练习练习。

基干民兵们很快站到一起，秋明起了一个头，他们齐声唱起来。歌声在秋后的田野里更是无遮无拦，歌声一起，河对面别的村在地里干活的人们就打着眼罩子往这边看，沿河边走路的人也驻足听歌。

长金又被剩下了，眼睁睁、近距离地被剩下了。年龄相仿的姐妹们都去唱歌，只有她一个人在地上坐着。她想走开，走到地头的河坡里躲起来。那样的话，别人会以为她对不让她唱歌有意见，是在闹情绪，恐怕不太好。她在原地坐着，低下了头。她很快意识到低着头也不好，对革命歌曲是好好听，还是不好好听，这里有一个态度问题。于是她把头抬起来了，对站成一排唱歌的基干民兵看着。她的目光是胆怯的，散乱的，还有一些茫然。歌里唱到打靶，她真怕自己变成一块活靶子，所有的枪口都对准她。

外地来的那位小麦技术员向长金走来，问长金：你怎么不去唱歌呢？从政策上讲，你属于可以教育好的子女，完全可以和她们一块儿唱歌。

长金更不好意思，她瞥了技术员一眼说：不用你管。长金对这个技术员印象不是很好，技术员老是直着眼看她，还悄悄跟她说过，全村的闺女数长金长得好看。长金从来不认为自己长得好看，要说好看，只能数秋明，秋明不光是妇女队长，还是共产党员呢。自己啥都不是，怎么能说得上好看呢！她觉得技术员是在讽刺她，甚至是在骂她，她不愿意搭理技术员。

技术员在她身旁蹲了下来，说：要不然我去跟秋明说说，让你跟她们一块儿唱歌，怎么样？我想秋明不会驳我的面子。

长金说：不用你说！她站起来，躲开技术员，走到听歌的妇女堆里去了。

技术员面子上不大好看，说：这年轻人，一点都不要求进步。

第二天收工后，基干民兵继续学唱歌，他们唱的是那支歌的第二段。他们不让长金去学唱歌，胡桃也不敢教长金唱，而长金特别渴望学唱歌，她没有别的办法可想，只能偷偷地跟着人家学。娘大概也看出了长金不快乐，这天做晚饭时，娘没有坚持让长金烧锅。她们娘儿俩的晚饭很简单，几乎每天的晚饭都是在锅底烧红薯茶，在箅子上熘红薯面馍，一锅就做出来了。娘舍不得烧好柴火，都是烧碎草末子，把好柴火留给长金烧。长金乐得不烧锅呢，她早早就到小树林的水塘边站着去了，等村里的歌声响起来，她就跟着人家学，人家唱一句，她跟着学一句。她没有唱出声，是用气声唱的。她的嘴在动，舌头在动，口形是唱歌的口形，但她的喉咙却没有放开，没有颤动，跟默唱差不多。她这样学唱歌，就是站在她身后，也不一定能听出来。尽管这样，她还是小着一颗心，左看一眼，右看一眼，生怕偷着学歌的事被别人发现。一片桐树的阔叶落在地上，发出了一点声响。她以为是人的脚步声，顿时噤若寒蝉，不敢学了。待看清是树叶不是人脚，她才又接着学。一只白胖的鸭子从水塘里走上来，落日的余晖照在鸭子身上，使白鸭子身上泛着黄，白鸭子变成了黄鸭子。鸭子刚脱离水面，就张开翅膀扇动着，呱呱地叫了几声。鸭子叫得多么自由，多么嘹亮！与鸭子相比，长金像蚊子哼哼一样，她的唱简直不能算是唱。鸭子走到她面前，竟站下了，对她打量着，仿佛在问：天都快黑了，你一个人站在这里干什么呢？不是遇到了什么伤心的事吧？长金不愿让鸭子这样看她，鸭子的嘴巴比较长，万一把她偷学唱歌的事讲出去就不好了。长金做了恼样子，胳膊一扬一扬地对鸭子说：走，走，不许看我，再看我打你！鸭子往后退了两步，一崴一崴地走了。

在外面学了歌，回到家里，长金难免要练习一下。在家里练习时，她稍微唱出了一点声。她想找一张纸，找一截铅笔，把歌词记在纸上，念着歌词唱。可家里巴掌大的纸片都没有，更没有铅笔，她只能凭着心里记的歌词练习。天已经黑了，家里只有一盏煤油灯。娘用煤油灯在外屋照着亮纺线，她只能在里屋站在黑影里练习。

娘定是听见了长金在里屋唱歌，站起身，把屋门关得紧紧的。娘像是仍不放心，问：长金，长金，你在屋里干啥呢？要是没事儿，你去搬点谷草捆子，把窗棂子堵上吧。

窗棂子本来应该用纸糊，因她们家买不起纸，每年北风起和开始下小雪时，她们就把谷草捆子挨个挤放在窗棂子里侧，把窗棂子堵起来。可现在连立冬的节气都没到，把窗棂子堵起来算什么！娘的心思长金知道，娘是害怕她的歌声通过窗棂子透出去，被贫下中农听见了惹祸。

土地改革时，被打成地主分子的爹被贫下中农斗死了，娘作为地主婆儿也挨了不少斗。娘被人家斗怕了，一有点风吹草动，娘就吓得浑身打哆嗦。长金觉得娘没有必要这样害怕，她也不会听娘的指挥。为了显示她是一个可以教育好的子女，跟娘站的不是同一个立场，她不但没有堵窗棂子，还故意把练习唱歌的声音提高了一些。

　　娘的手哆嗦得纺不成线了，一抽就断。娘摸索着到里屋来了，压低声音说：长金，不敢哪，别唱了，别让人家听见！

　　长金说：怎么不敢！我唱的是革命歌曲。

　　我知道你唱的是革命歌曲，革命歌曲能是你唱的吗？

　　长金小时候，娘也教她唱过一些歌，比如小老鼠爬灯台，还有姐妹二人放风筝什么的，那些歌连一点革命内容都没有，唱起来一点都不带劲。难道她只配唱那些歌吗？不能，绝对不能！她说：革命歌曲我怎么不能唱！你是阶级敌人，是专政对象，我又不是，你不要把我想得和你一样。

　　娘一听长金说她是专政对象，顿时蔫了，说好好，我不管你，人家要是听见你偷着学唱歌斗争你，可别怨我没提醒你。

　　长金到底把这支歌学会了，学得有头有尾，一句都不少。这支歌的旋律是雄壮的，虽然长金没有放开喉咙唱过，但胸中装了这支歌，她似乎觉得自己也雄壮了不少，颇有点打靶归来的气概。土里埋不住倭瓜的种子，胸中装了歌子的人也把不住劲，总要找个机会唱一唱。白天不能唱，她就夜里唱。不能跟基干民兵们一块儿唱，她就在睡梦里唱。有时她刚把歌子唱了一两句，脚下刚踩到"进行"的拍子，娘就把她叫醒了。长金对娘打断她的好梦有些生气，说：你等人家把歌唱完再喊醒人家不行吗！

娘说：唱歌归唱歌，你的脚乱弹蹬什么！等你把歌唱完，早把你娘蹬到床底下去了。

长金跟娘打老通，睡的是一个被窝儿，听娘的话意，她做梦时不光嘴上唱歌，脚上可能也有动作，结果把娘蹬到了。想到娘睡得好好的突然被蹬醒的样子，长金不禁笑了一下。

娘听见了长金的笑，说：还笑呢，就会欺负你娘。不知道哪一辈子欠你们的，自从来到你们家，我就没过过啥好日子。

长金终于得到了一次和村里的年轻人一块唱歌的机会。

秋明通知长金时，没说去唱歌，说是明天下午到大队参加一个大批判会，批判阶级斗争熄灭论和唯生产力论。这样的会对可以教育好的子女来说，是一个接受教育的好机会，所以可以教育好的子女都要参加。获准与贫下中农一块儿参加大批判会，对长金来说是一个难得的政治待遇，她的心情稍稍有些激动。每年的三月三到镇上赶会前夕，或是准备到镇上听一台大戏，长金的心情就是这样的。胡桃也替长金高兴，约了明天下午和长金一起去大队。又问长金，明天打算穿什么衣服。

长金说：我也不知道。她只有一件没打补丁的衣服，是一件黑粗布的夹袄，她只能穿那件夹袄。

胡桃愁得直叹气，说她连一件不打补丁的衣服都没有，真不知道明天穿什么。

要是长金明天不去开会，她可以把自己的夹袄借给胡桃穿。自己也要去参加那么大的会，也要见那么多的人，她就舍不得把夹袄借给胡桃了。

头天晚上，长金就开始为参加大批判会做准备。大会发言又轮不上她，她有什么可准备的呢？她主要是收拾自己。收拾自己的一件重要事情就是要把头发洗一洗。每天烧锅时，她虽然用一块手巾把头发包住了，虽然挡住了灰片子往头发丛里落，但柴草烟子的味儿是挡不住的，透过家织粗布手巾经纬之间的缝隙，那些无孔不入的柴草烟子仍能钻进她浓密的头发里，并把头发熏成了柴草烟子味儿。她已经两三个月没洗过头了，积蓄下来的柴草烟子味儿有着相当大的能量。她扯过左鬓一缕头发闻了闻，哎呀熏人！她揪过右鬓一缕头发闻了闻，哎呀能把人熏晕。怪不得有人把农村的闺女叫成柴火妞儿呢，这满头的柴草烟子味可不是像一根被烟熏火燎过的柴火嘛！长金要洗一次头发可不容易，她家没有肥皂，没有洗衣粉，没有火碱，更没有什么洗头膏和洗发水。要洗头发怎么办呢，长金只能用娘教给她的办法，从草木灰里淋出的水来洗。别看她不喜欢草木灰，洗头发时离开草木灰却不行。办法是，把绒绒的草木灰从灶膛里掏出来，盛进一只瓦盆里，用清水浸泡上。泡到一定时候，取来另一只瓦盆，把盆口棚上芝麻秆、细草，再盖上一块手巾，然后把浸泡好的草木灰倒在手巾上，用过滤的手段往下面的盆里一点一点淋水。淋出的水有些发白，有些泛浑，一点都不清。但指头伸进水里捻一捻，就会有滑溜溜的感觉，好像水里掺进了肥皂水儿。那是因为草木灰里有一些碱性的东西，用水一浸泡，碱性的东西就溶解在水里了。用这样的水洗头发，就可以去污垢，去脑油，去不好闻的气味儿。长金用草木灰淋出的水把头发洗了两遍，又用清水漂了两遍，她的头发就松散了，顺溜了，柴草烟子的味儿也小了许多。长金没有扎辫子，留的是垂到耳朵下面的剪发头。待洗过头发晾干后，她摇拨浪鼓似的把流垂的头发向左边摇一下，向右边摇一下。不管她朝那个方向摇，发梢儿的落点都在她的鼻子上，她的鼻头没有像拨浪鼓儿那样发出叮当叮当的响声，只是觉得鼻头两侧有些痒痒。

这个大队由五个自然村组成，每个自然村都只有一个生产队。生产队大小不等，人数不等，大的生产队有六百多人，小的生产队也有三百多人。这天的批判大会除了地富反坏右分子不能参加，走得动的人民公社社员都来了。参加会议算是出工，照记工分。会场设在大队部所在村一个刚打过豆子、谷子等秋庄稼的场院里，场院的面积本来不算小，一下子集中了这么多人，场院就显得小了，黑压压的人群漫溢到了场院边上的田地里。各个生产队都扛来了好几杆红旗，每杆红旗的旗手几乎都是有劲无处使的小伙子，他们一路走，一路把红旗挥舞着。到了会场，他们还把红旗在人的头顶上挥舞着。没有风，挥舞的旗子兜动了风，旗面子抖得哗哗的，营造出了红旗飘扬的气氛。来开会的妇女一律不准带针线活儿，谁带针线活就扣谁的工分。不能动手，她们就动嘴，一到一块儿就说得很热闹。热烈的气氛和热闹的事情还在后头，有一个村的年轻人率先唱起了歌。他们唱完一支歌，就向别的村拉歌，一个人喊某某村，别的人就齐声喊来一个。被拉歌的村如果也唱了歌，就得到了向另外的村拉歌的资格，拉来拉去，就形成了赛歌的局面，那是很好玩的，也是很让年轻人热血沸腾的。上面说到长金终于得到了唱歌的机会，就是在这个时候。长金所在的村子叫大刘庄，大刘庄的年轻人知道，别的村一定会向他们挑战，他们必须立即应战。他们都准备好了，心情激动，还有些紧张。他们的脸都涨红着，眼睛光焰烁烁。他们的鼻孔张圆了，嘴巴却不鸣则已般地暂时绷着。果然，有一个村拉到大刘庄了。秋明随即站了起来，说：好，革命歌曲大家唱，他们唱了我们唱。她起了一个头，并打着拍子，指挥大刘庄的年轻人唱起来。他们唱的正是前几天刚学会的那支歌子。

长金怎么办？她是唱还是不唱？长金有些按捺不住自己。她跟胡桃坐在一起，周围都是大刘庄的年轻人，别人都唱，她不唱也不好，于是她也跟着唱。不过她很胆怯，唱的声音很小，自己唱的自己都听不到。

这时秋明注意到她了，说：会唱的人都跟着唱，要唱就大方点儿，放开喉咙，大声唱！

秋明的话显然是对着她说的，这就是说，秋明批准她和村里的年轻人一块儿唱歌了，她盼望的就是这一天啊！那么，她就放开喉咙，大声唱起来。原来长金的嗓子是很亮的，也是很跳的，她一大声唱，就听到了自己的歌声。长金为自己的歌声所感动。

表妹

　　宋雪明在矿上开了一个小饭店，一个人支应不过来，想让她的表妹来帮忙。她把想法跟丈夫蓝海成说出来，丈夫一听就给她拔气门芯，要她趁早打消这个念头。宋雪明问丈夫为什么。丈夫说：你表妹好好的一个闺女，你不要坑人家。宋雪明不同意丈夫的说法，说：我给她找个事儿干，使她又不是白使，除了管她吃，管她住，每月再给她发点零花钱，怎么能说是坑她呢！丈夫摇摇手说：你没明白我的意思。那你是啥意思呢？宋雪明问。丈夫说：啥意思，这不是明摆着嘛，你表妹来了，要不了多长时间，准得出事儿。宋雪明眨眨眼皮接着问：能出什么事儿呢？丈夫把宋雪明指点着，说宋雪明猪脑子，真是猪脑子，我不想把话说得太直白，你非得让我说。现在外头这么乱，男人身上都带着火把，看见一个闺女就想点人家。你表妹来了，不挨点才怪。宋雪明这才明白丈夫的意思了，说不会不会，看你想到哪里去了。我表妹春宁是个闷嘴葫芦，老实得很，一见男的脸就红。丈夫说得得得，你不要再说了，哑巴蚊子偷咬人，容易出事儿的就是像你表妹这种表面老实的闺女。我来问你，你知道她为什么一见男的就脸红吗？不知道吧。我告诉你吧，粉花招蜂，红花引蝶，看见男的脸红说明她春心萌动，对男的有想法。宋雪明见丈夫说着话，眼角嘴角老是有笑意，好像眼睛后面还有眼睛，嘴巴后面还有嘴巴，不免有些警惕，说：要是我表妹来了，先不管别人，你别有什么想法就行了。丈夫说那。说了那不再往下说了。那什么？宋雪明问。丈夫说：那保不齐。说罢眼睛眯成了一条缝，眼珠子都看不见了。宋雪明说：噢，原来身上带火把的就是你呀！丈夫的表情一下子严肃起来，说不不不，别误会，我的火把只针对你自己。

　　宋雪明的小饭店主要经营面食，馒头包子烧饼，饺子馄饨面条，兼卖白酒啤酒雪碧可乐和各种小菜。她的饭店不卖早点，只在上午、下午和晚上营业。不卖早点并不意味着她早上可以睡会儿懒觉，不，她每天早上都起得很早。她要到农贸市场买肉买菜。要蒸出一笼馒头包子，烤出一些烧饼。还要和出几块面在那儿醒着。这些面块软硬程度各不相同，有的可以做拉面，有的可以做手擀面，有的可以托在手里用刀削。百人百种口味，人家要吃什么，你给人家做什么，才能吸引顾客。更重要的是，忙完了这些，她还要赶回租住的房子里给丈夫做早饭，送女儿去幼儿园。人们形容一个人忙，形容一个人转得快，愿意拿人与陀螺相比，说谁谁转得像陀螺一样。宋雪明转得就像一只停不下来的陀螺。陀螺转得快，是靠别人对陀螺抽鞭子。宋雪明不用别人抽，她是自己抽自己。她的鞭子在自己心里。

　　这天中午，丈夫蓝海成到宋雪明的小饭店里吃饭。老婆是他的，老婆开的小饭店当然也是他的，他想来就来。不过他平日里很少来，多是到矿上的大食堂就餐。煤矿的大食堂有一个特点，一天二十四小时有饭有菜，随时都可以吃。丈夫对宋雪明说过，他偶尔到小饭店吃饭是为了给老婆一点面子。宋雪明要面子，她对丈夫微笑着，问丈夫想吃点什么。丈夫说：来碗羊肉烩面，多放点羊肉，不要放粉条。宋雪明说：好嘞，你坐下歇会儿，我这就给你做。问：你今天怎么没在大食堂吃呢？丈夫说：我听说做烩面的师傅换了一个新手，我不爱吃新手做的饭。丈夫单独在一张小桌前坐下了。丈夫穿着蓝西装，打着红领带，一副很牛气的干部样子。其实丈夫并不是干部，只是采煤队的一个材料员，也就是秘书。自从丈夫从农民轮换工转成正式工合同工，又当上了队里的秘书，就不用没日没夜地下井挖煤了，只动动嘴、动动笔、跑跑腿就行了。从发展的眼光看，说不定以后丈夫真的能当上干部，她得对丈夫哈着点儿，把丈夫拴住，免得丈夫弃她而去。这样的教训是有的，她有一个男同学，在矿上转成正式工后，就把自己的老婆蹬掉了。所以她一听说丈夫转成了正式工，就做出决定，卖掉在老家开的小卖店，带领女儿奔矿上来了。先于丈夫来小饭店之前，已经来了两个顾客，他们点的是猪肉韭菜馅的饺子。宋雪明问他们要不要喝点啤酒，说饺子就酒，越喝越富有。他们说今天不喝啤酒，就吃饺子。白瓷碟子里倒了米醋，蒜瓣儿也剥好了，仍不见饺子端上来，他们就有些着急。一个说：老板娘，你这饺子包得太慢了，等你把一斤二两饺子包好，我们的肚子空了仓，恐怕吃二斤都填不饱。宋雪明说这就好、这就好。另一个说：我说老板娘，你是不是刚开始种韭菜呀！宋雪明说：哪能呢，这位大哥真会说笑话。灶间和餐间是同一间屋，宋雪明嘴上应付着顾客，不由地给丈夫递了一个眼波，那意思是说：你看，我一个人忙不过来吧，不找一个人能行吗！

蓝海成坐不住了。他也是一个急饭的人，进来坐下就吃才合意。老婆要先给别人包饺子，把他排到别人后面，这让他已经有些不快。更让他不好接受的是，在他的眼皮子底下，那两个急着要吃饺子的人竟对他老婆催三催四，尽说风凉话。老婆是他的，只有他才有权利指使自己的老婆。老婆在这里却要受别人指使，这算什么！去他妈的，不吃了！蓝海成站起来向门外走去。宋雪明说：海成，你去哪儿？饺子捞出来，这就给你下面，你稍坐一会儿嘛！蓝海成拉着脸子，仰着头，故意不看宋雪明，只管往外走。宋雪明急了，喊着海成，海成，你怎么了？你不能这样不吃饭就走。蓝海成听见宋雪明带了哭腔，觉得把老婆惹哭也不好，遂把脸子稍微缓和一下，说：你忙你的吧，我再去大食堂看看，有什么我随便吃一点儿。

　　晚上回到家，宋雪明问丈夫中午是不是生气了。丈夫说：我听见那两个孙子对你说难听话，我真想抽他们的嘴巴子。宋雪明说：为这事儿呀，你犯不着跟他们计较。顾客在没有占住嘴的情况下都愿意说句笑话。你没听人家说嘛，金钱就是权利，人家花了钱，就取得了权利，不管人家说什么，你都得忍让着点儿。丈夫说：依你这么说，如果一个人花了钱，让你脱衣服，你也脱吗？宋雪明说：放屁！宋雪明又提起让表妹来帮忙的事。丈夫说：我已经把丑话说到前头了，让她来，还是不让她来，你自己决定。反正是你表妹，不是我表妹。说实话我是为你着想，你表妹要是被人家勾引跑了，或被人搞大了肚子，我怕你没法跟你姑交代。宋雪明说：蓝海成，你到底会不会说一句正经话，人又不是猪狗，哪是那么容易出事儿的。丈夫说：要是猪狗倒好办了，你可以找根铁链子，把它拴在木桩子上。你表妹来了，你总不能把她拴起来吧。宋雪明说：这个你不用管，我天天看紧她，不让她离开我的眼皮子底下，看哪个不要脸的敢打我表妹的主意。丈夫说：我也不希望你表妹出事儿，出了事儿，我脸上也无光。只是有些事儿不以人的意志为转移。这样吧，咱俩打个赌吧。宋雪明问打什么赌。丈夫说：你表妹来了，一年以后要是她不出事儿，我把蓝海成三个字倒着写。宋雪明说：那你就准备倒着写吧！丈夫说：我要是赌赢了，你必须答应我一个条件。宋雪明问什么条件。丈夫说：到时候你立即把小饭店关掉，集中精力给我生一个儿子。宋雪明说：开着饭店也不耽误我们生儿子。

收秋之后，宋雪明到底把表妹米春宁招来了。蓝海成在老家见过米春宁一次，那时她还是一个不知道洗脖子的黄毛丫头，现在已经长成一个大姑娘了。米春宁长得胖胖的，腿粗胳膊粗，连手指头都是粗的。米春宁的胖是好看的胖，结实的胖，看去风格紧凑，颇有力度。米春宁的皮肤有些粗，粗得不仅手腕上有一些小米样发红的颗粒，连脸上都有一些痘痘。蓝海成注意到，米春宁穿了一条紧绷的牛仔裤，牛仔裤的前面和后面都磨得有些发白。他以为只有城里的孩子才喜欢穿牛仔裤，看来农村的青年也开始穿牛仔裤了。米春宁是有些老实，见面只叫了他一声姐夫，就把眼睛躲开了。为了表示他并不反对让米春宁来，他得主动跟米春宁说话。他问：春宁，你初中读完了吗？春宁点点头。你可以接着读高中嘛！春宁说没读。你今年十几了？不到二十吧？蓝海成又问。这次米春宁把身子挺直些，看着蓝海成说：姐夫，你不应该问一个女孩子的年龄吧！这是蓝海成没想到的，他连忙道歉说：对不起，对不起，我忘记和国际礼貌接轨了！米春宁没有脸红，他的脸倒是红了一下。为了掩饰自己的窘态，他笑笑说：你表姐说你害羞，还说你一看见男的就脸红，我看你很大方嘛，穿的衣服也很时髦嘛！米春宁望着表姐笑了，笑出了声，说：脸红？不至于吧。在丈夫跟表妹说话时，宋雪明紧着对丈夫皱眉摇头，不让丈夫跟表妹说这些。见丈夫还是把他们背后说的话说了出来，宋雪明说：你不要跟我妹说笑话儿，我妹还小着呢！

宋雪明租住的是楼房，在四层，一室一厅。过厅的面积很小，窄窄的一条，只能放下一张折叠床。表妹来后，宋雪明向邻家借了一张木板折叠床，让表妹睡在过厅里。睡觉时，她帮表妹把折叠床打开。起床后，她帮表妹把折叠床的床腿合进去，靠在墙边。表妹大概觉得每天这样折来折去有些麻烦，说她晚上干脆住在饭店吧，一来可以守店；二来白天没干完的活儿晚上可以接着干。听表妹这么一说，宋雪明心里吓了一跳。因为她一直记着丈夫跟她打赌的话，要是让表妹一个人住在外面，那还了得！她说那可不行，万万不行，让你一个人住在外面，我可舍不得。

这套住房还有一个问题，厨房、厕所都在卧室外面，门口都对着过厅。丈夫夜里起来去厕所，难免要到过厅里去，难免要经过表妹的床边，这让她有些放心不下。所以丈夫每次起来解手，她一下子就清醒了，睁开眼听外屋的动静。有时丈夫回卧室晚一会儿，她就嫌丈夫一泡尿憋得太长了，这一泡尿尿下来，恐怕一只空啤酒瓶子都装不下。她必须防着丈夫。她深知丈夫的能力是很强的，吃一口是他，吃两口三口也是他，好像一直处于饥渴状态。还有，俗话说家贼难防，只要她把丈夫防住，表妹大约就可以刨圈来，刨圈去，不会出什么事儿。宋雪明买回一只粉红色的塑料痰盂当尿罐，不许丈夫夜间再到厅里的厕所去撒尿。她自己以身作则，把尿罐放在屁股底下，带头把尿撒进尿罐里。可是，当丈夫往尿罐里撒尿时，她又嫌丈夫尿得太响了，这样哗哗响，恐怕八百里以外都能听见，别说只有一门之隔的表妹了。她说：你看我，尿得就不太响。丈夫说：那是的，你的大屁股蹲在尿罐上，一下子把尿罐子的口给堵住了，尿声当然发不出来。你总不能让我像你一样，也蹲在尿罐上装女人吧。宋雪明笑了一下说：谁让你蹲着尿了，你可以把尿罐子端起来嘛，可以贴着尿罐子的边儿尿嘛，那样尿的落差小一些，响声肯定也会小。丈夫把尿罐子看了看，几乎朝已经盛了半罐子尿水的尿罐子上开一脚，把尿罐子开得屁滚尿流。他说：宋雪明，你太过分了，你这不是欺负人嘛！我知道你心里是咋想的，我告诉你，你的大方向完全搞错了，矛头也指错了，我蓝海成走得正，站得直，不是那样的人。你要是再这样对待我，我就住在队部里，不回来了。丈夫要是真的不回来，那问题就大了。她赶紧拉住丈夫的手，往自己软腰里拉，说上床吧，上来吧，我跟你说着玩的呢。

　　表妹的到来，使宋雪明的小饭店增添了新生力量。表妹不是一个懒人，和煤和面，择菜洗菜，刷盘子刷碗，什么活儿都干。这个矿上的煤质太好，发热量太大，须掺点黄土，泼点水，和成煤泥，烧起来才合适。和煤泥是个体力活儿，以前和煤泥都是宋雪明自己干，每次都和得她一身汗。表妹来了，就把和煤泥的活儿接过去了。表妹到底年轻劲足，她把煤、土、水翻巴翻巴，捣巴捣巴，一会儿就和匀了，和黏糊了。表妹不是一个没眼色的人，顾客吃完饭刚离去，她就把杯盘碗筷收拾走了，并用抹布把桌面擦得干干净净。有的顾客招呼服务员不是用嘴，而是用手。顾客刚把手举起来，表妹就走了过去。别看表妹的手指头粗，表妹也不是一个笨人。原来表妹不会做抻面，一抻就断。她教了表妹两次，表妹就会了，把面上下甩着抻，都不会断。有的顾客问饭店里有没有糖三角，宋雪明说没有。原来宋雪明只吃过糖三角，没做过糖三角，不知怎么做。表妹说：姐，我会做。宋雪明说：真的，那你做几个我看看。表妹做出的糖三角像模像样，三个角都支棱着，一个角都不少。以上这些或许都很平常，不值得宋雪明满意。让宋雪明有些满意的是，随着表妹来到小饭店，小饭店的人气旺了不少，一到中午和晚上吃饭时间，小饭店里坐得满满当当，颇有点抢槽的意思。那些食客差不多一半是回头客，吃熟面，混熟脸。有些熟脸人以前是不喝酒的，劝他们喝点酒像劝他们吃药一样难。现在他们变了，一进店就兴致勃勃，嚷着要吃肉，要喝酒。这么说吧，表妹来到之后，小饭店里的顾客至少增加了一倍。那么每天的营业额和纯利润，却不是翻一番所能打住的。

　　晚间躺在床上，宋雪明向丈夫报告一天的进账时，得意之情难免溢于言表。可丈夫并不显得很高兴，只说很好很好。宋雪明没把收入提高归功于表妹，只说：怎么样，我开饭店开对了吧？对这个问题，丈夫嗯了一下，没肯定性的表态。当初对于开不开小饭店，两口子是有分歧的，是经过一番斗争的。丈夫认为，他所挣的工资，养活他们一家人足够了。就是再生一个儿子，同样养得起。无奈宋雪明是做惯生意的人，三天不赚钱，心里就痒痒。再说她卖掉在老家开的小卖店后，带来的有一些钱。那些钱在手里攥着，又攥不出钱羔子来，不拿它做生意干什么。她不愿意把钱往银行里存，存大长一年，得那么一点点利息，还不够往菜面子上撒芝麻盐的呢！只有不会做生意的人，才会把钱往银行里存。这些道理宋雪明没有跟丈夫讲，她跟丈夫讲的是另一番道理。她说：租人家的房子住，等于住在人家的屋檐下。人活一辈子，总不能一直住在人家的屋檐下吧，总得买一套咱们自己的房子吧。指着你每月那点工资，咱猴年马月才能买得起房子！咱有了闺女，还得生儿子。闺女儿子都要上学，上小学，花小钱，上大学，花大钱，学费可是不小的开支，不提前给孩子攒点钱哪行！丈夫驳不倒她的道理，她到底租了一个铺面，把小饭店办了起来。而且越办越红火。丈夫没有给她泼冷水，却也没忘了提醒她注意：你没发现春宁最近有什么变化吗？宋雪明说没发现。又说春宁可能比刚来时白了一些。她问丈夫：你发现什么了？丈夫说：我发现春宁对自己的牌子越来越重视了，得空儿就拿小镜子对着自己的牌子照，往牌子上搽化妆品。宋雪明说：这我知道，春宁往脸上搽的也不是什么化妆品，是治青春痘的药。丈夫说：不是吧，药哪里有那么香。你到外面闻闻，满过厅都是香气。宋雪明说：我怎么没闻见！你呀，我看你是馋猫鼻子尖。丈夫说：又来了，又来了，真没劲。

用不着丈夫提醒，宋雪明以对表妹高度负责的态度，对表妹要求很严，看得很紧。她不让表妹留指甲，说指甲太长了不像干活儿的人，她看着心里也觉得刺挠得慌。表妹的指甲刚长出一点儿，她就说指甲该剪了。她不让表妹穿太紧身的上衣，因为表妹胸前的那两个东西比较高，比较大，一穿紧身衣服显得更加突出。她找出丈夫一件没穿过的工作服，让表妹上班的时候穿。她不让表妹在饭店里看书，她说看书的人心里好装事，好胡想八想。对表妹是这样，对外面来吃饭的人，她也有要求。她不许别人把表妹叫成小姐，一听见有人把表妹叫小姐，她就把话拦在前头，说对不起，这里只有服务员，没有小姐。有人把二锅头喝多了，舌头硬着，眼睛翘着，把表妹叫成小妹儿，让小妹儿也喝一口。宋雪明一见那人挂了色相，马上过来把表妹挡在身后，并用手在后面示意一下，让表妹离远点，说先生，我们这里有规定，服务员上班期间不许喝酒，服务员要是喝了酒，老板知道了，就会踢她的饭碗。那人说：这是什么鸟规定！谁是老板？宋雪明说：老板这会儿不在，派出所的一个哥们儿请他喝酒去了。那人一听派出所，舌头不那么硬了，说噢，老板自己喝酒，不让服务员喝，这不好。

　　除了上厕所，宋雪明一般不让表妹单独外出。也就是说，她不给表妹单独与男人接触的机会，那些男人就算全身长满了火把，就算火把熊熊燃烧，也不能对表妹有半点损害。这天半下午，饭店一时无人吃饭，表妹说：姐，我去一下商店，马上就回来。宋雪明问：你要买什么？要是不着急的话，下班后咱俩一块儿去。表妹说：有点着急，我去买包卫生巾。宋雪明说：这事儿得早做准备，不能等汛期来了才想起筑堤。在这种情况下，她仍没有放表妹单独出去，她一指自己的挎包，说挎包里有卫生巾，让表妹拿出来先用吧。表妹取出卫生巾，去厕所去得时间长一些，她心里也不踏实，就是筑一道防洪坝，也用不了这么长时间吧。不行，她得去厕所看看。她刚出饭店的门，见表妹已经回来了。她退回去不太合适，显得监视表妹的意图过于明显，就说她也去趟厕所。她去厕所的时间并不长，回来后却见饭店里来了一个男人。这个男人并不是来吃饭，而是在帮着表妹择韭菜。表妹坐在一个小凳子上择，男人蹲在地上择。这人最近天天来这里吃饭，大概跟表妹已经认识了。他一边择着韭菜，一过跟表妹说话。什么叫见缝插针，这个人玩的就是见缝插针，她离开饭店撒泡尿的工夫，这个人就把针插进来了。她敢说这人定是看上表妹了，想通过帮助择韭菜，跟表妹搭啦话，进一步接近表妹。他的心思肯定不在韭菜上，手上正择的一把韭菜只不过是个幌子而已。如果不把这人从表妹身边撵开，对表妹来说是不利的，或者说是危险的。她对表妹说：韭菜今天用不着了，别择了。表妹说：剩不多了，一会儿就择完了。宋雪明说：说不择，就不择，你咋不听话呢！把择好的收起来，没择的不要了，扔了它！表妹大概这才领会到宋雪明话里的意思，说好好，不择了。把韭菜从人家手里收了回来。那人走后，宋雪明还要把人家的形象丑化一下，对表妹说：你看那家伙的脸有多长，跟驴脸一样。韭菜从驴脸人的手里一过，就该变成草了。表妹说：雪姐，你说话可真好玩儿，刚才你把来例假说成汛期，我也是第一次听说。宋雪明得意地说：傻丫头，你没听说过的多着呢，好好跟你姐学吧。

　　过了秋天到冬天，过了小寒到大寒，几个月过去了，表妹春宁没出什么事儿，表妹只是比刚来时又胖了一点，胖得耳朵都发着亮光。胖一点属于正常，跟出事儿不搭边。人在饭店里当差，嘴不吃油鼻子也吸油，哪有不发胖的。宋雪明不说给表妹发零花钱了，说是发工资。她给表妹发的工资由每月二百元、三百元，涨到了现在的每月四百元。她向表妹许诺，到过年时还要给表妹发奖金。春节前，有一个消息在矿区传开，北京有一个歌舞团，要来矿上搞一场大型文艺晚会。那个歌舞团里有几位全国闻名的大腕儿，经常在电视里露面，人们对他们的长相和歌声已经很熟悉。听说大腕儿要来，人们异常兴奋，都想把大腕儿的真容看一看。是这样的，人们在电视里看人并不满足，在电视里见某个人越多，印象越重复，越希望见到那个真人。好比人们看天上的星星，把星星看多了，星星当真要落到人们面前，不引起轰动才怪。听到消息，宋雪明、女儿和表妹都想去看演出。丈夫蓝海成打了保票，说搞票的事儿他来办。他发挥自己在采煤队当秘书的优势，把成人所需的三张票都搞到了。晚会当然是晚上才开始，可这天宋雪明的小饭店只营业半天，下午就不营业了。春节还没到，他们把文艺晚会当成了节日。在家里吃过晚饭，他们临出发之前，表妹上了一趟厕所。等表妹从厕所出来，宋雪明眼睛瞪大，差点叫了声好家伙。你道怎的，厕所墙上有一面镜子，原来表妹对着镜子化妆去了。表妹描了眉，涂了口红，还戴上了两个耳坠儿。表妹的耳坠儿是两个松石串，松石有绿又有红，这样的耳坠儿像是自来动，人动它动，人不动它还动。描眉要眉笔，涂口红要口红棒，让宋雪明不解的是，这些东西表妹是什么时候买的呢？还有，戴耳坠儿需要在耳垂上打孔，表妹耳朵上的穿孔是什么时候打通的呢？她正要把表妹问一问，瞥见丈夫也在瞥她，丈夫的眼角颇有"看看怎么样"的意思，就把要问的话咽了回去。她要在丈夫不在跟前的时候再问。她心里不得不承认，表妹经过一番收拾打扮，真的出色许多。

文艺晚会在矿上的体育馆举行，他们往体育馆走时，要穿过商业一条街。一座煤矿两座城，地下一座城，地上一座城。地上这座城也是一个小社会，城市社会有的，这里几乎都有。宾馆酒楼夜总会，歌厅舞厅洗浴城，超市网吧鲜花屋，还有洗头洗脚带按摩。一街两行的霓虹灯已经亮起，这里灯紫，那里灯黄，呈现的是花人眼目的繁华景象。丈夫领着女儿在前面走，宋雪明和表妹在后面跟。宋雪明抓了个空子，还是把话问了出来，她问：你的耳朵眼儿什么时候打的？表妹说那天。那天是哪一天呢？宋雪明又问。表妹说，她也记不清了。宋雪明知道了，尽管她把表妹管得很严，还是有疏漏的地方，看来她还得把表妹看管得更严点儿。体育馆很大，能容纳一万多名观众。演出开始，男女大腕儿一个接一个登台亮相。每位大腕儿出场，都会在全场引起一阵热烈的欢呼声。有一位年轻的男歌星，穿了一身宽松的黑衣服，一边唱一边跳，身手矫健得像一只黑叶猴。他手持麦克风，从台上走下来了，要与观众进行零距离接触，要给女歌迷提供拥抱他的机会。他唱一句，就把麦克风伸向一群嗷嗷待哺似的女歌迷，让女歌迷们唱下一句。他把这种方式说成是互动和交流。一支歌唱罢，他大声问坐在体育馆四面看台上依次高上去的观众：朋友们，爽不爽？问到哪一面的观众，哪一面的观众便齐声回答：爽！当问到宋雪明他们这一面时，宋雪明没有做出应答，什么爽不爽的，她觉得这个说法不是很好听。可是，她听见女儿和表妹都在喊爽。特别是表妹，一边喊爽还一边向"黑叶猴"连连招手，一副兴奋不已的样子。

　　和丈夫预料的差不多，第二年春天，表妹到底还是出事儿了。那天晚上下班后，表妹说她把煤火封上后，忘了在中间扎一个眼儿，如果不扎眼儿，不透气，煤火就会被闷死。她要返回去给煤火扎眼儿。宋雪明说：这样的低级错误不应该犯，扎了眼儿赶快回来。放表妹去扎眼儿，宋雪明等了一会儿，不见表妹回来，赶到饭店那里一瞅，饭店的金属卷帘门锁得牢牢的，哪里有表妹的影子。表妹八点多出去，直到快十点了才回来。宋雪明拉下脸子问：你干吗去了，这么晚才回来？表妹笑着脸说：我去给煤火扎眼儿去了。宋雪明说：不要笑！扎个眼儿怎么去这么长时间，打口煤井时间都够了。说实话，你到底干啥去了？表妹不敢笑了，说她扎完眼儿后逛了一会儿商店。宋雪明问表妹去商店买了什么东西，把买的东西拿出来看看。表妹说，她本来想买一个手机，看来看去太贵了，就没买。宋雪明认为不买手机是对的，又说：你去这么长时间不回来，我还以为出什么事儿了呢。表妹叫了一声姐，说我都这么大了，不会出什么事儿的。宋雪明说：就因为你这么大了，才容易出事儿。记住，以后不许一个人晚上出去。宋雪明给表妹记了一笔账，把这件事儿记成表妹故意撒谎。如果这件事儿她还可以原谅的话，接下来发生的一件事儿，她无论如何也不能原谅表妹了。

这天半夜，丈夫把睡梦中的宋雪明推醒了，说他听见外屋的门响了一下，不知是不是春宁出去了。宋雪明说不会，三更半夜的，她出去干什么！丈夫说：反正我提醒你。宋雪明起身到厅里一看，哎呀我的姑奶奶，过厅的小床上果然没了人。她赶紧拉开灯再看，小床上的被子虚篷着，被窝里上演的是空城计，哪有表妹的人影子呢！坏了坏了，坏醋带坏菜，一个闺女家，半夜里偷偷往外跑，这可真是出事儿了，出大事儿了。她喊丈夫出来。丈夫出来了，倒没敢说什么风凉话，因为他看见宋雪明已经气坏了，气得脸色煞白，嘴唇发乌，身上在打战。丈夫劝宋雪明不要着急，这事儿急也没用。宋雪明说：我去找她，找到她，我扒了她的皮！丈夫说：你去哪里找她？找不到的。我估计她悄悄出去，还会悄悄回来。

宋雪明穿上衣服，坐在过厅的小床上等表妹回来。直到凌晨三点二十分，表妹才开门进来。宋雪明两眼看着表妹，却不说话。表妹说：姐，你怎么在这里，吓我一跳。宋雪明还是不说话。表妹过去把宋雪明的膀子晃了晃，问：姐，你怎么了？宋雪明把表妹的手推开，说天都快明了，把你的东西收拾一下吧，天一明，我就送你回家。表妹眼里一下子有了泪光，说姐，没这么严重吧！宋雪明说：一个闺女家，半夜三更往外跑，你还想怎么严重！表妹说：我出去没干什么，就到歌厅唱了一会歌儿。宋雪明说：我不问你，你也不用跟我解释。你解释我也不听，我听了耳朵眼子发烧。表妹问：一点缓和的余地都没有吗？宋雪明说：我说什么是什么。表妹说：既然这样，你不用送我，我自己回家就是了。宋雪明说：那不行，我得亲自把你交到我姑姑手里。我姑姑要是问起来，我就说饭店不办了，不用帮忙了，不会让你丢面子。

宋雪明回到里屋，丈夫试探着问：这个事儿是不是再商量一下？宋雪明说没什么可商量的。天一明，她真把表妹送回老家去了。

返回矿上还不到一星期，宋雪明就接到姑姑的电话，问春宁是不是又到矿上去了。宋雪明说没有，没见春宁到矿上来。姑姑说：这就奇怪了，那天她说去赶集，就没有再回来，都两三天了，也不见她的人影儿。宋雪明吃惊不小，她说姑姑，您放心，我要是见到春宁，马上给您打电话。

老也找不到表妹的下落，宋雪明的心情有些沉重，她想，当初要是不让表妹出来帮忙，也许表妹不会走到今天这一步。她也有些后悔，后悔没有听丈夫的话。可是这时的丈夫又有了新的说法，丈夫说：我看你的观念有问题。天要下雨，地要长草，一个闺女该出事儿的时候总归要出点事儿，谁都挡不住。依我看，春宁要是在矿上找一个男朋友，也不见得是什么坏事儿。

宋雪明骂丈夫混蛋，说这话你为啥不早说呢，横竖你都有理。

燕子

　　春天的雨总是细纷纷的。早上起来，人们看见树枝湿了，地湿了，墙根处的枯草下面露出了一片青色，才知道夜里下雨了。这里是矿区，每年下雨的时候不是很多。雨水习惯走老路，喜欢扎堆儿，见哪里地面上的水多，雨水就愿意往哪里下。矿区的地底被掏空了，地面上的水大都漏了下去。云彩在天上飘来飘去，知音难觅似的，下点儿雨难着呢。下班和上班的矿工，没有打伞，也没有穿雨衣，他们愿意让雨丝落在头发上，落在脖子里。草要发芽，树要开花，春天来了，他们好像也想发芽，也想开花。有那年轻一些的矿工，走着走着停下了，仰着脸，眯着眼，试试天空是不是真的在下雨。当细雨把他们的嘴唇淋湿，他们用舌尖把湿处沾了沾，竟从中尝出了一些甜味儿。

　　小街边长有一棵柳树，树枝上落有一只麻雀。麻雀的翅膀被雨淋湿了，毛色显得比平日深。晴天晴地时，麻雀是栗褐色。湿羽之后，麻雀就变成了黑灰色。由于麻雀全身的羽毛都支乍着，被雨淋湿的麻雀不但没有缩小，好像还大出不少。在如烟垂柳的衬托下，静卧不动的麻雀宛如一枚大大的黑点。站在菜店门口一侧屋檐下的阳阳和燕子都是三四岁的样子，阳阳是男孩子，燕子是女孩子。阳阳把麻雀一指说：看，小燕子！燕子马上纠正说：
那不是小燕子，那是麻雀。天气还冷着呢，小燕子还没有飞回来
呢！阳阳坚持说：就是小燕子，不是麻雀！按生日算，阳阳比燕
子大一天。大一天也是大，燕子的妈妈让燕子把阳阳叫哥哥。一
个当哥哥的，怎么也应该比当妹妹的知道得多吧，怎么能分不
清哪是燕子，哪是麻雀呢！燕子伸手把阳阳往后扒拉了一下，说
我告诉你吧，小燕子的尾巴是分叉，麻雀的尾巴不分叉；小燕子
穿的衣服是蓝色的，麻雀穿的衣服是灰色的；小燕子的脸长得好
看，麻雀的脸长得不好看；小燕子会唱歌，麻雀不会唱歌。这都
是我妈妈告诉我的，这下你明白了吧？阳阳的肚子鼓着，还是不服
气，可他憋得都有些结巴了，还是找不到有力的事实把燕子的话顶
回去，他只好说：这也是我妈妈告诉我的。燕子问：你妈妈告诉你
什么了？阳阳说：我妈妈还会唱小燕子穿花衣呢！燕子说：那你好
好看看，这只麻雀穿花衣了吗？阳阳说：穿了。燕子生气了，说：
你不讲理，我告诉你妈妈。她往菜店里大声喊：阿姨，阿姨！

　　正在菜店里卖菜的阳阳的妈妈宋小英听见了燕子喊她，说，
好，你们在外边玩吧，别跑远，别打架！燕子说：阿姨，你出来看
看吧，阳阳哥哥非把树上的麻雀说成小燕子。一位老年顾客来买白
菜，宋小英边拿起一棵白菜放在电子秤上称，边对门外的燕子说：
没事儿，反正小燕子和麻雀都是小鸟儿。那不行，小鸟儿与小鸟儿
不同，燕子不能容许别人非把麻雀说成小燕子。燕子到菜店里，双
手拉住宋小英的一只手，央求似的说：阿姨，你去看看嘛！宋小英
说：好，等阿姨给老爷爷找完了零钱就去看。老年顾客说：这个小
姑娘，长得真可爱。宋小英说：燕子，你喊爷爷了吗？燕子对老年
顾客喊了一声爷爷。老年顾客答应着，夸小姑娘真乖。

等燕子和宋小英来到菜店门外，柳树上哪里还有小鸟儿的影子呢，连一片小鸟儿的毛都没有。小雨把开始发青发软的柳条淋得湿漉漉的，每一根柳条上都挂着一串水珠。那些水珠里面都包着一个柳芽的芽苞，透过晶亮的水珠往里看，水珠把芽苞有所放大，每一个芽苞都像是一粒麦子。宋小英对燕子说：你让我看什么，什么都没有呀！是呀，那只麻雀刚才还在树枝上卧着，怎么一转身就不见了呢？燕子看看阳阳，阳阳不知从哪里捡到一根生锈的钉头，正蹲在地上，用钉头剜泥。燕子从阳阳眼里看到一些笑意，她猜，一定是趁她进菜店喊阿姨的时候，阳阳把麻雀撵跑了。看不到麻雀，就不能证明她的话是对的，阳阳的话是错的，她的嘴一撇，哭起来了。她是真哭，泪珠子从两个眼角成串子往下掉。她的泪珠子比挂在柳条上的雨水攒成的珠子还大，还明。宋小英说：你哭啥呢，又没人咋着你。好了，别哭了，再哭脸就该皴了。她用手掌把燕子脸上的眼泪擦了擦，又对阳阳说：以后别跟妹妹吵嘴，妹妹的名字叫燕子，她对小燕子比你上心，认小燕子比你认得清。阳阳说：我比她认得清。宋小英说：再敢犟嘴我打你！说着扬起巴掌吓唬阳阳。阳阳站起来跑开了。

燕子的妈妈杨丽芳的工作是在矿上的矸石砖厂里搬砖，每天傍晚下班后，杨丽芳才能把燕子从宋小英的菜店门口接回家。矿上办的有幼儿园，杨丽芳为何不把燕子送到幼儿园里去呢？往幼儿园里送一个孩子一个月要三百多块钱，杨丽芳嫌交费太多了。她在矸石砖厂一天干到晚，每月才挣几百块钱。让她拿出一半辛苦钱为燕子交托儿费，她实在有些舍不得。正在她犯难之际，宋小英主动对她说：把燕子交给我吧，算是给我们家阳阳找个伴，两个孩子可以在一块儿玩。因燕子要在菜店里吃中午饭，杨丽芳提出每月给宋小英一点钱。宋小英说：这是什么话，你要是给钱，孩子我就不给你看了。话不能再往下说，再说就有可能触到杨丽芳的痛处。杨丽芳眼圈红了一下，没有再说什么，第二天就把燕子领到菜店，交给了宋小英。这天杨丽芳下班后还没走到菜店门口，燕子远远地就看见她了，喊着妈妈，妈妈，张着小鸟儿翅膀一样的双臂往妈妈身边跑。雨停了，地上还有些湿。杨丽芳说：慢点儿，慢点儿，地滑，别摔倒！杨丽芳也禁不住往前跑，她弯下腰，伸长胳膊，一下子把女儿抱了起来，问：想妈妈了？燕子点点头，说想了。妈妈问：哪儿想了？燕子拍拍胸口。妈妈问：你今天表现好吗？燕子说好。中午宋阿姨给你做的什么饭？燕子说：做的面条，还有西红柿炒鸡蛋。妈妈说：嗬，宋阿姨对你不错呀！说着来到菜店门口，杨丽芳跟宋小英打了招呼。宋小英说：丽芳，你带点菜回去吃吧。杨丽芳说不了，你上次给我的土豆我还没吃完呢。

　　杨丽芳抱着女儿走过菜站，把女儿的脸看得仔细些。她看见女儿眼角有一片花，像是泪痕，便问女儿：你哭了吗？女儿说：哭了。为什么？女儿说：阳阳哥哥非把臭麻雀说成小燕子。就因为这个吗？女儿点点头。妈妈说：因为这点儿小事儿不值得哭，你也太娇气了，你以为你是个公主呀！女儿问：公主是什么？妈妈说：公主是皇帝的女儿。女儿又问：皇帝是什么？妈妈说：皇帝就是皇帝，皇帝就是公主她爸爸。女儿转了话题，问妈妈：我爸爸怎么老也不回来呀？杨丽芳的心不由地一沉，说：别提你爸爸，提起他我就生气。说着把脸板了下来，并把女儿放在地上，让女儿自己走。女儿紧紧拉着妈妈的手，走一会儿脸看看妈妈的脸，小心地问：妈妈，你不喜欢我爸爸回来吗？妈妈说：你这孩子，我不是说过不让你提他嘛，怎么还提，你再提他我真的生气了！女儿不敢再提爸爸。

杨丽芳和女儿住的是一间平房，平房门口上方伸出一块一米见方的遮雨板，遮雨板下面有一个灯泡。连接灯泡的电线是硬线，硬线有些歪。就在有些歪的电线和灯泡之间，小燕子在那里垒了一个窝。母女俩回到家里，杨丽芳打开煤火准备做晚饭，女儿靠一侧的门框站着，仰着脸看燕子窝。燕子窝是用黄泥垒成的，泥里还有一些草。那些草从泥里露出来，显得燕子窝的表面有些粗糙，像水泥墙的拉毛一样。整个灯泡被燕子窝下部包住了半个，只剩下半个。灯泡露出的那一半，上面也沾了不少泥点儿。燕子窝是空的，今年的小燕子还没有来。女儿把燕子窝看了一会儿，就自言自语起来：小燕子，你们怎么还不回来呢？你们现在飞到哪儿了？快点儿回来吧，再不回来我可要生气了！

杨丽芳听见了女儿跟小燕子的空窝说话，她鼻子一酸，差点落下泪来。她不许女儿提爸爸，女儿只好拿小燕子说话。女儿盼着小燕子回来，实际上是盼着爸爸回来。女儿问过她，爸爸到哪儿去了。她怕女儿承受不起，没有跟女儿说实话，说爸爸出差去了。女儿问：爸爸到哪儿出差去了。她说：爸爸到很远很远的地方出差去了。那么，女儿又问：爸爸什么时候才能回来呢？她说：不管他，爱回来不回来。可女儿缠着她，非让她说出爸爸什么时候回来。她抬眼看见了门外的燕子窝，说：等着吧，也许等小燕子飞回来的时候，你爸爸就回来了。不想女儿是认真的，女儿一下子就记住了，别的小孩子有爸爸，她也有爸爸。她的爸爸到远方出差去了，等春暖了，花开了，小燕子飞回来的时候，她的爸爸就回来了。杨丽芳吃不准，她该不该对女儿撒谎。她一次对女儿撒了谎，再改口就难了，就得一直把谎撒下去。有时她想，干脆对女儿说实话算了。可是，她的实话还没说出口，眼圈先就红了。她实在不忍心让小小的女儿经受打击，实在不愿意打消女儿的希望啊！

说来女儿的名字还是丈夫给起的。发现小燕子在灯泡上垒窝，可把丈夫激动坏了。丈夫说，小燕子在谁家垒窝，就是看得起谁家，就是对谁家的奖赏。丈夫接着说现在的小燕子太可怜了，家家的门窗都装了玻璃，都封得严严实实，小燕子想进屋进不去，只好把窝垒在门外的灯泡上。丈夫急得直搓手，非常替小燕子担心。灯泡亮起时是烫的，把小燕子下的蛋烫坏了怎么办呢！就算小燕子的蛋烫不坏，等小燕子孵出来，灯光刺伤了小燕子的眼睛怎么办呢！还有，有的灯泡会爆炸，万一这个灯泡爆炸了，岂不是把小燕子的窝给毁掉了。丈夫对她说，从今以后，再也不要拉亮门口的电灯。为防止家里人习惯性地进门拉灯，他拿来一把剪子，把灯绳从开关盒那里剪断了。他宁可舍弃门口的光明，也要保住燕子窝。丈夫还给杨丽芳讲了一个有关小燕子的故事。丈夫小时候在农村老家时，家里的房梁上垒过一个燕子窝。有一年奶奶生病了，母亲天天为奶奶熬中药。没想到中药里的药气升到房梁上，把刚出壳的一窝小燕子薰死了。为那一窝死去的小燕子，丈夫哭了一整天。从那以后，丈夫什么时候看见小燕子，心底就涌出说不出的怜惜。还好，新来的小燕子在灯泡上垒窝垒得很顺利，当年就孵出了一窝让人喜欢不尽的小燕子。小燕子出生不久，杨丽芳生下了女儿。丈夫没有多想，就给女儿起好了名字：燕子。

杨丽芳做好了饭，说燕子，吃饭吧。此时，天已黑下来了，燕子搬了一个小凳子坐在门口，还在看燕子窝。听见妈妈喊她，燕子说：妈妈，我不想吃，我不饿，你自己吃吧。这哪里像一个孩子说的话，分明像是一个大人说的话。小孩子就是小孩子，不能有大人的心思，小孩子若有大人的心思，可怎么得了！杨丽芳：一个小孩子家，不能有那么多事，不许耍小心眼子。你再耍小心眼子，妈就不喜欢你了。燕子说：妈妈，我不喜欢小燕子了。杨丽芳问：为什么？燕子说：小燕子怕冷，一点儿都不勇敢。杨丽芳听得出来，女儿不喜欢小燕子是假，她还是盼着小燕子早点儿飞回来。女儿盼着小燕子回来的目的，还是盼着爸爸回来。可是，小燕子秋天飞走了，春天还会飞回来，女儿的爸爸却再也不会回来了。杨丽芳说：你不喜欢小燕子好说，我明天就找根棍把燕子窝敲掉。杨丽芳一试就试出来了，她一说敲掉燕子窝，女儿就急了。女儿以为她现在就要敲掉燕子窝，赶紧从小凳子上站起来，张开两只胳膊拦住妈妈，说妈妈，我不让你敲燕子窝。见女儿误会，杨丽芳故意逗女儿，说：你别拦着，我这就去敲掉它。既然我闺女不喜欢小燕子，留着燕子窝干什么！女儿说：妈妈，妈妈，你别敲。你敲掉燕子窝，我爸爸回来就找不到咱的家了。见女儿快要哭了，杨丽芳才说：你听话我就不敲。女儿说：我听话。杨丽芳说：听话是好孩子，吃饭吧。

天越来越暖，柳树发了芽，杏树开了花，人们脱掉了棉衣，换上了单衣。一天早起，燕子听见小燕子的叫声，开门一看，小燕子真的回来了。小燕子是一对，一看它们就是爸爸和妈妈。燕子窝的上沿有一些湿泥，看来它们是要把燕子窝再加高一些。燕子高兴坏了，赶紧向妈妈报告：妈妈妈妈，小燕子飞回来了！妈妈说：飞回来好，你不是早就盼着小燕子飞回来嘛。燕子说：小燕子一飞回来，我爸爸就该回来了，对不对？妈妈说：对是对，你爸爸出差的地方那么远，谁知道他们那里有没有小燕子。燕子问：爸爸出差的地方是哪里呢？妈妈说：你还小，跟你说，你也不知道。燕子说：我不小了，宋阿姨说我都快四岁了。妈妈说：好，我闺女不小了，我闺女是个四岁的大姑娘了，行了吧！

每天去上班，杨丽芳还是早早地就把燕子送到宋小英的菜店里去。宋小英的丈夫在矿上的办公室里上班，挣钱不是很多。宋小英找不到别的工作，就在矿区的小街上开了这个菜店。这个菜店的前身是一家美容美发店，不知为什么，美容美发店关张了。宋小英把这间小店租过来，开成了菜店。菜店里卖白菜萝卜葱姜蒜，也卖粉条苹果和鸡蛋，生意不算热，也不算冷。有人把宋小英叫成老板，宋小英就不干了，她说什么老板哟，不过挣一点儿零花钱哄哄自己。又说开了菜店我才知道了，我们家再也没吃过新鲜菜，每天剩下的烂菜都吃不完。宋小英主动提出替杨丽芳看孩子，一是因为她一天到晚守在菜店里，有看孩子的条件；二是她认为杨丽芳失去丈夫后日子过得太艰难，她想帮帮杨丽芳，为杨丽芳分担一点艰难。宋小英也知道，燕子的爸爸发生事故后，杨丽芳一直瞒着燕子，没有跟燕子说实话。燕子不止一次跟她说过，爸爸出差去了，等小燕子飞回来的时候，爸爸就回来了。宋小英理解杨丽芳的心情，也只好顺着燕子的话说。但宋小英也替杨丽芳发愁，燕子一年比一年大，一年比一年懂事，这样瞒着孩子，什么时候才是尽头呢！

这天下午，阳阳趁妈妈不注意，从妈妈盛零钱的纸盒子里拿了几毛钱，到附近的商店里买了一根棒棒糖。阳阳去买棒棒糖时，燕子一直跟在他后边。阳阳剥去糖纸，把棒棒糖含到嘴里化一下，拿出来；再化一下，再拿出来。燕子不敢拿阿姨的钱买棒棒糖，只能眼巴巴地看阳阳的嘴。当阳阳把糖放进嘴里时，她觉得自己的嘴好像也有些鼓；当阳阳把棒棒糖从嘴里拿出来时，她似乎觉得自己嘴里也化了不少糖水，那些糖水快要变成口水流出来。她问：阳阳哥哥，棒棒糖甜吗？阳阳没回答甜不甜，只笑着看了燕子一眼。他笑得相当得意，有显摆的意思，也有故意馋人的意思。燕子被馋得实在有些忍不住了，说：阳阳哥哥，让我尝尝棒棒糖可以吗？我就尝一点点。阳阳没让燕子尝棒棒糖，一转身，走了。燕子在后边跟。阳阳加快了脚步，燕子喊着阳阳哥哥，也加快了脚步。阳阳跑起来了，燕子也追着阳阳跑起来。不知什么东西绊了燕子的脚，燕子摔倒了。没吃到棒棒糖，却结结实实摔了一个大马趴，燕子的委屈涌上来，哇的一声哭了。燕子趴在地上哭，哭的声音很大。地上撒有不少煤，燕子沾了两手黑。燕子以为她一哭，阳阳就会返回来，把棒棒糖给她吃。然而阳阳没有返回来，阳阳躲到一个墙角后面去了。燕子哭得更厉害些。

宋小英听见了燕子的哭声，她正给一个顾客称菜，顾不上从菜店里出来。她从菜店里探出半个身子，大声对燕子说：怎么摔倒了？没事儿，起来吧！阳阳呢，阳阳跑哪儿去了？你们两个没在一块儿玩吗？阳阳从墙角后面转出来了，他把没吃完的棒棒糖装进了口袋里。燕子还是哭。宋小英说：燕子别哭了，快起来看看，是不是你爸爸回来了！话一出口，宋小英就有些后悔，因为这时正有一位身穿工作服的矿工在前面的路上走，给燕子造成误会就不好了。可是已经晚了，燕子一听说爸爸回来，跑着向那位矿工追去。日日盼，月月盼；盼春归，盼燕回，总算把爸爸盼回来了。她一边追，一边大声喊：爸爸！爸爸！因刚才的哭声没有止，她的喊声里仍带着哭腔。

在路上走着的矿工叫林志文，是采煤二队的采煤工。他受跟班队长的临时指派，到井上的配件仓库取一样东西。现在东西取到了，他要返回到井下去。当矿工的都是这样，在没有下班和没有把自己洗干净之前，一般不愿意一身煤一脸黑地出现在街面上，这是对别人的尊重，也是对自己的尊重。偶尔有事，不得不到街面上走一遭，他们总是脚步匆匆，不愿与行人打照面。林志文听见有小孩子在后面喊爸爸，他不会认为是喊他，他还没有结婚，连女朋友都没有，哪里会有孩子呢！可是，在他前面走的并没有别的人，不是喊他是喊谁呢？这样想着，他一边走，一边往后看了一眼。这一看不要紧，他脚下不知不觉有些沉。在他与小女孩之间并没有别的人，小女孩显然是奔他而来。小女孩哭得满脸花，样子十分可怜。小女孩跑得跌跌撞撞，像是随时都会摔倒。小女孩喊着爸爸，眼神儿十分殷切地望着他。他心里一惊，顿时明白了怎么回事。前年秋天，这个矿井下发生了一场瓦斯爆炸事故，一下子炸死了一百二十九位矿工。那些矿工大都是二三十岁的年轻人，有的结了婚，有的还没有结婚。结了婚的矿工死去后，就留下了他们的妻子和他们的孩子。这个小女孩一定是在事故中失去了爸爸，把他误认为是自己的爸爸，才这样哭着喊着追他。林志文怎么办？他是加快脚步走开，还是站下等等小女孩呢？在林志文犹豫之际，小女孩跑到他跟前。他说：哎，哎，你别靠近我，我身上都是煤。小女孩可不管什么煤不煤，扑上去把他的双腿抱住了，并把脸贴在他腿上。林志文刚要对小女孩说明，他是叔叔，并不是小女孩的爸爸，小女孩可能认错人了。可小女孩不容他说话，就哭着喊着说：爸爸，你出差时间太长了，你怎么老也不回家呢？小燕子都飞回来了，你怎么还不回家呢？爸爸，我都想你了，妈妈也想你了。你再不回家，妈妈该生气了。爸爸，你回家吧！林志文平生第一次听见小孩子喊他爸爸，心头涌起一股说不清的滋味。也许这就是生命对生命的呼唤，通过呼唤，他生命深处的东西顿时苏醒过来。他说：好孩子，别哭，你听我说。他听见自己的声音有些哽咽，眼泪也模糊了双眼。

这时宋小英从菜店里跑了过来，她说：燕子，你认错人了，这不是你爸爸！

燕子说：不，这就是我爸爸，这就是我爸爸，我爸爸穿的就是黑衣服。

宋小英看见林志文眼里涌满泪水，自己的眼睛也湿了，说：这孩子，想她爸爸想得太厉害了，这可怎么办呢？她拉住燕子的胳膊，想把燕子拉走，说：燕子，松手。就算是你爸爸，你爸爸正上着班，你也得等他下了班，洗了澡，才能回家呀！

林志文知道了小女孩叫燕子，说：燕子，等我下了班，换上干净衣服，再回来看你，可以吗？

燕子哭得还在打嗝，说：爸爸，你一定要回来呀！

林志文说：一定。问燕子：你想要什么，我给你买。

燕子说：我想吃棒棒糖。

林志文说，没问题。

燕子这才把林志文松开了。宋小英扯着燕子往菜店走，燕子还回过头来，不舍地看着林志文，说：爸爸，你不要再出差了！林志文对燕子招招手，说再见。燕子也说再见。

杨丽芳下班后，到菜店接燕子回家。燕子一见妈妈，显得很兴奋，脸都红了，她说妈妈妈妈，告诉你一个好消息，我爸爸回来了！爸爸说，等他下了班，换上干净衣服，就回家。爸爸还答应给我买棒棒糖呢！听到燕子报告的好消息，杨丽芳不但一点都不兴奋，脸上似乎还掠过一阵愁云，她看着宋小英，眼里分明在问：这是怎么回事？宋小英心存愧疚，说：没事儿，你先带孩子回去吧，我随后再对你说。杨丽芳没有带燕子走，两眼仍看着宋小英，仍是求解的意思。宋小英把杨丽芳拉到门外，才小声把事情原委对杨丽芳说了。她说燕子看见一个穿工作服的师傅在路上走，就把人家叫成了爸爸。杨丽芳叹了一口气。燕子跟到门外，仰着脸看妈妈的脸色，问妈妈：我爸爸回来你不高兴吗？杨丽芳说：高兴。燕子又问：高兴你怎么不笑呢？杨丽芳勉强笑了一下，说：你想让我怎么笑，难道让我在街上哈哈大笑吗！我要是那样，人家不说你妈是个疯子才怪。

　　林志文所住的矿工宿舍里一共有三个人，除了林志文，还有两个工友，年长的是老刘，年轻的是小孙。下班后回到宿舍，林志文把今天遇到的事对两个工友说了，他说有一个叫燕子的小女孩认错人了，追着他把他叫爸爸。老刘问：小女孩叫你爸爸，你答应了吗？林志文说：她叫我爸爸，我没敢答应，我答应了下班后给她买棒棒糖。老刘是有妻子有孩子的人，且知道这个矿上失去爸爸的孩子有几十个，每一个孩子心上都有一块伤痛，他说：你答应了给孩子买什么东西，就一定要买。这些孩子都很敏感，也很脆弱，你千万不能让孩子失望。林志文说：好，我现在就去买。林志文也有担心，他说：我要是买了棒棒糖，她就更认为我是她爸爸了，怎么办呢？老刘说：这个事情走一步，说一步。她非要叫你爸爸，你认她做个干女儿也不错。小孙说：这样的事情怎么没让我碰上呢，要是有小女孩叫我爸爸，我就领着小女孩找她妈，要是小女孩当着她妈的面也喊我爸爸，我就去她们家吃饭。老刘很严肃地对小孙摆摆手，说这个事情不能开玩笑，这不是开玩笑的事儿。

　　林志文去小卖店里买了五根棒棒糖，还买了两本看图识字的画书，送到菜店里。他以为菜店的主人宋小英就是燕子的妈妈，看见宋小英，他显得有些不好意思，问：燕子呢？这是我给燕子买的棒棒糖，还给她买了两本画书。宋小英正要放卷帘门下班，她愣了一下，才把眼前这个年轻人和那个一脸黑的师傅联系起来，说：小孩子的话你还当真了！林志文说：该当真就得当真。宋小英说：燕子被她妈妈接回家去了。林志文说：你不是燕子的妈妈吗？我还以为你是燕子的妈妈呢！宋小英说：我不是燕子的妈妈，我的儿子叫阳阳，阳阳他爸爸是干部，在矿上的办公室上班。我叫宋小英，燕子的妈妈叫杨丽芳。你呢，怎么称呼你？林志文说：我姓林，叫林志文，嫂子叫我小林吧。您看这样行不行，我把东西放在这里，您交给燕子就行了。宋小英说：明天早上燕子她妈才能把燕子送过来，我看你把东西给燕子送过去吧，我告诉你燕子她家住在哪里。林志文说：那不合适吧。宋小英说：那有什么不合适的，你当爸爸要当到底嘛！林志文的脸红了一下，说不行不行，我一次都没见过燕子她妈妈，人家把我撵出来怎么办！宋小英说：你说这话我不明白，你以为我是燕子的妈妈，敢把东西送到我这里，现在知道了燕子妈妈不是我，你就不敢见燕子真的妈妈了，这是为什么？林志文说：不为什么，我不是见过你一面嘛。宋小英说：见过没见过都没关系，一面生二面熟嘛！这时阳阳过来了，看见了林志文手里拿的棒棒糖，跟妈妈说：我要吃棒棒糖。宋小英说：你吃糖，虫子就吃你的牙，你的牙都被虫子吃黑了，还吃呢！林志文问：这就是阳阳吧？宋小英说是，她让阳阳喊叔叔。阳阳对林志文喊了一声叔叔。林志文把棒棒糖分出两支，给阳阳。宋小英只许阳阳要一只。天黑了，街灯亮了起来。街边小花园的紫丁香开花了，不时飘来阵阵香气。这晚，林志文到底没到燕子家里去。

宋小英没回自己家，领着阳阳直接到燕子家里来了。来到燕子家门外，宋小英还没说话，阳阳先喊起来：燕子，燕子，你爸爸给你买的棒棒糖，还有画书。燕子赶紧从屋里跑出来，接过棒棒糖和画书，问：我爸爸呢？宋小英说：你爸爸今天晚上还要下井，不能回来了。燕子不高兴了，说：爸爸说过换上干净衣服就回来，为什么又不回来呢？臭爸爸，说谎话。杨丽芳让宋小英进屋。宋小英说不进去了，要马上回家做晚饭。杨丽芳让宋小英和阳阳在她家吃晚饭。宋小英说：那可不行，我们家那口子找不到我们，该着急了。杨丽芳说：让你们家那口子也来嘛，我正想请你们全家来我们家吃顿饭呢！宋小英说：我看还是算了，燕子盼的爸爸没有来，阳阳的爸爸却来了，燕子心里又该不平衡了。杨丽芳说：你看这事闹的，长痛不如短痛，短痛痛一阵儿就过去了，长痛不短痛到什么时候才是尽头。两个孩子到屋里看画书去了，一本画书画的茄子、豆角、西红柿等等蔬菜；另一本画书上画的是苹果、香蕉、葡萄等水果。杨丽芳对燕子说：你把礼物分给阳阳哥哥了吗？见面分一半，你把棒棒糖分给阳阳两支，画书分给阳阳一本。宋小英说：别给阳阳棒棒糖了，刚才燕子的爸爸已经给了阳阳一支，我都没让阳阳吃。阳阳吃糖太多，牙都坏了。阳阳也说：阿姨，我的牙都变黑了，我不要棒棒糖了。杨丽芳夸阳阳真乖。让燕子送给阳阳一本画书。阳阳接过画书，宋小英问阳阳：你说谢谢燕子妹妹了吗？阳阳说：说了。宋小英问：什么时候说的，我怎么没听见，你在肚子里说的吧？阳阳咧开嘴乐了。

　　林志文由日班倒成了夜班，白天睡觉，夜里下井。这天上午他睡了一觉，醒来后老是想起燕子，燕子喊他爸爸的声音老是在他耳边回响。那天他答应了换了干净衣服到燕子家里去，结果没有去，不知燕子会不会埋怨他。不管对大人，还是对孩子，一个人说话得讲信用，如果不讲信用，自己心上就会亏下一块。说是对别人讲信用，实际上是对自己讲信用。对自己讲信用，心才不亏。林志文悄悄起床，到矿区的小街上去了，想看看燕子是不是在菜店门口玩。他吃不准燕子是否还认识他，没有一直走到菜店门口去。他走到一棵树后面，停一下；走到一个墙角处，又停一下，躲在背人处向菜店那边打量。他看见了，燕子正和阳阳在菜店门口的一棵柳树下面玩。阳阳拿着一根柳条，像钓鱼一样在燕子脸前钓。燕子伸手抓柳条时，阳阳把柳条抬高了，燕子跳起来都够不着柳条。燕子不够柳条了，阳阳又拿柳条在燕子脸前钓。这次燕子装作生气了，噘着嘴，垂着手，眼睛也不看柳条。当阳阳放松警惕时，燕子双手齐上，一下把柳条抓住了。燕子一抓到柳条，像取得了最后的胜利，笑得真开心哪！林志文看出来了，燕子这小姑娘真聪明，真可爱。他要是真的有这么一个女儿，他就是一个幸福的爸爸。反正像燕子这样的小姑娘，她的家庭不应该是残缺的，她的童年应该是快乐的。

　　有一家卖服装的小商店，在门口扯了不少绳子，绳子上挂满了五颜六色的服装，林志文站在那些服装之间看着燕子。他看了一会儿，忘了隐蔽自己，燕子一回头，就把他看见了。他本能想躲避一下，已经来不及，燕子喊着爸爸爸爸，向他跑过来。他洗去了脸上的煤黑，燕子仍能认出他来，这个小姑娘真是好记性。林志文从服装之间转出来，喊着燕子燕子，一下子把燕子抱了起来。他把燕子抱起来之后，燕子搂住他的脖子，亲他的脸，左边亲一下，右边亲一下。林志文以前从没有被孩子亲过脸，燕子把他亲得有些害羞，有些无措，他说好好，燕子真乖！燕子问：爸爸，那天你说换上干净衣服就回家，怎么没回家呢？林志文说：那天下班太晚了，估计你该睡着了，我怕吵醒你，就没有回去。燕子问：那今天呢，你今天回家吗？林志文说：今天也不一定，我现在轮到下午上班，等下班都到明天早上了。以后我想看你的时候，就到这里来看你。燕子说：我做梦都梦见你了。林志文有些惊奇，问：真的？你都会做梦了？你做的什么梦呢？燕子说：我梦见你给我买了一条红裙子，可好看啦！林志文说：我要把你的梦变成真，咱现在就去买红裙子。林志文抱着燕子到菜店跟宋小英打招呼，说：我带燕子玩一会儿。宋小英说：你这爸爸当得真不错，比阳阳的爸爸强。阳阳的爸爸从不带孩子玩。阳阳说：我跟燕子的爸爸一块儿去玩。宋小英说：你别去了，我一会儿给你买酸奶喝。

林志文带燕子来到商店，给燕子买了一条粉红的褶裙。燕子一穿上去就舍不得脱，在地上转一圈，又转一圈，转得让裙子飘起来。燕子说：爸爸，我跳舞呢！林志文夸奖说：燕子跳得真好看，燕子穿上裙子真漂亮！从商店里出来，林志文扯着燕子的小手到街边的小花园里去玩，燕子一路叫爸爸叫得更亲热。小花园里的黄刺梅开了，紫藤萝也开了。黄刺梅花开一串金黄，紫藤萝开一片紫云。林志文把每种花都指给燕子，教燕子认。燕子说：爸爸，我还会背春眠不觉晓呢！林志文让她背一遍试试。燕子大声背诗时，一些老人也过来听，他们对林志文说：你的女儿真可爱。

天越来越长，也越来越暖。带燕子玩，成了林志文主要的业余生活。他教燕子唱儿歌，教燕子画水果，还带燕子到电影院里看过一次动画片。燕子叫他爸爸，他不知从哪一次开始答应的，反正答应过一次以后，再答应就不那么难为情了，就顺畅了。有时候他还自称爸爸，说：燕子，来，到爸爸这边来。回到宿舍，林志文把燕子的事讲给两个工友听，两个工友都说林志文做得很对，他们说，挖煤的人都是兄弟，有的兄弟死了，他们的孩子就是我们的孩子。有一天，老刘和小孙都给燕子买了礼物，老刘买的是一个布娃娃，小孙买的是一盒巧克力，他们让林志文把礼物转交给燕子。

　　第二天上午，林志文去给燕子送布娃娃和巧克力时，碰见了杨丽芳。因砖厂停电，杨丽芳提前下班，正准备把燕子接回家。燕子大老远就把林志文看见了，对妈妈说：你看，我爸爸来了。燕子从妈妈手里脱出来，喊着爸爸爸爸，向林志文跑去。燕子把林志文拉到杨丽芳面前，杨丽芳看到了林志文手里拿的布娃娃和巧克力，说：你又给孩子买这么多东西。林志文说：这两样东西不是我买的，是和我同宿舍的两个师傅买的，布娃娃是刘师傅买的，巧克力是孙师傅买的。这又是杨丽芳没有想到的，她说：你们都对孩子这么好，让我说什么好呢！说着眼里涌满了泪水。燕子一直拉着林志文的手没有松开，问：爸爸，这一次你该回家了吧？林志文还没说话，宋小英从菜店里出来了，说去吧去吧，回家去吧。林志文看了一眼杨丽芳。杨丽芳说：燕子一直盼着你回家，你就去家里看看吧！林志文抱起燕子，跟杨丽芳一块儿回家去了。

美发

油菜花开了，蜜蜂忙着采蜜。油菜花的花期不是很长，从开
到谢，不过十来天的样子。机不可失，时不我待，蜜蜂采蜜把时
间抓得很紧。它们不仅把时间抓在爪子上，翅膀上，嘴巴里，还
把抓到时间体现在两条大腿的绒毛间。大腿上那两坨花粉，就是
时间的积累和结晶。蜜蜂采蜜之所以争分夺秒，还有一个原因，
是它们怕下雨。春天雨水多，一旦下了雨，花朵里进了水，蜜就
被稀释了。掺了水分的蜜，诚实的蜜蜂拒绝采。所以在艳阳普照
的情况下，在闪着金光的油菜花丛，蜜蜂小小的身影显得格外忙
碌。它们刚从一支花蕊里退出，又匆匆钻进另一支花蕊，似乎要
把满地的花蕊全都采遍。它们整天跟花朵打交道，几乎把身体也
变成了花朵。它们是飞翔的花朵。

花开时节，蜜蜂有蜜可采，人们想找点活儿干却不容易。在
矿区门前的小街上，有一个劳务市场，不少人在那里等着找活儿
干。天色微明，小街上弥漫着烧煤散发出的硫黄味。那些找活儿
干的人早早地就来了。他们知道，那些雇他们干活儿的人不会这
么早来到劳务市场，起码得等到太阳出来之后才会来。但他们怕
错过了机会，还是天不亮就来了。所谓劳务市场，就是屠宰场前

182

面的一块空地。他们来到空地上，并不排队，分散着东站一个，西蹲一个。有的人怀里抱着一张铁锹，有的人手里拿着一把砌墙用的瓦刀，也有的人赤手空拳，什么都没带。他们神情落寞，都沉默着，互不交谈。既然到这里都是找活儿干，互相之间就是竞争对手，对手与对手之间有什么好说的呢！

胡建敏扛着一张铁锹，也来到了劳务市场。杨爱玉本不想让他今天就来，建议他到美容美发的地方，先把头发染一下再说。胡建敏一听就顿感不悦，说胡扯，我去找活儿干，又不是去搞对象，染头发干什么！杨爱玉说：染染头发显得年轻一些，人家挑干活儿的人，都是先挑年轻的。胡建敏说：怎么，我老吗？杨爱玉说：你别急好不好，好好说话行不行，我看你的脾气是越来越躁了。你本来不老，我是怕人家以头发取人，看错了你的真实年龄。胡建敏说：鸡挠食用的是爪子，又不是鸡毛；人干活儿用的是手，又不是头发，头发有那么重要吗？杨爱玉说：不兴染头发就不说了，现在不是时兴染头发嘛。染头发又不费什么事，不就是花几十块钱嘛！不管干什么事，都是先投入，然后才会有收入。染头发花点钱，权当咱投入了。胡建敏说：我就是不染，怎么着！有那几十块钱，还不如留着给我闺女买件衣服穿呢！杨爱玉说：你就不听劝吧，到时候你吃亏，就知道你老婆是为你好了。没染头发的胡建敏靠一处墙角站着，心里茫然得很，对能不能找到活儿干，他心里一点底都没有。

东天的红霞渐渐铺开，小街两侧的商店、饭馆、药店等，陆续开门营业，只有发廊还关着门。发廊的生意多是在晚间发生，发廊女头天睡得晚，第二天起得也晚。一些卖菜的，卖服装的，卖小吃的，也来了，在街边占好位置，摆开了摊子。这条小街随着一座国营大矿的投产而兴建。在煤矿兴盛的时候，小街车水马龙，相当热闹。煤矿衰落之后，这条小街也像逐渐熄灭的火炉一样，逐渐清冷下来。人气没以前旺了，商品交易量也大大减少。胡建敏看见一个妇女，用平板车拉来一车白菜，在街边卖。白菜外面的一层叶子发干，发黄，白菜的根子也有些发黑。白菜在年前才好吃，一过罢年，白菜就糠了，里边就生出一些娃娃芽，就不好吃了。也就是说，过罢年的白菜，过时了。胡建敏看了一会儿，不见一个人买妇女的白菜。那妇女拿起一棵白菜，把白菜的老帮扒去了，喊着便宜了，贱卖，还是没人买。不知不觉，胡建敏就把自己和白菜联系了起来，自己是不是也像年后的白菜一样，过时了呢？还有一点与白菜相似。白菜是拿到这里卖的，他自己走到劳务市场，也是卖的。只不过，白菜是被那个妇女卖；他是自己卖自己。胡建敏差点叹出气来。太阳出来了，招工的人没有来。太阳到了井架上，招工的人还是没有来。这时有人散布悲观情结，说这个劳务市场最没准儿，有时一天提走十几个人，有时两三天也不招一个人，看来今天没希望了。他说了没希望，自己却不走，别人听出来了，他口说没希望，表达的正是他自己的希望，他是希望别人都走，他自己留下来。那样的话，如果今天只招一个人，那就是他了。别人看破了他的希望，没有一个人离开，都和他的希望对抗着。胡建敏早上一口东西没吃，就到这里来了。妻子本来给他做了早饭，但因为染头发的事和妻子拌了嘴，他一赌气，就没吃。妻子喊着喊着，他一声不吭，梗着脖子就出了家门。这会儿，他觉得饿了，身上也有些发冷。他不会去买东西吃，别说一顿饭不吃，就是两顿饭不吃，他也扛得住。他要是去吃饭，人家招工的来了，他就错过了找活儿干的机会。再说，他赌气还没有结束，气还在肚子里存在。他不相信，因为他的白头发多，招工的就不要他。

　　劳务市场一阵骚动，人们纷纷朝一辆开过来的面包车跑去。面包车还没停稳，车门口已围满了人。面包车本身又不是面包，又不能抢一块面包吃，人们跑过去干什么呢？胡建敏缺乏市场经验，只能随大流，也朝面包车走去。车门开处，从车上下来一个大脸男人。大脸说：排队排队，挤什么？不要挤。没人排队，大家挤得更靠前些。大脸说：我们中国人就是这样，干什么都不讲秩序。你们不排队是不是，如果不排队，我一个都不要！有人接话：好好，我们排队。人们这才挨挨挤挤地排起了队。大脸说：这就对了，排在前面的，我不一定要；排在后面的，我也不一定不要，我还要挑一挑。胡建敏走过来的比较迟，只能排在队伍的最后。他把排得很紧的队伍估计了一下，大约有五六十人。大脸摆开讲话的架势，说他是富成煤矿的，今天来招采煤工，只招五个，多一个都不要。他说：愿意去的举手。排队的人都举起了手。胡建敏举手举得有些犹豫，他把手举了一下，很快就放下了。大脸开始挑人，他指到谁，谁就从队伍里走出来。不知他挑人的标准是什么，隔三五个人，他才挑出一个人。挑到第五个人时，那人已经从队里走出来了，他却对人家提出了质疑，问：你的腿是不是有毛病？那人说：没有。他让人家走几步。那人走了几步，说：老板，我的腿真的没毛病，一点毛病都没有。大脸说：不行，我看你的腿有毛病，就是有毛病。他放弃了那个人，又从队伍里挑了一个。挑够五个人，他让五个人上了面包车，就把车开走了。

　　没有被大脸挑中，胡建敏一点儿都不在意。他心里明白，什么富成煤矿，不过是一个小煤窑而已。周边的小煤窑多得是，恐怕成百上千都不止。过去这地方屎壳郎的窝很多，一大早就能看见屎壳郎撅着屁股，推着粪球乱走。现在屎壳郎的窝不多了，小煤窑倒多了起来。胡建敏现在还是国营大矿的一名矿工，让他到小煤窑去下窑，他从感情上还有些接受不了。或者说他对小煤窑有些反感，有些排斥。他所在的矿是年产原煤八十万吨的大矿。矿井的可开采年限是七十年。就是因为周边的小煤窑的疯狂盗采，大矿才生产了二十五年，就无煤可采了。好比国营大矿是一块肥肉，那些小煤窑是一群秃鹫，秃鹫麇集而来，对肥肉你叼一块，我叼一块，就把肥肉瓜分完了。又好比国营大矿是一个人，这个人本来可以活到七十岁，但由于小煤窑像人体上的癌细胞一样，对人进行蚕食，结果这个人刚活到二十五岁，就死掉了。胡建敏之所以出来找活儿干，就是因为他所在的矿井被封闭了。他现在的情况不是下岗，是待岗。待岗期间，矿上只发给他们很少的一点生活费。至于让他们待岗待多长时间，上面没有给时间表。也许是一年两年，也许是三年五年。胡建敏在家里待不下去，才决定出来找活儿干。可以说，正是小煤窑抢走了他们的饭碗。如果他到小煤窑去干，等于站到了小煤窑的立场，并背叛了大矿，他实在不愿意。

一辆带拖斗的手扶拖拉机开过来了，人们又转了过去。开拖拉机的是一个粗脖子男人，他来劳务市场为一个建筑队招收工人，名额是三个。粗脖子没有要求大家排队，他站在车斗子里，点上一颗香烟，慢慢吸着，居高临下往人堆里看。粗脖子没有问谁愿意去建筑队，人们还是纷纷举起了手，并把手摇晃着，说我去我去！在幼儿园，当阿姨给小朋友们发好吃的东西时，小朋友们就这样举手。只不过，小朋友的手小，这些人的手都很大；小朋友的手白，这些人的手都有些发黑。急于找活儿干的人都是落水的人，只有粗脖子一个人站在岸上，他们每个人都盼望着粗脖子能拉他一把。

听说去建筑队干活儿，胡建敏这次没有犹豫，他也向粗脖子晃手，神情也很迫切。粗脖子挑到两个人后，看见了胡建敏，他指着胡建敏问：你今年多大了？胡建敏答：四十出头。粗脖子说：头有长短，出头出多少，你说清楚。胡建敏说：我周年四十四，虚岁四十五。粗脖子说：我说嘛，你的头很有伸缩性，出头出得够长的。说实话，你今年到底多大岁数了？胡建敏脸上红了一下，说：我说了四十四，就是四十四，岁数难道还有假吗！粗脖子笑了笑说：你蒙谁呢，现在少报岁数的人多得很。我看你的头发，你今年六十四还差不多。都这么大岁数了，不在家好好猫着，还出来找什么活儿！看来真让妻子说准了，他不染头发，果然出了问题。胡建敏解释说：你别看我的白头发多，我是少白头，二十多岁时就有了白头发。我有身份证可以作证，身份证上有我的年龄。粗脖子把烟把子扔掉了，说：我只相信我的眼睛，从来不相信什么身份证。现在假身份证多得是，花几十块钱就可以造一个。有人附和粗脖子的话，说没错儿，别说假身份证了，现在连假药，假鸡蛋，假处女，什么假东西都有。粗脖子和胡建敏对了一番话，把胡建敏奚落了一阵，给大家留下了些笑料，另外挑了一个人，开动拖拉机，走了。

胡建敏受到的打击可想而知。时间到了中午时分，招工的人不会再有了，来找活儿干的人陆续散去。胡建敏没有走，一个人靠墙根坐着发呆。天上的云彩飘飘忽忽，他脑子里也飘飘忽忽，不知道自己想些什么。一只鸟从眼前飞过，他没认出那是一只什么鸟。也许他看见了鸟，也许没有看见。鸟从眼前过，不算过，只有从脑子里过，才算过。一条灰白色的狗走过来了，只看狗毛，判断不出狗的年龄有多大。狗身上有些脏污，看样子像是一条被人遗弃的流浪狗。狗看见了胡建敏，在离胡建敏不远的地方站下了，仿佛在说：朋友，你的脸色不对呀，该不是遇到什么烦心事了吧。天都晌午了，你不回家吃饭，一个人坐在这里干什么？胡建敏不愿意这样被狗看着，狗的目光里像是有一些同情的意味，这让他觉得甚是别扭。他身子一挺，猛地站了起来。狗大概没有料到胡建敏的动作会这样迅猛，大吃一惊似的，赶紧转身逃跑了。

　　胡建敏没有回家吃午饭，鬼使神差般地向矿里的生产区走去。偌大的工业广场空无一人，只有灰斑鸠在不知名的地方叫上几声，像是在为报废的矿井唱挽歌。在高高的钢铁井架上，天轮还在，但缠绕在天轮上的无极绳被抽去了。无极绳好比是天轮的灵魂，被抽去了无极绳，等于天轮被抽去了灵魂，它再也不会转动。通往井口的铁轨也没有被拆除，铁轨两侧和道心内，煤尘上面是灰尘，几乎把铁轨埋没了。胡建敏怀着一种追寻的心情，踩着积尘，一直向斜井的进口走去。粗钢管焊成的铁栅栏把进口封死了，透过铁栏的缝隙，他使劲往里看。巷道里黑洞洞的，他什么都看不见。只有他所熟悉的、井下特有的气息徐徐地从井底涌出来。胡建敏曾是采煤队的一个班长，那时，他和他的工友每天都干得龙腾虎跃，热火朝天。他们把青春和汗水献给了这座煤矿，还有的工友在井下失去了年轻的生命。转眼之间，这个矿井就成了废墟。离开进口往回走时，胡建敏看见了残留在井口两侧墙壁上用红漆写的大字标语，一边是：汗水洒煤海深处；另一边是：乌金献祖国母亲。母亲的字眼儿使胡建敏突然间热泪盈眶。

生产区一角有一棵梨树，尽管树干被盗伐者砍得露出了白茬，但梨树还是开了花。胡建敏在生产区徘徊了很久，而后靠梨树的树干坐着去了，直到天快黑了才回家。他一进家，妻子杨爱玉就看他的脸，看他的眼。他面无表情，不让妻子看到什么。但妻子还是看出来了，他肯定没有找到活儿干。妻子没问他找到活儿干没有，也没提染头发的事，只问：你中午吃饭了吗？胡建敏说：吃了。妻子又问：真吃了吗？你在哪儿吃的？吃的什么饭？胡建敏的样子有些不耐烦，说：别问了好不好，你哪这么多废话，我吃了什么，还要一一向你汇报吗！妻子说：没吃就是没吃，你哄谁呢！没找着活儿干，也不能不吃饭。妻子的眼圈红了，又说：你就是十顿饭不吃，也不能给儿子省出一双鞋来。胡建敏不再说话，到卧室的床上躺着去了。妻子跟到卧室，坐在床沿，伸手试着抚摸胡建敏的头发。胡建敏的头发很茂密，一抓就是一大把。只是，胡建敏的白头发过于多了，十成有七成都是白头发。剩下的三成黑发里，黑得也不透彻，有些发灰，好像在为变成白发作准备。人的头发上并没有神经，可胡建敏现在的头发却很敏感，他说：你别动我的头发好不好！妻子把手从他头发上拿开了，小心地问他：你是不是怕染头发时皮肤过敏？这样的问题胡建敏拒绝回答。妻子继续说：我听说染发剂多种多样，你到大街上看看，现在染头发的人多得很。有的还把黑头发染成红头发呢！你知道住在咱楼上的周书平吧，她染发都染好几年了，她的皮肤一次都不过敏。皮肤过敏的人只是少数，大多数都没事。这样吧，你试试吧，要是你的皮肤真的过敏，咱就不染。胡建敏瞪起了眼睛，说：我坚决不染，谁再跟我提染头发的事，我跟谁急！妻子说：保守、僵化、固执。像你这样固执的人，一辈子找不到活儿干都不亏！妻子说罢，到厨房给胡建敏做饭去了。

他们家两个孩子，儿子读技校，女儿读初中。儿子爱打篮球，一两个月就穿坏一双运动鞋。平均下来，儿子每个月穿鞋的费用比每月的伙食费都高。女儿在矿务局中学住校，每年也不少花钱。钱从哪里来？矿上给的那一点生活费，就算他们两口子把脖子扎起来，只供两个孩子上学，也不够啊！有消息传来，说把胡建敏所在采煤队，成建制地调到别的矿去采煤。消息传了一阵，就被风吹散了，没有了下文。又有消息传来，说矿上准备挑一部分人，送到非洲去开矿，挣外国人的钱。据说非洲人都是黑种人，黑种女人都很喜欢中国男人，愿意找上门跟中国男人干那个。这个消息和附加的传说，让待岗的人们颇为兴奋，他们认为，如果到了非洲，再也不会有人嫌他们黑了。然而，这个消息又是一个泡影。妻子杨爱玉先等不及了，在家里做些凉皮儿，到街上去卖。杨爱玉是跟着胡建敏农转非到矿上来的，她在矿上只有户口，没有工作。因从小营养不良，杨爱玉一直患有贫血病。她做凉皮卖凉皮不几天，就累得腿肿了起来，头也有些晕，只得躺下来。没办法，还得身体不错的胡建敏上阵。

胡建敏从来没有像现在这样急于找活儿干。在采煤队天天下井时，他并没有觉得有活儿干有什么好。相反，每天换又凉又硬的工作服时，他还有些心烦，不知何日才是尽头。现在没活儿干了，他才知道每天有活儿干是多么幸福。是呀，没活儿干就挣不到钱，就无法养家糊口，无法供孩子上学，无法给妻子看病。干活儿挣钱是一方面，另一方面，一个壮年男人，如果成天不干活儿，就等于是一个废人。一个废人，活着还有什么意思呢！他体会出来了，人之所以为人，就是为干活儿而生。人一生下来，就是为干活儿准备的；手，是为干活儿准备的手，腿，是为干活儿准备的腿，脑子，是为干活儿准备的脑子。干活儿，不仅是身体的需要，也是心灵的需要；不仅是物质的需要，也是精神的需要啊！

第二天一大早，胡建敏扛上铁锹，继续到劳务市场找活儿干。妻子没敢再提让他染头发的事，只是看着他满头的花白头发说：上午要是找不到活儿，中午一定要回来吃饭。胡建敏说：你怎么知道我一定找不到活儿，我要是找到活儿了呢？妻子说：找到活儿更好，我只是打个比方。胡建敏说：你打比方，就不能往好的方面打吗！妻子说：我是想往好的方面打，我不敢。孩子不听话，我能打能骂。你不听话，我一点儿办法都没有。我和孩子都指望你呢，我也不想惹你生气。胡建敏听得出来，妻子还是惦着让他染头发的事，他说：得得得，咱家只要你不生气，就没人生气了。

胡建敏有一个同班的工友小周，也到劳务市场找活儿干。小周一到劳务市场就把胡建敏看到了。小周的样子像是有些吃惊，问：胡师傅，几天不见，你的头发怎么白得这么厉害？胡建敏说：大惊小怪，我的头发一直不就是这样的嘛！小周说：不不不，你以前虽然也有白头发，但白头发没有这么多。是不是咱矿停产之后，你一着急，把头发急白了？胡建敏说：开玩笑，要急只能是矿长急，我急有什么用！小周凑近胡建敏，小声说：胡师傅，我建议你把头发染一染，不然的话，有可能影响你找活儿。这事儿真有点邪门儿，妻子劝他染发，小周也劝他染发，不染发真的不行吗？胡建敏不信这个邪。他说树叶子该黄的时候就让它黄吧。小周说：胡师傅您还别说，现在树叶子该黄的时候，不黄；花儿该落的时候，不落，不信您抽空到城里看看就知道了。您猜怎么着，那些树，那些花都是假的，都是人工造出来的。小周指了指自己的头发，说：不瞒您说，我的头发就是染过的。我的白头发刚冒出几根，我老婆让我染我就染了。这个时代就是造假的时代，吃的、喝的、穿的、戴的，物质生活造假；唱的、演的、写的、画的，精神生活也造假，假作真时真亦假，你不造假反而成假的了。胡建敏说：几天不见，你现在的牢骚话怎么这么多，这些你都是哪里听来的？小周说：别管从哪里听来的，您说我说的是不是实话吧？胡建敏说：你不能以偏概全，真的东西还是有的。小周说：是呀，只有假人民币是真的，因为你认不出来。

招工的来了，劳务市场的人都围了过去。来招工的是一家苹果园的园主，园主要招收两个工人，帮着浇水，锄草，摘多余的花儿。园主开出的价码是，愿意到苹果园工作的人，园方管吃管住，每月五百块钱工资。园主话音未落，小周率先举起了手，说我去我去，我栽过苹果树。园主问他：你真的栽过苹果树吗？小周说：这还有假，我栽的苹果树是红富士，结的苹果多着呢！园主说：那好吧，我要你了。小周随即向园主推荐胡建敏，说：这是我师傅，我栽苹果树，就是跟我师傅学的，让他跟我一块儿去吧？

这是哪儿跟哪儿呀，胡建敏什么时候栽过苹果树呢！不过，他没有揭穿小周，他不能把小周争取到手的活儿弄丢。

园主把胡建敏打量了一下，把目光定格在他的头发上，园主说：苹果园里的活儿可都是力气活儿。小周赶紧为胡建敏说话：你别看我师傅白头发多，其实他才三十多岁。他是少白头。

胡建敏纠正说：我今年四十四了。

园主说：看样子，你倒是个实在人。园主夸了胡建敏是实在人，但他并没有招收胡建敏，另外挑了一个看上去比较年轻的人。

上午又来了一个招工的人，是一个妇女。妇女家养了一群羊，原来由她的丈夫天天赶着羊群到野地里放。现在她丈夫生病了，不能再到野地里放羊，她只得到雇一个放羊的人。当羊倌，以羊为伍，成天在野地里穿行，跟一只羊也差不多。就是这样的活儿，人家也没有给胡建敏干。

胡建敏双手抱头，先是把十指插进头发里，使劲揉搓。而后往下揪自己的头发。他的头发长得很结实，揪一次揪不下几根。他揪下来的头发都是白的。他把头发扔在地上，白头发似乎很不屈，落在地上还在动。胡建敏想起妻子杨爱玉对说他的两个没想到。妻子说：我的头发不好，心说找一个头发好的男人吧，没想到找的男人是个少白头。这是第一个没想到。胡建敏不爱听这个，他说：女人见识。我要是知道你看上我的只是一些皮毛，我就不要你了。妻子的第二个没想到是：我想着跟你到矿上享福来了，没想到一点儿福都享不到。对于这第二个没想到，胡建敏承认，别说妻子没想到，他也没想到。他也很无奈。

中午，胡建敏回到家，妻子说：你不是不愿染头发嘛，我送你一样东西，你猜是什么？胡建敏不愿猜，说猜不着。妻子说：你猜一下嘛，猜不对我又不扣你的分儿。胡建敏情绪低落着，还是不愿猜。妻子从卧室把东西拿出来了，举在手上给胡建敏看。胡建敏一见真是哭笑不得，原来妻子拿出的东西是一个假发套。假发套做成剪发头的模样，显然是女人戴的东西。妻子说：来，你戴上让我看看。说着，双手举着假发套，要往胡建敏头上戴。胡建敏双手推挡着，身子往后退，说：干什么，干什么，你这不是要把我变成一个女人嘛，不是成心恶心我嘛！这东西是哪儿来的？妻子说：这是周书平送给你的。她买了新的，这个就不要了。他知道你不愿意染头发，才把这个送给你。周书平说了，你要是戴上这个，起码能年轻十岁。你再到劳务市场，人家会争着要你。胡建敏说：杨爱玉，你太搞笑了！一个女人戴过的东西，怎么能往我头上戴呢。别人要是知道了我戴周书平戴过的假发套，我以后还怎么有脸见人。这东西你从哪儿拿来的，还送到哪儿去，我看都不想看见。妻子不高兴了，说：胡建敏，你就不听话吧。你要是不把你的白头发遮盖住，你就是到劳务市场跑一百回，人家也不会要你。胡建敏说：不要我拉倒，大不了我回老家种地去！

　　胡建敏到底走进美容美发店里去了。店门口一侧的彩灯旋转着，甩着长腿的发廊女在沙发上坐着，表示店里正在营业。他走进一家美容美发店，很快就出来了。他又走进一家美容美发店，很快又出来了。小街的美容美发店不行，他步行向镇上走去。走到一块黄花盛开的油菜地边，他站下来看了一会儿。见蜜蜂在花丛中飞来飞去，他找活儿干的心情更急迫些。

　　镇上的理发店终于满足了胡建敏的要求，他剃成一个光头回来了。也许胡建敏小时候剃过光头，但他记不得了。从他记事儿起，他一直留着头发。现在胡建敏狠狠心，把头发全部剃掉了。剃成光头的胡建敏，会不会找到活儿干呢？

乌金肺

睡觉，对康新民来说，现在成了一个问题。吃、喝、拉、撒、睡，这五条都是必需的，少了哪一条都不行。前四条问题都不大，康新民每天进行得还可以，只是第五条睡觉有些麻烦，构成了他一个难以解决的问题。

康新民年轻时的睡觉能力好得很，甚至有一些嗜睡。瞌睡上来，他倒头便睡，一睡就是十万八千里。他睡觉不择地方，土垃窝里，柴草堆里，都能睡得很香。他熟睡时，天上打雷，他听不见。有人用草穗儿拨弄他的鼻孔，他都不醒。那么有人捏住了他的鼻子，不让呼吸了，看他还怎么睡。好嘛，把他的鼻子捏住了，他把嘴张开了，改用另一个呼吸道吸气出气，照睡不误。

康新民现在瞌睡少了吗？不，他成天昏昏沉沉，瞌睡似乎比以前还多。他真想痛痛快快睡上一觉，睡他个地老天荒，海枯石烂。可是不行啊，不管他怎么努力，就是睡不着，整夜整夜都睡不着。他站着的时候瞌睡得摇摇晃晃，眼看就要摔倒，躺在床上就是睡不着。他的上下眼皮是合着的，仅从眼皮上看，他是睡觉的状态。可合上眼皮与睡觉是两码事。眼皮想开就开，想合就合，可以掌控。而睡觉就不是自己所能掌控，不是想睡就能睡着。比如眼皮是两扇门，人们把门关上了，不等于人不在里面活动。有时门关得越严，人上蹿下跳，在里面活动得越厉害。康新民目前的状况就是如此。他的眼皮之门虽说是关着的，但里面两个圆圆的眼珠子，像是地球和月球，老在不停地转动，一会儿明了，一会儿暗了；一会儿地震了，一会儿发水了，搅得他老是不得安宁。

他不只是睡不着的问题，更严重的是，他躺在床上还出不来气，不管是仰卧、侧卧，还是趴卧，都呼吸困难。他躺下刚想睡着，突然间像被人掐住了脖子一样，掐得他喘不过气来。求生的本能使他挣扎了一下，一口气才回来了，总算没有死掉。

夜里不能睡觉怎么办呢，康新民只能悄悄来到院子里，在院子里站一会儿。这年的春节过去了，元宵节也过去了，但正月还没有结束。月亮从不圆到圆，又从团圆到半圆，现在只剩下弯弯的一块。月亮不是很亮，边缘像是发生了霉变，生出一些细细的绒毛。从月亮所处的位置来看，这会儿应该是后半夜。在朦胧的月光中，他看得最多的是他家的房子。他看着看着就走了神，走神走到不知名的地方。回过神来，他接着看房子，老也看不够。他家的房子是两层小楼，一层五间，二层五间，钢筋水泥为基础，浑砖砌墙，预制板盖顶，结实得很。一层二层都建有廊厦，往厦檐下面一站，下雨下雪都不怕。他家以前的成分是地主，爷爷是地主分子，爹是地主分子，他被说成是地主羔子。听他娘讲，他家以前是有楼的，是两层楼。后来闹了革命，地主分子一被打倒，他们家的楼房就充了公，成了生产队的队部。再后来，生产队盖饲养室需要砖头和房檩，就把楼房扒掉了。楼房是全村唯一一座楼房，楼房扒掉以后，村里再也没有了楼房。他们一家被从楼房里赶出来后，只能住在两间坯座草顶的趴趴屋里。康新民就是在趴趴屋里出生的，从没见过他家以前的楼房是啥样子。眼前的楼房，是康新民用外出打工挣回的钱，一手盖起来的。他舍不得吃，舍不得穿，攒下的钱都用在了盖楼房上。当年一听说他要盖楼房，村里人几乎惊掉了下巴。有人说他借盖楼房报复村干部，有人说老地主借孙子的身体还魂，又回来了。还有人私下里劝他，说树大招风，盖楼房太显眼了，会招人眼气。可康新民下定了决心，他就是要盖楼房，就是要争一口气。他说他的钱是辛辛苦苦挣来的，每一分钱都浸满了汗水，他问心无愧。平地起楼，人们远远地就把康新民的楼房看到了。也就是几十年的时间，村里从有楼到没了楼，从没了楼又起了楼，是康新民把这个村楼的历史重新衔接起来。这时村里的舆论也有了一些变化，说看看吧，人家地主家的后代就是勤快，就是能吃苦，就是聪明，就是会创业。村里人甚至上溯到康家的前辈，说其实康新民的祖爷爷、爷爷和爹，也都是好人，都是勤劳的人，因为他们勤劳，才置了地，盖了楼，积累了财富。康新民想听的就是这样的话。上级为他家摘掉地主帽子是一个方面，另一方面，村里人有这样的认识和说法，才使康新民感觉到了真正的平反。

　　楼房立起来之后，康新民很快就娶到了老婆。结婚不到三年，老婆生下了一儿一女两个孩子。正当康新民家的日子如石榴开花越来越红火时，正当康新民继续打工挣钱，准备将来为儿子娶媳妇时，他的身体却不行了。具体来说，是他的肺不行了，动不动就气短，就喘不上气来。康新民记得，他爹就有这样的毛病。他爹的病说是哮喘，又说是支气管炎，他到底也不知道爹得的是什么病。他只记得，爹的两个膀尖越来越高，脖子越来短，一次感冒之后，爹的一口气就没了。康新民原以为，他的毛病跟爹是一样的，是遗传基因在作祟。他到镇上的医院看过，也吃了少药。但吃药没有使他的病情有丝毫减轻，反而加重了。镇上的医生建议他到县医院检查。他到县医院拍了片子，病才得到了确诊。医生让他看片子之前，先跟他交谈了几句，问他是不是下过煤窑？他说下过。医生问他下了多少年，他想了想，说有十来年吧。医生说这就对了。医生这才拿起片子指给他看，说他得的是职业病，也叫煤肺病。你看你看，你的肺都变成黑的了，都变成两块煤了。康新民以前从没看见过自己的肺，肺在胸腔子里装着，他对自己的肺是忽略的。他只见过一些动物的肺，知道动物的肺是粉红的。而他的肺却成了黑的。他听到过黑心人的说法，却没有听过黑肺人的说法。医生的诊断让他有些不爽，他问医生，那怎么办？有没有办法治疗？医生的回答是没办法治疗。医生又说，煤窑是不能再下了，重活儿也不能再干了，只有好好休息，好好享福。医生看出他情绪低落，大概是为了让他放松些，还跟他开了一个玩笑：你去挖煤，谁让你去贪污人家的煤呢！一贪污不要紧，想还给人家都还不成了。

老婆从楼里出来了，对康新民说：新民，夜里冷，你不能老在外面站着。医生说你的病最怕感冒，你要冻着就不好了。

过了雨水季节，地下的潮气开始上升，天气不再是干冷，变成了湿冷。特别是到了后半夜，又是雾又是水的，湿冷的气息更浓。有夜鸟在飞行，翅膀显得有些滞重。不知从谁家院子里，传来一两声狗叫。康新民说：没事儿，我穿得厚，不冷。说了没事儿，他却咳嗽起来。他一咳嗽，喉咙眼里就喀喀的，像卡了什么东西。可他咳了一阵，什么都没咳出来。

看看，冻着了吧，赶快回屋里暖暖。老婆说着，过来扶住他的一只胳膊，把他往屋里扶。

他不让老婆扶他，说松开我，我还没有老成那样。

你的岁数是不老，只是力气不跟你了，别再逞强了。老婆没有松开他，坚持把他扶到床边，为他脱掉棉鞋，让他上床。老婆说：好了，睡一会儿吧，老不睡觉怎么得了！

与白天和黑夜对应，人需要吃饭，也需要睡觉。不吃饭就没有能量，生命就不能维持。同样，人老也不睡觉，也活不下去。康新民躺着是睡不成了，他现在想睡一会儿，只能采用两种办法。一种办法是跪在床上，撅着屁股，头抵在床铺上。另一种办法是他坐在床上，老婆坐在他前面，他的两只手搭在老婆的肩膀上，头抵着老婆的后脖颈。这两种办法都是老婆帮他试出来的。通过试验，他总结出来了，他的肺不能平放，什么都不能靠，后背不能靠，前胸也不能靠，靠什么都会受到挤压，都出不来气。只有把肺提溜起来，提溜得悬空着，四面不靠，才可能得到一点点呼吸，才能睡一会儿。前一种办法，身体的平衡不太好掌握，往往是他刚睡着，身体一歪，就倒下来。一倒下来，他就醒了。而后一种办法，由于老婆的配合，实行起来比较有保证。

康新民的一双手搭在老婆的两个肩膀上，一闻到老婆身上的气息，难免想起他和老婆刚结婚的时候。那时候，他使用老婆使用得太狠了，简直像在井下挖煤一样。挖煤需要打钻，他就在老婆身上打钻；挖煤需要放炮，他就在老婆身体里放炮；挖煤需要用大斗子铁锨一锨一锨往外挖，他挖老婆也挖得格外来劲，有时连挖一夜的情况也是有的。现在老婆还是老婆，他还是他；老婆还需要他，他也需要老婆，可他一点儿都挖不动了。别说使用老婆了，他连想都不敢想。过去他以为人想点儿什么不用花力气，想怎么想，就怎么想，想得云天雾地都可以。现在他算是知道了，连想点儿什么都需要花气力啊！人没有了气力，连想都想不起啊！

老婆说：肺要是能换就好了，我把我的肺换给你一叶子。

我可不跟你换，我的肺里装的都是金子。

怎么说？

你没听人家说嘛，乌金乌金，煤就是金子。我肺里装满了煤，不就成了金肺嘛！

我听说金子特别沉，人的肚子里是不能装金子的，怪不得你的肺成了这样。我明天去赶集，再去医院给你买一袋氧气回来。

康新民不说话了。

你不要舍不得钱，人的命比钱重要。

我看你还是嫌我死得慢，要想让我死得快一点儿，你就买。氧气也是一种药，康新民去镇上医院看病时，医生用开药的处方给他开过氧气，老婆也去医院给他买过氧气。氧气不就是空气之一种嘛，以前康新民从来不把空气当回事，空气看不见，抓不着，好像空气从来不存在一样。他万万没有想到，空气也是值钱的东西，把空气收集起来也能卖钱。拿买一袋子氧气来说，要花好几十块钱呢。别看一袋子氧气那么轻，它的价钱顶得上整整一鱼鳞袋子小麦的价钱。一袋子小麦磨成面，够他们全家人吃半个月的。而一袋子氧气呢，他省着省着，只吸三四个钟头就完了。照这样的吸法，谁会吸得起。他存的是还有一些钱，但两个孩子都在上学，花钱的日子长着呢，花钱的地方多着呢，如果把钱换成气儿消费掉，孩子上学怎么办！康新民说着有些生气，又吭吭地咳嗽起来。他既然生了气，气应该多一些才是呀，不料他越是生气，越是气少。看来生气不增加气，而是消耗气。他一咳嗽，全身都在震动，以致他的脑袋像油锤一样锤在老婆的后脖颈上，锤了一锤又一锤。

老婆咬牙坚持着，不敢再说话，也不敢动。

康新民的娘在东间屋里睡，娘七十多岁了，耳朵还不聋。康新民一咳嗽，娘就听见了，娘呻吟了一声，说遭罪呀，遭罪呀！自从康新民的肺出了毛病，娘心里就一直不平。过去戴着地主帽子时，一家人被无形的帽子压得抬不起头来，喘不过气来，都跟着遭罪。熬呀，熬呀，总算熬到摘去了地主帽子，争气的儿子也挣到了钱，盖起了楼房，谁知道呢，我的老天爷，儿子的身体却出了毛病。人说老天爷最公平，娘觉得老天爷太不公平，出了那个井，又进了这个井，老天爷就是不让人有好日子过。

康家做饭不再烧煤。或许是因为煤存在康新民的肺里，使他们对煤有一种忌讳。或许是因为康新民闻不得烧煤的气味，一闻就出不来气。反正他们家一天三顿饭都是烧柴火，一点儿煤都不烧。他们这里是平原，没有煤矿，煤都是从几百里远的山区运过来的。几十年前，煤对他们来说可是好东西，稀罕东西。别看煤是黑的，拿一斤细白细白的白面，都换不到一斤煤。那时各家各户都无煤可烧，只有在生产队的打铁炉子里才能看到煤。黑黑的煤块子，一经点燃，拉动风箱一吹，煤块子就变得通红通红。把铁块子放进煤火里烧，不一会儿，黑色的铁块子也变得通红通红，真是好看！康新民小时候爱看煤火在炉子里一跳一跳的样子，还喜欢闻煤在燃烧时所散发出来的香味。真的，康新民在燃烧的煤里的确闻到了一股一股的香味，他不用特意吸鼻子，香味就沁入到他肺腑里去了。他拣一小块煤，放进自己的口袋里。没烧过的煤不敢拣，他只能从烧过的煤里拣出了一小块练成琉璃的煤渣，闻来闻去，玩来玩去，玩了好长时间。

因为对煤有这么好的印象，后来有机会下到煤窑里看到那么多的煤，他才格外欣喜，挖煤挖得格外卖力。用小簸箕一样的大斗子铁锨挖一锨煤，他就想，这一锨煤，够我们家烧好几天的。挖一天煤，他估算了一下，他一天挖的煤够全村人烧一个月的。一个月挖下来，他把煤换算成了砖头，要是用他挖的煤到砖瓦窑上换砖头的话，盖一座楼房足够了。康新民还想到，挖煤比种庄稼来钱快多了。哪样庄稼都得长好几个月才能收割，打下粮食也卖不了多少钱。而煤是现成，弄到井上就能换回不少钱。他哪是挖煤，简直是在挖钱啊！崩煤的炮声刚刚响过，工作面浓浓的炮烟子和稠得打脸的煤尘尚未散去，他就冲进工作面去了，开始架棚子，攉煤。有人怕炮烟子，他不怕，他闻着炮烟子也有一股子香味。有人不愿让汹涌的煤尘扑到嘴里，干活儿时尽量闭着嘴。他觉得无所谓，吃点煤怕什么，下班洗澡时把煤吐出来就是了。他常常干得大汗淋漓，身上的毛孔都张开着，嘴巴和鼻子也张开着。包工头见他干得好，就表扬他，让别的挖煤的人都向他学习。得到包工头的表扬，他难免有一些感动。在生产队里干活儿时，他也从来不偷懒，不耍滑，干活儿干得也很好。可因为他家是地主成分，他本人是地主羔子，表扬不可能轮到他头上。得到了表扬，康新民挖煤挖得更来劲。窑上实行的是计量工资，谁挖得煤多，挣的工资就多。为了多挣工资，康新民一个班都舍不得歇，月月都是满班。

康新民只知道煤尘能扑到嘴里，钻进喉咙里，跑到肚子里，从不知道煤尘会被吸到肺里。肚子上下都有通道，煤尘跑到肚子里，在肚子那里是存不住的，要么吐出来，要么排出来。煤尘到了肺里就麻烦了。肺像是一条死胡同，煤尘只能进，不能出。或者说两个肺叶子像是两只口袋，东西可以装进口袋里，想把东西从口袋里取出来就难了。当康新民知道了煤尘可以通过气管和支气管吸进肺里，已经晚了，他的肺里已经吸进了不少煤尘，日积月累，煤尘已经在他肺里沉淀下来。原来他肺上有很多气泡，每个气泡里装的都是气体。现在他肺上的气泡变得很充实，每个气泡里都填满了物质性的煤。甚至可以说，那些煤都是优质煤，不用洗选，发热量就很高。他的肺原来软得像海绵，富有弹性。现在他的肺硬得像石头，一点儿弹性都没有了。

对于康新民来说，黑夜很长，白天也很长。在大长的白天，他也只能是坐着或站着。他不能多走动，也不能多说话。不管是走动，还是说话，都需要气力。气力气力，有气才有力，没有了气，就没了力。过去他不懂，以为人的力量长在肌肉上，肌肉发达，人的力量就大。现在他才明白了，人活一口气，人的力量全在气里。院子里，一只公鸡在追一只母鸡。母鸡跑得很快，公鸡跑得更快，公鸡到底还是骑到了母鸡背上。公鸡得胜之后，很是自豪地叫了一声。公鸡的行为很是让康新民羡慕，他现在连一只公鸡所具有的气力都没有了。

院子一角有一口压水井，康新民的弟弟康新生正在压动压井的手柄，从井里往上抽水。楼房建成后，康新民立即请人在院子里打了这口压水井。康新民领风气之先，在村里盖楼房的，他是第一人；在村里打压水井的，他还是第一人。以前，村里人吃水都是到村南的那口井里去挑，全村人共用一口用。挑水要走一段路不说，水还不是很干净。打了压水井就好了，不出院子就能从地下抽出水来，而且水清凌凌的，喝到嘴里又凉又甜。压水井打好后，抽水大都由康新民操作。他不必用两只手摁手柄，只需一只手，就把抽水的皮碗子摁得呼呼响，水头蹿得老高。康新民的个头并不是很高，但他长得结实，是全村有名的大力士。麦子打完了，要把石磙推到场院边上立起来。有人两只手上去，脸憋得通红，都不能把石磙立起来。康新民过来了，他说他试试。他一只手抠住石磙的下沿，只用一口气，嗖地就把石磙掀得站立起来。从坑里刨可以作肥料用的坑泥，用铁锨把坑泥从坑底甩到岸上。坑泥又沉又粘，从低处甩到高处不是很容易。有的力气小的男劳力，只能把坑泥甩到坑的半坡。而康新民呢，每次都能把满满一铁锨坑泥甩到岸上。有一次，康新民没把力气掌握好，嗖的一下子，坑泥飞到岸边的树上去了。树上有一个老鸹窝，把老鸹吓得呱呱直叫。现在康新民不行了，按他自己的说法，他是彻底完蛋了。别说让他掀石磙了，他似乎连掀锅盖的力气都没有了。别说让他甩坑泥了，撒完了尿，他好像连甩甩尿鸡子都甩得少气无力。那么，家里还有一些重活怎么办呢？亏得康新民还有一个弟弟，他不能干的活儿，只能由弟弟代替。

不看弟弟压水还好些，看弟弟压水，康新民实在替弟弟着急。弟弟一只手摁不动压水的手柄，只得两只手都上去摁。弟弟摁得很慢，抽出来的水在水簸箕里流得很细，放在水簸箕口接水的小桶半天都接不满。不管水流得有多细，压水井的铁制水筒子里不能缺水，一旦缺了水，水筒子里的水就降下去，里面都成了空气。要是想压出水来，得重新往井筒子里的皮碗子上面倒引水，由于引水的密闭作用，才能保证抽出来的是水，而不是空气。弟弟的两只手摁了一会儿手柄，张着嘴在那里喘气，弟弟的气力似乎也不够用了。为了使水不致断流，弟弟只能把小肚子也压在铁手柄上，借助身体的重量，把手柄压下去。看着弟弟那费劲的样子，康新民真想过去一把将弟弟拉开，他自己去压水。可是不行啊，他哪里还有拉开弟弟和压水的气力呢！

康新民感到痛心的不仅是他自己，还有他的同胞弟弟康新生。康新民到煤窑挖煤挣到了钱，盖了房子，成了家，他希望弟弟跟他一样，也能尽快挣钱盖房，自立门户。爹去世了，康新民作为当哥的，他觉得他有责任帮助弟弟成家立业。于是有一年过罢春节，康新民也把弟弟带到煤窑里去了，让弟弟跟他一块儿干。他以为自己干了一件好事，其实是干了一件坏事。他以为是一个便宜，其实是一个当。吃苦耐劳的弟弟跟他一样，也把煤尘吸到肺里去了，弟弟的肺也变成了黑色的煤肺。只不过弟弟的病情比他稍稍轻一些，低一个级别，他的尘肺病是三期，弟弟是二期。弟弟呼吸起来不像他那么费劲，体力活儿还能干一些。弟弟的身体成了这样，老婆是找不到了，只能跟他这个当哥的一块儿过。

听本村在外面当干部的人回来说，像康家兄弟这样得职业病的情况，应该到挖过煤的小煤窑那里要求赔偿，每人获赔二十万或三十万，都是有可能的。听了干部的话，康新民有些动心，心想，要是能得到一些赔偿，就算自己花不成，留给老婆孩子也是好的。肺不行连累得他的腿也不行了，他已经没能力外出，只能让弟弟到小煤窑去问一问。弟弟去了几天回来了，说那个小煤窑没有了，井架子拉倒了，井筒子也炸塌了，只剩下一个黑洞洞的洞口，洞口周围长满了荒草。弟弟听人说，那个小煤窑属于非法开采，是上级派人把煤窑炸掉的。至于那个小煤窑主，谁都不知道他跑到哪里去了。

康新生去小煤窑讨赔偿，娘抱了很大希望。见二儿子空着两只手回来，娘失望地哭起来，哭得一把鼻涕一把泪。她不埋怨人，只埋怨老天爷。她的埋怨还是老一套，还是把戴着地主帽子时和现在一起埋怨。她说老天爷呀，过去俺家的日子不好过，眼巴前儿俺家的日子还是不好过。俺家两个儿子的肺都坏了，家里老的老，小的小，今后的日子咋过呀！老天爷呀，你咋不睁开眼可怜可怜我的两个儿子呢！难道你的肺也坏了吗！

初春的天气真是变幻不定，冷冷暖暖，暖暖冷冷，让人无所适从。农历过了二月二，龙的头都抬起来了，却又下起了雪。雪下得还不小，铺了天，又盖地。杏花本来就要开了，雪花一开，就把杏花给盖了。患尘肺病的人经不起忽热忽冷，下雪天寒气袭来，康新民连用来咳嗽的气似乎都没有了。不管是站着，还是趴着，跪着；不管他是头朝上，还是头朝下，都呼不出多少气，也吸不进多少气。他把嘴巴和鼻孔都张到最大限度，甚至连身上的汗毛孔好像都打开了，仍无济于事。他的脸憋得黑紫，紫得他的脸好像也变成了一块煤。由于憋气，他的眼珠子越鼓越高，似乎眼看就要从眼眶里掉下来。他的眼睛还能看见自己的老婆，还想跟老婆说话，就是说不出话来。康新民真恨自己啊，恨不得把自己的肺扒出来，喂狗吃。又一想，连狗都不吃他的肺啊！康新民心中也有不平的地方，村里的那些懒人，人家都活得好好的。就是因为他太勤快了，太能干活儿了，就成了今天这个样子。难道这个世界不需要勤快人了吗？难道人越勤快就越遭殃吗？

康新民的老婆悄悄把康新生叫到一边，让他赶快到镇上为康新民买一袋氧气。她知道，丈夫不愿再花钱买氧气，不想让家里重新返贫。可是，她实在不忍心眼看着忠厚的丈夫离她而去，丈夫能够多活半天也好啊！

冒着大雪，康新生到镇上的医院为哥哥买回了一袋氧气。在回家的路上，走在雪地里的康新生已累得气喘吁吁，跌跌撞撞。他跌倒了，趴在雪地里喘口气，再爬起来往家里赶。他怀里紧紧抱着那袋子鼓鼓囊囊的氧气，如同抱着哥哥的肺。他在心里呼喊着：哥，哥，你别急着走，你千万要等着我啊！要是康新生打开氧气袋子吸上两口氧气，他走得可能会稳当些，也快一些，因为他也是尘肺病患者。可康新生只想着哥哥，吸氧气的事他想都没想。

然而，康新民拒绝再吸氧气，看见氧气袋子，他摆了一下手，头一歪，就死去了。

雪还在下，树上、柴火垛上、房顶上都是白的。

娘哭得更痛心痛肺些。她的哭诉没有什么新观点，只是埋怨老天爷的同时，把矛头指向了自己：你咋还不死呢，不该死的死了，你还活着干啥呢！

康新民去世一段时间后，在村民的撮合下，康新生和嫂子结了婚。哥哥死了，嫂子不愿离家，便和弟弟结了婚，这不算什么稀罕事。

乌金虽好，到了人的肺里就不好了。康新生哪里知道，人的肺一旦变成了乌金肺，一旦呼吸困难，就做不成男人了，一次都做不成了。

结果，结婚第三天，康新生就上吊自尽了。

班中餐

　　人是铁，饭是钢，一顿不吃心发慌。范成书对这句俗话一直不能理解。他很想理解，把铁和钢放在一起想呀想呀，还是理不出一个让他满意的头绪来。人和饭的关系比较容易理解，人对饭来说，是依存的关系；饭对人来说，是被依存的关系。这对关系是铁打的关系，哪个人不吃饭都不能存活。打个比方，人的嘴一辈子都得啃在饭这个果子上，等到啃不成果子了，人的生命就该终结了。而铁是铁，钢是钢，虽说钢是由铁炼成的，但铁不炼成钢也可以独立存在，可以铸成铁锅、秤砣什么的。把人说成铁，把饭说成钢，有些风马牛，不合逻辑。后来范成书总算想通了一点点，人们之所以把铁、钢乱放在一起说，也许没什么讲究，只不过图个押韵顺口而已，不值得皱着眉头深究。范成书想把这个问题放下算了，可别人一说到这句俗话，不知不觉间，他又皱起了眉头，差点儿劝别人不要这么说。这让范成书对自己不是很理解，一个没日没夜在井下挖煤的人，好好挖煤就是了，瞎琢磨那些生硬的字眼干什么！就是因为对自己不理解，范成书才有些管不住自己，一遇到让他放不下的字眼，他还会揪住不放。

　　近来在范成书脑子里转来转去的一个词儿叫能源。这跟他的工作有关，因为煤也叫能源。煤是国家能源，也是世界能源。不管什么词儿，只要能跟国家和世界沾上边，都堪称大词儿。能者，能力，能量；源者，源头，源泉，能源这个词可了不得。虽说能源是一个大词儿，好词儿，并不是用在哪里都合适，如果有一个窑哥们儿说走哇，下井挖能源去，别的窑哥们儿一定会笑话他，说他装雅，跩文。挖煤就是挖煤，挖煤就得脸黑，怎么，把挖煤说成挖能源，黑脸就变成白脸了！

把能源往广处想了想，范成书觉得能源并不是无所不能。能源能烧锅，能取暖，能发电，可以供给工业，供给农业，直接作为人的能源就不行。也就是说，人不能直接吃煤，人还得靠吃饭保持体能，维持生命。当矿工被幽困在井下时，为了活命，是可以嚼一点由亿万年前的腐殖物变成的原煤，但天天吃煤绝对不可以。连古人都知道，煤可以作燃料、雕刻原料、建筑材料，还可以作墨，作药，作随葬品，就是不能作食品。

这就说到班中餐了。什么是班中餐？不就是班中饭嘛！人平常说吃饭，又不说吃餐，干吗把班中饭说成班中餐呢？爱咬点文嚼点字的范成书，对班中餐的说法有些质疑。然而，班中餐的说法是上边下来的，是上了煤炭工业管理部门文件的，他也只好跟着说。矿工下井挖煤，说是八小时工作制，真正工作起来，加上两头走路的时间，恐怕十个小时都不止。这个时间在井上相当于一个白天，人们要吃三顿饭。同样长度的时间，在井下爬了低山爬高山，流了白汗流黑汗，倘若一顿饭不吃，身体恐怕难以吃得消，也会影响挖煤的效率。于是，上级规定，凡是下井挖煤的矿工，班中要吃一顿饭，这顿饭的名字就叫班中餐。班中餐由矿上的食堂统一加工，免费提供。

范成书多次吃过矿上统一配送的班中餐。干活儿干到一定时候，专事送班中餐的师傅，用短扁担一头挑着班中餐，一头挑着一大铁壶温开水，就到井下来了。挖煤人听到开饭啦一声喊，便纷纷从工作面走出来，到下面的巷道集中用餐。班中餐多是一只大号的牛舌火烧，有时也会变变花样，做些像馒头夹鸡蛋、猪肉黄豆芽卤面条、用白菜豆腐做浇头的盖浇饭等。夺下高产的时候，范成书他们还在井下吃过肉包子，喝过鸡蛋汤。后来，班中餐被个体户承包，饭菜的质量就不行了。直到有一次，井下的矿工们吃班中餐吃得集体跑了肚子，班中餐食堂才被迫停止营业。国家为每个下井的矿工发放的有班中餐补贴，补贴金额多次调整上涨，已从当年的几角、几块钱，涨到目前的十多块钱。不送班中餐了怎么办？矿上就把这笔钱直接发给每个矿工，让他们自行解决班中餐问题。

从统一转为分散，由集体转为个体，班中餐的名字虽说没变，一下子丰富起来，或者说多样化起来，称得上"百花齐放，百家争鸣"。用餐时打开饭盒来看，有米饭馒头面条，包子花卷水饺，面包饼干蛋糕，鸡蛋猪蹄凤爪，应有尽有，不应有的也有。比如说，有的矿工下井不带主食，只带苹果、香蕉等水果之类。再比如说，有个矿工把饭盒打开了，一看，里面盛的不是任何可餐的东西，却是老婆的奶罩。那哥们把奶罩从饭盒里拎出来，以奶罩为参照，除了可以进行一些饱满的想象，一点儿都不能解决肚子的问题。这件事被窑哥们儿传为笑谈，倒是给班中餐增加了一点额外的趣味。让人无话可说的是，也有的矿工，下井把嘴带上了，却什么吃的都不带，只能闭着嘴巴，勒紧裤带干活儿。因为不吃班中餐，有人支撑身体的力量撑不住，晕倒在澡堂里的情况也是有的。

范成书可不干这样的傻事，他虽然不认同饭是钢的说法，对饭作为硬件的重要性还是承认的。他不但每个班都要吃班中餐，还要吃得饱，吃得好。他对班中餐的要求是，既要色香味俱佳，还要富有营养。范成书研究过，人身体里的能量和力量，主要是来自热量。有了足够的热量，人的身体这台机器才能发动、运转。热量不够，哆哆嗦嗦，"机器"运转起来就不会正常。没有了热量呢，人离完蛋恐怕就不远了。人体内的热量是从哪里来的呢？当然是从每天吃的饭里来的。饭里包括粮食、肉类、奶类、蛋类等，还有蔬菜，每样东西里都有热量。那么，这些东西里的热量又是从哪里来的呢？这个问题仍然难不倒范成书，他高调回答：世界上所有物质里所包含的热量都是太阳给予的。他的回答如此肯定，口气如此之大，颇有些物理学或哲学的意味，不能不让工友们怀疑。有工友说：你这样胡抡，鬼都不信。我问你，煤在地底下埋着，成天见不着太阳，煤里边的热量和太阳有什么关系呢？

范成书哈哈一笑说：你这个问题问得好，我就知道你会问这样的问题。煤现在是见不到太阳，但不要忘了，煤是由亿万年前的森林变成的，那时的森林可是成天在太阳下面晒着。森林倒下了，在地面和沼泽中堆积成黑色的腐殖质，由于地壳的不断沉降而进入地下，并在高温、高压、缺氧的情况下，经过一系列复杂的物理、化学变化，便形成了煤。煤的雅号叫太阳石，就证明着煤和太阳的关系，证明着煤里所包含的热量，都是事先由太阳给它储存起来的。

工友不服气，说：照你这样的说法，人晒晒太阳不就完了，还吃饭干什么!

范成书说：人不是冷血动物，像蛇、鳄鱼等冷血动物，晒晒太阳就可以吸收热量，调节体温。人是温血动物，或者说是恒温动物，人体所需要的热量，只能通过食物从内部吸收。

一个成天价在煤窑里滚的人，知道眼珠是黑的，眼白是白的，就行了，知道这么多干什么！工友说：你哥们懂得这么多，应该到学校去教书，在井下挖煤，有点儿屈材料。

你这话我爱听，我老婆也是这么说的。

老婆顾向欣每天给范成书带什么班中餐，范成书并不知道，老婆也不提前告诉他。老婆都是把班中餐装进一只不锈钢饭盒里，外面再包上一层比较厚、不透明的塑料袋，直到他临去上班，老婆才把饭盒递给他。像是传递什么秘密，老婆每天都笑眯眯的，笑得有些神秘，仿佛在说：我不告诉你，你就美去吧你！每次在井下打开饭盒，范成书一喜，的确都能得到美的享受。老婆变着法子给他做好吃的，有时一星期都不重样。有一次，老婆给他带的米饭，米饭上面的盖头竟然是红烧鱼。范成书一见，不免有些皱眉。井下有个不成文的规矩，班中餐里一般不放鱼。凡鱼都有刺，无刺不成鱼。矿工在井下吃饭都是狼吞虎咽，没功夫挑刺。就算有功夫挑，井下光线那么差，把刺挑出来也不容易。以前他对老婆做的班中餐从未挑过"刺"，这一次恐怕要把"刺"挑一挑了。然而，他把鱼肉放在牙上咂了咂，鱼肉软软的，酥酥的，里面一点儿刺都没有，不但没有硬刺，连软刺都没有。嘴里吃着又酥又香的鱼，范成书有些感动。这好老婆，为了让他在井下也能吃到他爱吃的鱼，背地里不知用了多少心，费了多劲呢！

这天范成书升井回到家，顾向欣一见面就问他：怎么样？

范成书塌着眼皮，不说话。

怎么，鱼刺把你的喉咙卡着了？把眼皮撩起来，看着我的眼睛！

范成书不但没撩起眼皮，反而把眼皮闭上了。闭上眼睛后，他仍然没有说话，却张开了臂膀。他张开臂膀的架势，跟螃蟹张开双螯的架势有些相像，只是他双臂张开的幅度比螃蟹双螯张开的幅度大得多。范成书的用意是明显的，在等待顾向欣投入他的怀抱，他要把他的好老婆抱一抱。

顾向欣没让范成书抱她，她在范成书手上打了一下，说：好你个臭小子，看把你美的，老婆烧的鱼好吃吧！我不但做饭做得好，又喜欢做饭，这样的好老婆到哪儿找去！

范成书双臂合拢，像是已经把顾向欣抱到了，身体还摇晃着，已陶醉得不成样子。

少跟我玩自作多情，天天给你做好吃的，你以为我是为你呢，我是为我自己。男人靠饭养，女人靠男人养。我用好茶饭把你养好了，为的是让你对我好。

明白。我现在就要对你好，让你看看我的实际行动。

顾向欣没让范成书的实际行动马上付诸行动，她说让我想想。

想什么？

想想明天给你做什么好吃的。

矿工往井下带班中餐，用金属饭盒封闭起来是必须的，因为井底还活跃着另外一种生态群体，被矿工称为"白毛女"的白毛老鼠。老鼠嗅觉灵敏，牙齿也相当厉害。如果只把班中餐包在塑料袋里，不扣进金属饭盒里，就会被老鼠们当成大餐吃掉。所以，矿工们下井哪怕只带一个馒头，或两个苹果，也要装进饭盒里。他们把饭盒带到井下后，集中挂在一处巷道的煤墙上方。到了用餐时间，他们取下饭盒，各吃各的。

吃过鱼肉饭的第二天，范成书像往日一样，接过老婆递给他的沉甸甸的饭盒，一句话没问，就把班中餐带到井下去了。不用问，老婆又给他做了好吃的。至于是什么好吃的，要得把戏成，还得盖头蒙，到时揭开盖子就知道了。吃班中餐的时间矿上有规定，上班四个半小时之后方可用餐。比如上早上的八点班，要到中午的十二点半之后，才能暂停劳动，擦一擦汗水，到工作面外面的巷道，为身体补充新的能源。季节到了春天，天气一天比一天暖。地面上草地绿了，桃花红了，万象更新，一切都是春天的气象。范成书他们到了井下，由于井底与地面隔着几百米厚的土层、沙层和岩层，他们看不到春天的景象。然而别忘了，井上往井下送的有风。井上是春天的风，那么送到井下的风就是春风。莫道井下无春天，清风徐徐报消息。风里所包含的信息是全息，井上的春天里有什么样的信息，在井下的巷道和工作面奔流的风里都可以接收到。范成书轮到上八点班，和工友米传金在一个采煤场子干活儿。范成书负责架棚，米传金负责攉煤；范成书是技术工，米传金是力工。他们是一对好搭档，互相配合默契。在吹过工作面的春风里，他们似乎闻到了花香，听到了鸟语，感受到了春天阳光的暖意。风里有春天，他们心里也有春天。心里有了春天，不管在什么环境下干活儿，他们都可以把春天带到哪里。热爱劳动的人，时间总是过得很快。等他们把第一茬煤采完，就到了吃班中餐的时间。米传金对范成书说：该吃饭了。

今天的顶板有些软，有一架棚子还要加固一下。范成书让米传金先去吃吧，他随后就过去。

米传金的老婆给米传金做的班中餐，也是盛在不锈钢饭盒里，外面包的也是塑料袋，并和范成书的班中餐挂在一起。等范成书从工作面走出来，米传金快把班中餐吃完了。他一边吃，一边啧着嘴说真香，真香，我老婆今天做的饭真好吃！

范成书暗暗笑了一下，他以前从未听见米传金夸过自己老婆做饭好吃，今天这是怎么了，是饭真的变好吃了，还是米传金的嘴变甜了呢？他从煤墙上取下自己的班中餐，心说：真正好吃的饭在这里呢！

哎呀，我老婆以前从来没做过这么好吃的饭！米传金继续赞叹。

看把你美的，你老婆给你做了什么好吃的，把你美成这样。

我也说不太清楚，好像有羊肉、小白菜、馓子，还有辣椒丝，反正好吃的很。

连什么好吃的都说不清，真是瞎搭了你老婆的一片心意。

那嫂子给你做的是什么好吃的？

范成书把饭盒打开了，没有给米传金看。米饭上盖的是白菜豆腐，这让范成书觉得不大对劲。大白菜秋后刚下来时最好吃，冬天吃也可以，只是一到春天，白菜叶子就糠了，白菜帮子就纤维化了，再吃就跟吃草差不多。春天应该是吃青叶碧鲜的小白菜的时候，老婆怎么还让他吃大白菜呢！谁都有考虑不周的时候，看来顾向欣是晕了头了。范成书没吃白菜，先尝了一块豆腐。豆腐没进咸味，吃进嘴里像吃了豆腐渣一样，更让他失望。总的说起来，这顿班中餐要咸不咸，要淡不淡；要香不香，要甜不甜；

要辣不辣，要酸不酸，跟以前每日班中餐的味道相差太远。把饭做得如此糟糕，顾向欣实在是太失水准。为了给老婆留面子，范成书半句埋怨老婆的话都没说，硬着头皮把一盒班中餐吃完了。

往塑料袋里收拾饭盒的时候，范成书突然想到，米传金会不会拿错了饭盒，吃错了饭呢？因为米传金的饭盒跟他的饭盒是一样的，包饭盒的塑料袋也都是乳白色，米传金从工作面出来又饥又渴，来不及仔细分辨，吃错饭完全有可能。范成书又记起，顾向欣为了避免他的饭盒与别人的饭盒弄混，曾特意在他的饭盒上贴了一条胶布，并用圆珠笔在胶布的布面上写上了他的名字。时间一长，刷饭盒时把胶布弄掉了。胶布虽说不在了，粘胶布留下的白胶痕迹还在，应该可以辨认出来。于是，范成书对米传金说出了他的疑问：传金，你今天是不是认错了饭盒呢？

米传金愣了一下，说不会吧？

我的饭盒上有一小块粘胶布时留下的白印子，这个饭盒的盒盖上没有。

是吗，我一点儿都没注意。米传金把已经装进塑料袋的饭盒掏了出来，用矿灯往盒盖上一照，果然照到了一小块白印子。米传金顿感羞愧，说哎呀老兄，实在对不起！

范成书赶紧安慰米传金，这有什么关系，反正都是班中餐，吃到肚子里效果是一样的。

我说今天的饭怎么这么好吃呢，原来我吃的是嫂子精心给您做的饭，您看这事儿闹的。

这样也好，权当让你尝尝你嫂子的手艺。

我嫂子的手艺太棒了，她做的饭好吃得很，怎么说呢，沾舌头。我的舌头这会儿还香着呢！

你嫂子干别的事情本事不大，就喜欢鼓捣着做吃的。

我老婆要是像嫂子那样爱鼓捣就好了。哎老兄，我老婆做的饭是不是很难吃？

很难吃也说不上，只是味道稍稍欠缺那么一点儿。

我老婆笨得像头猪，她做出来的饭也跟猪食一样。

话不能这么说，有个老婆天天给你做吃的，你就应该知足。

下班一回到家，范成书就把当天在井下发生的一幕对顾向欣说了。他没有表现出有多少遗憾，是当成一个笑话对顾向欣讲的。

顾向欣的样子却有些遗憾，说：我做得那么好吃的羊肉饭你没吃着，可惜了。那小子倒挺有口福的。米传金老婆做的饭怎么样？

范成书嘴巴不笑眼睛笑，不说。

说一说嘛，别人的老婆做的饭是不是比你老婆做的饭好吃些。

范成书的嘴巴凑近顾向欣的耳朵，像是要跟顾向欣说一句悄悄话。

顾向欣耳朵痒了一下，躲开了，说：我耳朵上肉又不多，你咬我耳朵干什么！有话大声说，不许小里小气！

米传金老婆做的饭好吃极了，要不是捏着鼻子，我一口都吃不下。都这时候了，他老婆小戴还用过时的白菜烧豆腐，我一说你就知道了。

顾向欣说：看来我还得在饭盒上贴上胶布，写上你的名字。别人一看见你的名字，就等于用胶布把他的嘴封上了。

范成书不同意再在饭盒上贴胶布，写名字，那样做好像故意防着别人似的，显得有些小气。范成书说：别人偶尔吃错饭也好，让他们知道知道我们家顾大厨的手艺。米传金吃了你做的班中餐，一直赞不绝口，说他从来没吃过这么好吃的饭。

真的？米传金真是这么说的？

我蒙你干什么，米传金还要谢谢你呢！

依你这么说，错还错对了？

本来嘛，错和对都是相对的。

又该在井下吃班中餐时，米传金把场子里煤清理干净了还不走。范成书让米传金先出去吧，他随后就到。米传金说不着急，坚持等着范成书一块儿出去，一块儿开饭，好像他一早出去又会吃错饭似的。范成书不禁摇了摇头，笑了一下，他相信人的眼有记性，舌头也有记性，米传金一次吃错饭，不会再有第二次。但他见米传金站着不走，便放下工具，拍了拍米传金的肩膀，和米传金一块儿出去了。

范成书打开饭盒，见顾向欣今天给他做的菜是鱼香肉丝。菜里不仅有肉丝，还有胡萝卜丝、青椒丝、笋丝。肉丝是酱黄色，胡萝卜丝是红色，青椒是绿色，水发玉兰片切成的笋丝是白色，黄红绿白相间，且不说菜的味道如何，只看菜的颜色就够诱人的。顾向欣盛饭的形式比往日也有所改变，往日她都是以盖浇的形式，把菜盖在米饭上，今天她把饭和菜分开，饭盒的一头盛的是白米饭，另一头盛的是鱼香肉丝，饭大约占三分之二，菜大约占三分之一。这样的形式，不知顾向欣是听别人说的，还是自己想起来的。形式是内容，也是思想。也许顾向欣觉得这样盛好看一些，也许是方便让别人尝尝她做的菜。范成书自己还没尝，却对米传金说：来，尝尝你嫂子今天炒的鱼香肉丝。

不尝不尝，你自己吃吧。

范成书看了一眼，见米传金的饭盒里盛的仍是白菜豆腐盖浇饭，他说：你客气什么，跟我不要客气。人写了好文章，希望别人能看到；人做了好吃的菜呢，同样希望别人尝一尝。他挖了一勺鱼香肉丝，放进米传金的饭盒里。

米传金显得有些不好意思，说：不是我客气，人怕比，菜也怕比，吃了嫂子做的菜，我老婆做的菜就没法吃了。

不至于吧。范成书把鱼香肉丝尝了一下，麻辣鲜香俱佳，的确好吃无比。而他挖给米传金的一勺菜，米传金还没尝。好吃的一般要到最后才吃，是最后提高的意思。如果先吃好吃的，一上来定高了口味，后面一路往下走，就会越吃越反胃。这时范成书给米传金提了一个建议：挖煤要学习，做饭也要学习，你可以让你们家小戴跟你嫂子顾向欣学学烹饪的手艺嘛！你嫂子的手艺是祖传，她姥爷、舅舅都是厨师，她母亲做菜的水平也很高。

学习好是好，小戴那么笨，嫂子愿意教她吗？

这没问题，你嫂子可喜欢显摆自己的烹饪手艺了。

顾向欣在矿上的图书阅览室上班，小戴在矿灯房上班，单位不见矿上见，两个人以前就认识。她们知道，她们的男人在同一个采煤场子干活，同安危，共患难，结成了兄弟般的情谊。而她们两个呢，虽说不是妯娌，恐怕跟妯娌也差不多。在两个男人的授意下，小戴真的登门找到了顾向欣，向顾向欣学起了炒菜的技术。顾向欣对小戴很热情，教得也很热心，恨不能把自己炒菜的技术全部教给小戴。小戴的学习态度也很好，娃娃般胖胖的脸上一直腼腆地笑着，虚心向顾向欣问这问那，恨不能自己炒的菜立马好吃起来，也能受到丈夫的夸奖。

小戴向顾向欣学习之后，范成书对米传金带的班中餐格外留意，想看看小戴做菜的技术是不是有所进步。这天，米传金带的班中餐上面盖浇的菜是红烧肉、海带和粉条。米传金刚吃了一块红烧肉，就连夸不错不错，说经过向嫂子学习，做出来的菜味道就是不一样。米传金让范成书尝一尝，鉴定一下。范成书见红烧肉有些发黑，酱色像是重了。不能拂了米传金的好意，他还是尝了一块。范成书控制着自己，才没把眉头皱起来。红烧肉的口味过于重了，而且只有咸味，没有甜味，一点层次感都没有。米传金问怎么样？范成书说还可以，肉烧得挺烂乎的。他没对小戴烧的红烧肉提什么意见，以免影响小戴学烧菜的积极性。

可巧，范成书这天带的班中餐，里面的菜也是红烧肉、海带和粉条。顾向欣烧的红烧肉如玛瑙，红亮诱人。取一块入口，软而不烂，肥而不腻，咸中有甜，甜中有咸，香味浓厚，却又层次分明，甚是可口。同样的饭菜，不比不知道，一比差距就出来了。有来就有往，范成书也让米传金尝一块儿他带的红烧肉。

米传金说都一样，不尝了。

尝尝吧！范成书还是让米传金尝了一块儿。

米传金咂咂嘴，品了品，说还是嫂子做的菜好吃，自己老婆烧的菜太咸了。

范成书这才说：盐是好东西，一盐提百味。盐也是坏东西，做菜放盐太多，就把别的味道遮住了。做菜放盐，关键是准确二字。说实话，我也不会做菜，这些话我都是听你嫂子说的。

米传金不明白，做菜所用的食材是一样的，自己老婆也向嫂子学习了烧菜的技术，做出来的菜为什么味道不一样呢。

熟能生巧，学得时间长了，也许味道就一样了。范成书说。

男人成天价在井下出力流汗，小戴也想让米传金吃上可口的班中餐。以前小戴对饭菜的味道不是很重视，她以为饭菜就是管饱的，只要能填饱肚子就行了，管它什么味道不味道。现在她才知道了，人要吃饱，还要吃好。这个好，主要指的就是味道。既然米传金认为范成书家范嫂做出的饭菜味道好，她接着向范嫂学习就是了。她到阅览室跟范嫂请教，到范嫂家的厨间看范嫂给她做示范。她还准备好了一些食材，把范嫂请到了家里教她。又学习实习了一段时间，结果怎么样呢？不能说小戴做班中餐的水平一点儿提高都没有，但还是不如顾向欣做出的饭菜味道好。

味道是一个问题，喜欢探讨问题的范成书，和顾向欣一块儿探讨起了味道问题。顾向欣认为，味道不是一个实在的东西，是一个虚的东西。凡是虚的东西，都很难数字化，技术化，做起来只能凭感觉。她还认为，味道不是单一性的东西，是一种综合性的东西。只有把多种味道综合在一起，综合得恰到好处，才说得上味道好。如果有一样味道使用不当，就会影响整道菜的味道。范成书不太同意顾向欣的看法，认为顾向欣把日常性的烧菜神秘化了，菜烧得好不好，好像起重要作用的是烧菜者的遗传基因和天赋，而不是后天的学习。他问顾向欣：你是不是认为自己天生就会烧菜？

你这个人，就是爱抬杠。我什么时候说过我天生就会烧菜，我不过是喜欢烧菜而已。除了喜欢，还有两条很重要，一是用心，二是耐心。烧菜如果不用心，只是为了应付肚子，完成任务，烧出的菜就不会好吃。班要天天上，日子要天天过，菜要天天烧，每天都考验着人的耐心。如果哪天没有耐心的参与，烧的菜也不会好吃。

我服了，我老婆端的厉害。你说的这些话，应该写出来，写成文章。别人看了你的文章，一定会受到启发。

你小子又在挖苦我，我哪里会写什么文章！

在一个休息日，顾向欣提出，她要请米传金和小戴两口子到家里吃饭。

范成书问：要不要我陪着？

不让，你该干吗干吗去！

哇，我大哭！

我拿盆，等着接眼泪。

你是不是要尝尝眼泪的味道？是不是要把眼泪当佐料？

不告诉你！

吃饭地点不是在井下，就不能叫班中餐。虽说不是班中餐，范成书和米传金做出的还是老爷们儿的派头，动口不动手。顾向欣在厨房里大显身手，拉小戴给她打下手。其中有两个菜，顾向欣准备好了食材，让小戴上手操作。她就站在小戴身边，从点火、放油、下材、翻炒，到先加什么，后加什么，每样佐料加多少，什么火候出锅，一一指点小戴，差不多等于手把手教小戴炒菜。热腾腾的菜肴端上桌，顾向欣指出，这两个菜是小戴炒的，欢迎大家品尝。范成书尝了，米传金也尝了，都说味道不错，共同举杯向小戴祝贺！小戴的两个脸蛋红得像红柿子一样，说这都是嫂子的功劳。

喝了酒，吃了饭，等米传金两口子走后，范成书才跟顾向欣说：小戴所炒的两个菜，味道还是差一点儿，跟你亲手炒出来的菜还是不能等量齐观。

顾向欣瞪了范成书一眼：我说范老板，你的嘴巴也太刁了吧，你也太难伺候了吧！就算你当过矿上的劳动模范，对饭菜也不能这般挑剔吧！

对不起对不起！我是对事不对人。我还是想弄明白，同样的食材，同样的佐料，同样的技术，同样的操作程序，只因不是同一个人操作，为什么炒出的菜味道就不一样呢？我把我的想法说出来，你看看有没有道理。如同每个人的长相不一样，手纹不一样，活跃在身体上的微生物不一样，每个人的呼吸和手气也不一样。人在炒菜做饭的时候，难免会加入自己的呼吸和手气。呼吸、手气各异，做出的饭菜也百人百味，因人而异。个性化的味道是学不来的。

顾向欣哼了一声，说：瞎琢磨！

所以说，我老婆是天下任何人都不能代替的。

正说饭菜的味道，你扯上我干什么！

道理都是一样的。

出乎范成书意外的是，终于有一天，范成书和米传金在井下吃到了同样味道的班中餐。哥俩把两盒班中餐并排放在一块儿，你尝我的，我尝你的，没有吃出任何区别。你的菜中有椒辣、麻辣、酸辣之味，我的菜中也辣味俱全。井下比较潮湿，而辣味有提热、开胃、祛湿、祛风之功效，吃点辣味对矿工的身体大有裨益。二人吃得胃口大开之际，范成书一再夸小戴做菜的水平可以了。

一回到家，范成书就对顾向欣说：不得了，小戴已经把你的烹饪手艺学会了，今天她做的水煮肉片跟你做得一模一样，味道丝毫不差。

真的？那好呀！

范成书看见顾向欣偷偷笑了一下。

你笑什么？

我笑有的人总是疑神疑鬼，人家明明没笑，偏说人家笑了。这一说，顾向欣好像找到了笑的理由，满脸都是笑容。

红棉袄

顾向欣的笑，让范成书真的产生了怀疑，他问：我们今天吃的班中餐是不是都是你做的，你做了一式两份，分装在两个饭盒里，一份给了我，一份给了小戴，对不对？

顾向欣先说没有呀，又说哎，不告诉你！

秋天来了，天气凉了，芦花白了，树叶黄了，再也看不见大雁往南飞。生产队那会儿，不知从哪里来的那么多大雁，天空中一会儿飞过一队，一会儿又飞过一队。生产队的社员们成群结队在地里干活，大雁在天上飞过时，他们难免仰脸朝大雁看一看。在蓝得不能再蓝的晴空下，他们看见了，大雁向前伸直了一根脖子，往后伸直了两条腿，张开的翅膀飞得忽闪忽闪，都是一去不复返的样子。大雁不像小燕子，天凉时小燕子虽然也往南方飞，但它们是以各家各户为单位，在某天早上，人不知狗不觉，不声不响就飞走了。也许大雁的集体主义精神比较强，也愿意造出一些声势，它们以蓝天作纸，以身体作笔作墨，以变化的队形，不断在辽阔的天空书写着一些大字。它们通常只写两个字，一个是一字，一个是人字。它们写的一字有时是一横，有时是一竖，还有时是斜的。它们写的人字呢，一撇和一捺往往不那么对称，有时是一撇长一些，也有时是一捺长一些。单独飞行的大雁还是有的，那必是因身体有恙或体力不支的掉队者，它一面在奋力追赶前面的队伍，一面啊啊地叫着，听来有些可怜。

不管如何，那时的天空还算有的可看。现在不行了，人们朝天空看一眼，看一眼，都看不到什么，天空是空的，人的眼睛也是空的。据说现在空中的东西比以前多，有飞机、火箭、卫星，还有宇宙飞船什么的，可惜那些东西飞得太高了，人的肉眼看不见。或许因为天上人造的东西太多了，挤占了大雁的空间，大雁就没法在天上飞了。或许大雁喜欢观看人们排着队在田里干活，人们排队，它们也排队。现如今人们不排队了，东一个，西一个，分散得零零落落。大雁觉得没什么可看的，就不来了。

人长了眼睛，总得看点什么；人长了耳朵，总得听点儿什么；人长了鼻子，总得闻点儿什么；人长了手，总得摸点儿什么。一个大活人，如果整天价什么都不看、不听、不闻、不摸，恐怕谁都受不了。棒子掰完了，玉米秆子砍去了，小麦种上了，麦苗出来了。没有刮风，也没有下雨，金色的阳光暖暖的，天气空气都不错。游老庄的人出了家门，在庄里转来转去，转到游聪本家的院子门口，不知不觉间，脚步便停下了。游聪本家的房子坐北朝南，在春联上被写成"向阳门第"。他家院子门口，是一条东西走向、贯穿整个庄子的街道，庄子里的人只要出庄，必须经过他家院子的大门口。如今不少人家的院子大门是紧闭的，门口长满了荒草，落满了树叶。那是因为全家人都到外地谋生去了，院子里是人去房空。而游聪本家院子的大门是敞开的，自从早晨的第一缕阳光照进院子，他就把院子的大门打开了，之后一整天都是开放的状态。他在大门口一侧放了一张小方桌，还摆了几个小板凳，供庄里的人在那里打扑克。按游聪本的话说，是给大家提供一个休闲、娱乐和说话的场所。一副扑克牌有些旧，打法也是那种简单的、过时的打法，说是"争上游"，还说是"交公粮"，一听就是大跃进年代和人民公社时期的说法。所谓"争上游"，就是争取把手中的牌先出完，走在最前面，当赢家。而"交公粮"的人是把牌砸在手里的输家。到下轮重新洗牌，起牌，输家把自己抓到的最大的一张牌交给上一轮的赢家，名曰"交公粮"。

什么"争上游"，"交公粮"，游聪本对这样的说法有些抵触，对此种游戏也不是很热衷。人手不够的时候，他可以凑一个数。人一多，他就退出牌局，让别人玩。那么，天高云淡，天上看不见南飞雁，游聪本干什么呢？门口放的还有一把用塑料皮子编成的仿真藤椅，那才是游聪本的专座，他坐到藤椅上看报纸去了。上头派给游老庄村民委员会的有两份报纸，都是日报，每日都有几十张。村主任爱喝酒，爱看电视，不爱看报，每日的报纸送来，他连翻都不翻。村主任也姓游，是游聪本的本家侄子。游聪本说过，出报纸不像打秋叶，可不是一件容易的事。报纸也不是秋叶，秋叶上不印字，报纸上印字，拿到报纸不看不是浪费嘛！他让侄子把报纸拿给他，他看。他仰靠在藤椅上，一会儿大腿压在二腿上，一会儿二腿压到大腿上，在一张一张看报纸。暖暖的秋阳慢慢地照着，他看得也慢慢的。一堆人在吵吵嚷嚷地打扑克，对他看报纸没什么影响。而相比之下，他和那堆人的差别就显现出来了，他的优势也显现出来了。谁都看得出来，游聪本是一个肚子里装有墨水的人，看样子装的墨水还不少，说不定黑墨水、蓝墨水、红墨水都有。不然的话，报纸上那些密密麻麻、五颜六色的字他怎么都认识呢！游聪本对自己的价值也有认识，他读过高中，差一点儿就成了大学生；他在乡政府当过干部，差一点就成了副乡长。说他是准大学生，或准副乡长，大约也可以。他在乡里当管全乡中小学教育工作专职干部时，有人叫他游乡长，他就答应过。那些打扑克的人呢，大都一个瞎字皮都不认识，能从牌面上分出方块梅花就算不错。更别说当乡干部了，有人连乡政府的门口都没进去过。游聪本认为，他旁边的那堆人跟他根本不在一个层级，如果他是一只鹤的话，那堆人充其量也就是一群鸡。鸡是干什么的，母鸡是用来下蛋的，公鸡是用来杀吃的。刚刚过去的中秋节，差不多家家都在过节期间杀了小鸡儿。披羽长腿的鹤是干什么的呢，鹤是用来作画的，是准备成仙的。君不见，不少人家堂屋当门的后墙上挂的中堂画不就是仙鹤嘛！

　　一个正在打扑克的人问游聪本，报纸上有没有什么好玩的事，让游聪本跟大伙说一说。

　　报纸上登的大都是呆板的事，不好玩的事，但也有个别好玩的事，听来比打扑克更有趣的事。看到比较好玩的事，游聪本有时会跟旁边的人说一说。说印度有个老头子，九十岁了又娶了一个年轻老婆，老婆又给他生了一个女儿。说黑种人在那件事情上能力强大，干起来不分白天黑夜、屋里屋外，平均下来，每天都要干两到三次。说某市有一个管公安的贪官，爱搞钱，也爱搞女人。搞了多少个女人，连他自己都记不清了，反正比过去的皇帝搞的女人还要多。他搞了年轻漂亮的女人不算完，还让人家私下里给他生孩子。这些事情都是游聪本从报纸上看到，摘要讲给别人听的。那些打扑克的人每听这些事情，都情绪高涨，眼气得直吧唧嘴。可这天游聪本也许没看到什么好玩的信息，也许不想让问话的人分享信息，他说：好好打你的牌吧，别老当落后的乌龟。

老打牌不好玩，没有报纸上的事儿好玩。

当脚猪子好玩，打圈子的母猪都可以当你的老婆，你有那个本事吗？

我没那个本事，我也不想当脚猪子。要说当脚猪子，在咱们庄，我看只有你还差不多。说这话的人私下里听庄里人说，游聪本跟庄里好几个女人相好，而且游聪本不是捡到篮里就是菜，摘茄子挑圆的，摘黄瓜拣嫩的，如果是歪瓜裂枣儿质量不高的女人，他不会出手。只要他一出手，被他看中的女人便十拿九稳。话说出来，说话的人脸上寒了一下，也傻了一下，赶紧看游聪本的脸色。游聪本是有文化的人，也是当过干部的人，他跟游聪本犟嘴，差点说出了游聪本在庄里干的好事，不知游聪本会不会生气。脚猪子搞再多母猪也是猪，游聪本把他比成脚猪子没什么，他反过来说游聪本差不多能当脚猪子，恐怕就犯了游聪本的忌讳。

果然，游聪本推开了手里的报纸，脸子也拉了下来，严肃地说：你再说一遍，你真的这么认为吗？

聪本哥，你别生气，我瞎说呢，跟你说着玩呢！咱庄的人谁不知道，聪本哥都是吃自家碗里的饭，别人家锅里的饭连看一眼都不看。他连连向游聪本赔不是，紧张得鼻子不是鼻子，脸不是脸。他手里虽然还拿着扑克牌，早已分不清哪是黑桃，哪是红桃。

打嘴仗历来比打扑克好看。扑克牌上虽说也是花花绿绿，有男有女，但那些男女都不是真人，互相也不发生关系。而嘴仗后面涉及的男女都是活人，男女之间发生的关系都是生动的关系，要好看许多。那些打扑克的人暂时都不看牌了，眼睛都看着游聪本。还有一些站在旁边看打扑克的人，也都把视线转移到游聪本身上，看他接下来会如何表现。

让人失望的是，游聪本没有发脾气，他不但没有发脾气，还露出了笑容，说：这有什么？没什么。女人是一种产品，也是按劳分配，能者多劳，多劳多得。

关于按劳分配和多劳多得的说法，庄上的人并不陌生，生产队那会儿，谁挖坑多，栽红薯多，挣的工分和分得的粮食就多，那才叫按劳分配。他们第一次听说，搞女人也像挖坑栽红薯一样，也可以按劳分配，这真是高树站高鸟，高人有高论，游聪本的确不是一般人。他们难免想到自身，想算一下自己在搞女人方面是否做到了按劳分配，多劳多得。暗算的结果，他们一时有些走神儿，没有对游聪本的高论做出应有的回应，场面显得有些沉闷。

太阳越升越高，这时有一个年轻女人从庄子里走了出来，总算把沉闷的场面稍稍打破了一点。年轻女人的名字叫红桃，跟扑克牌上红桃的叫法是一样的。红桃的男人到很远的地方打工去了，一年到头难得回家一次，只有红桃带一个孩子在家里。有人看见，游聪本在镇上的餐馆里和红桃在一块儿吃饭，吃的是羊肉烩面。有人看见，天很晚了，游聪本还在红桃家里看电视。还有人看见，都后半夜了，游聪本才踩着月光从红桃家的大门里走出来。从这些迹象判断，游聪本很可能跟红桃打到一块儿去了，用游聪本的话说，红桃应该是游聪本多劳多得的其中一个。可是，因为谁都没看见游聪本和红桃在床上做动作，也没看见游聪本在红桃身上留下什么记号，不敢断定他们两个一定有那种关系。红桃的头发梳得光光溜溜，衣服穿得周周正正，手里什么东西都没拿。红桃仰着脸，目不斜视，对那些打扑克的人连看一眼都不看。红桃走在庄街的街边，眼看着就要走过去。打扑克的人似乎不大甘心，有人大叫了一声红桃。

　　红桃站下了，问干什么？

　　叫红桃的人没说干什么，又补充了一句：我出红桃七。

　　红桃不高兴了，说瞎叫什么，吞半截儿，吐半截儿，烦人！

　　我又没叫你，我叫的是扑克牌，不信你过来看看，我出的是不是红桃七？又说：你起了名字就是让人叫的，叫叫你的名字怎么了！

　　我的名字就是不让你叫。

　　那你让谁叫？

　　你管不着！

　　这时游聪本出来打圆场，他叫了红桃，问红桃，这是准备去哪儿？

　　游聪本叫了红桃，红桃一点儿都不生气，红桃说，她去地里，看看她家的麦苗出得齐不齐，要是不齐的话，她准备再补种一些。

　　游聪本建议，麦苗没出齐也没关系，不要再补种了。补种的麦子熟得晚，等明年麦子打下来时，有的熟，有的生，不好看。

　　对于是否听从游聪本的建议，红桃像是有些犹豫。在红桃犹豫之际，游聪本对红桃招招手说：红桃你过来一下，我跟你说句话。

　　这事情有些意思了，打扑克和看打扑克的那堆人，眼神儿乱交流，乱看，意思是，看看看看，好戏说来就来，这下应该有好戏看了。交流过眼神儿，他们的视线又在游聪本和红桃之间牵来牵去，要看看他们两个下一步在大家眼皮子底下有何表现。在红桃方面，只听说她私下里跟游聪本好，大家要看看，红桃是不是真的听从游聪本的指挥。在游聪本方面，只听说他是玩女人的高手，大家要看看，今天这一手他会怎么玩。两方面加起来，如果红桃不拒绝过来跟游聪本说话，他们两个下面的私事情差不多就坐实了。

说啥？红桃问。

你来嘛，咱们去屋里说。

有话不在当面说，非要到屋里背人的地方去说，这表明游聪本要跟红桃说的是私密话。私密就私密吧，游聪本却要让众人都知道，有些话他只能也跟红桃一个人说。如此一来，几乎等于游聪本把他和红桃的私密公开化了，也就是人们通常说的公开的秘密。众目睽睽之下，红桃像是有些为难，她的脸一下子红了，红得恐怕跟扑克牌上红桃的颜色差不多。脸红过之后，红桃像是鼓了一下勇气，朝游聪本身边走去。

众人想笑，想通过笑声喧哗一下。但他们都没有笑出声来，只把嘴咧了一下就完了。他们不知道接下来还会发生什么事儿，心里都有些紧张了。要发生事儿，也是在游聪本和红桃之间发生，与他们没什么关系，可他们感觉，仿佛事情要发生在他们身上一样。这叫什么事儿呢？过去男女之间倘若有点儿私情，都是千方百计掖着藏着，包一层又一层，生怕走漏半点儿风声。现在可好，男女有了私情，你拉我唱，弄得跟在戏台上演戏一样。

当红桃跟着游聪本往游聪本家的堂屋里走时，游聪本知道院子门口的那堆人都在目送他，他的头高昂得像一只鹤的头一样，那是相当的骄傲，似乎在说：看看朕的魅力如何，这才叫真正的男人！

在游聪本和红桃去堂屋之前，不知游聪本的妻子在屋里干什么，而游红二人一进屋，游妻就从屋里走了出来。怪事，这是为什么？游妻是游聪本明媒正娶的老婆，为游聪本生了两个孩子，难道还要给第三者腾地方吗！有人把游妻叫嫂子，问嫂子怎么出来了？

屋里有点凉，我出来晒晒太阳。游妻说着，仰脸朝着天上的太阳看了看，阳光即刻把她的圆脸照成了一盘向日葵。

不是吧，为啥早不晒太阳，晚不晒太阳，她男人领着别的女人一进屋，她就出来晒太阳呢？恐怕这里头另有文章吧。庄里人也是听说，游妻对游聪本很是放手，曾声称：他有本事，想跟谁好就跟谁好去，我才不管他的闲事呢！在过去，庄里的女人可不是这样，她们都把自家的男人看得紧紧的，管得严严的，男人的肥水一点儿都不许往别的女人田里流，一旦发现肥水进了外人田，女人都是闹得鸡飞狗跳，甚至连投水上吊的都有。现在怎么了，难道水都不是水了，田都不是田了！还是那个把游妻叫嫂子的人，说嫂子，我看你的肚子快赶上宰相的肚子了。你的肚量这么大，难道就不怕别人占你的位置吗？

游妻说：你不要瞎说，红桃跟你聪本哥不是一辈儿，红桃该叫你哥叫叔呢！

嘿，现在还讲什么辈儿不辈儿的，过去说隔辈儿如隔山，现在的辈儿早就踩成了平地，别说隔一辈儿两辈儿，隔三辈儿四点辈儿都不算一回事儿。

辈儿还是有用的。

游聪本家的堂屋是两扇门，游聪本带红桃进屋后没有关门。红桃小声说：你喊我过来干什么，门口那么多人，每个人的眼瞪得都跟乌鸡眼一样，你不怕人家看笑话吗！

这有什么笑话可看的，再好的笑话他们也看不出好来。秋凉了，一天凉似一天，我想给你买件小棉袄穿。我喊你过来，是想问问你，你喜欢什么颜色的？

一说小棉袄，红桃心里像是暖了一下，但她说：我不要。说着，扭头向门外看了一眼。

为啥不要，霜降过罢是立冬，冻着你怎么办！我给你买，你就得要，不要也得要，不许犯傻！

红桃从游聪本的话里大概听出了一种粗暴的亲切，她没有再说不要，但也没说要什么颜色的棉袄。她又向门外看了一眼，说人家都在看我们呢！

谁爱看谁看，我就是要眼气他们，眼气死他们才好呢！你老看他们干什么，你不看他们，就等于他们没看见你。你要学会忽视他们。

你的话我不明白。

不明白没关系，只要听话就行了。明天镇上逢集，我到集上卖衣服的地方等你。

镇上一逢集日，四面八方村庄里的人们都愿意到镇上集合。有人到镇上卖东西，有人到镇上买东西，还有的不卖不买，只是到镇上闲逛，赶热闹。人说农村日渐衰落，村庄成了空壳子。其实现在农村的人口基数比过去大，去掉到城里务工的青壮男人，剩余的人口还是不少。集日到镇上一看就知道了，街筒子里熙熙攘攘，摩肩接踵，市声鼎沸，人潮涌动。加上不少人都是骑着电动三轮车去赶集，每个人所占的单位面积更大，使整个街面能容身的空间更小，以致街筒子常常被堵塞，成了又黏又稠的一锅粥。尽管如此，人们还是愿意去赶集，愿意把自己变成大锅粥里面的一分子。

当然的，每逢集日，游聪本就不在门口布置牌桌了，游老庄的人也不再去游聪本那里打扑克，有事无事，他们都愿意到集镇上走一遭。红桃听了游聪本的话，收拾打扮一番，便来到了镇上。镇上卖衣服的店铺和摊位很多，红桃正不知道哪个卖衣服的地方和游聪本碰头，一抬头却在乡政府门口看见了游聪本。游聪本表扬了红桃，说桃子表现不错。

红桃说：我敢不听话吗，你那么厉害。

我厉害吗？游聪本颇有深意地笑了一下，肯定地说：我是挺厉害的。

这厉害不是那厉害，红桃知道游聪本所说的厉害指的是什么，脸上有那么一点儿不好意思。

游聪本向政府大院里指了一下，对红桃说：我原来就在这里上班。

红桃说知道。红桃还知道，游聪本在乡里当干部没有当到头，因犯了作风方面的错误，乡里就让他提前退休了。他犯的错误是什么呢？乡长的女儿暑假期间在乡政府大院练习拉手风琴，他看见乡长的女儿长得好，夜里翻窗而入，并钻进人家睡的蚊帐里，对人家欲行不轨。不料当晚蚊帐里睡的并不是乡长的女儿，而是乡长。当他压在乡长身上时，乡长骂了他狗东西，一脚就把他蹬开了。红桃嫁到游老庄，刚听说这样的事情时，对游聪本的印象不是很好，认为游聪本的手太长了，伸到了不该伸的地方。天底下的花儿多得是，不是哪一朵花儿都能采，弄不好就会抓得满手是刺。及至跟游聪本好上之后，她对游聪本的印象有所转变。自己的男人常年不在家，亏得游聪本时常跟她说说话，对她进行一些抚慰，不然的话，她的日子可怎么过，她会多么寂寞。

还有，天底下有好花儿，还得有识花儿的人。如果只有好花儿，没有识花儿的人，一朝春尽花落，好花儿就白开了。

他们一块儿来到一家招牌上写着外贸精品服装的店铺，游聪本让红桃自己挑吧，挑好了他付钱。店铺的营业面积不算大，里面却布置成了超市的样子，几排挂衣竿上挂满了衣服。随着天气转凉，店里卖的大多是毛衣、绒衣、皮衣、棉袄等冬令时装。游聪本说的是要给红桃买棉袄，红桃就在挂棉袄的挂衣竿上挑。或许因为棉袄的款式太多样了，花色太丰富了，红桃取下一件看看，放下了；又取下一件看看，又放下了。游聪本过来把她的手捏了捏，问她挑好了吗？她说没有，她都挑花眼了。游聪本随手取下一件，提在红桃眼前，说我看这件就挺好的。红桃一看，那是一件橘红色的中式棉袄，上面印着一些金色的、黑色的和绿色的图案。那些图案不是很分明，像是牡丹、莲花、桃花、杏花，又说不出是哪一种花。花瓣和花叶互相缠绕，你中有我，我中有你，使整件棉袄仿佛变成了一座花园。

眼观六路的推销员过来了，指了指旁边的落地穿衣镜，让红桃穿上试试吧。红桃犹豫了一下，还是脱掉自己的外衣，把红棉袄穿上了身。她站在穿衣镜前照照前身，照照后身，红棉袄不肥不瘦，不长不短，穿上挺合适的。还有，棉袄里套的不是笨棉花，像是丝绵，或是太空棉，穿在身上虽然很轻，保暖性能却很好，暖得红桃的脑门儿几乎出了细汗。红桃看着游聪本，意思是想再听听游聪本的看法。

游聪本称赞说：你穿上这件红棉袄美极了，简直就像刚下花轿的新娘子！

有新娘子，必有新郎官，红桃向游聪本媚了一下鼻子。

　　游聪本注意到了红桃表情丰富的鼻子，倘若在红桃家里，他会把红桃饱满的鼻头捏住，捏得红桃张开嘴，往红桃嘴里塞点儿东西。店铺毕竟不是红桃的家，游聪本所有的动作都没有出手，只是笑了一下。他为红桃的棉袄付了钱，让红桃只管把红棉袄穿着吧，别脱下来了。

　　现买现穿，是不是显得太烧包了。红桃还是把红棉袄脱了下来，让推销员替她把新衣服装进一个手提塑料袋子里。红桃对游聪本说出了她的顾虑：你给我买衣服，要是让别人知道了怎么办？

　　你傻吗？游聪本问红桃。

　　红桃被问住了，她不知道怎样区分傻与不傻，不知道自己是傻，还是不傻。

　　游聪本说：你不说，我不说，谁会知道呢？有人问起来，你说是你自己买的不就得了。

　　过了立冬是小雪，这年的第一场雪落下时，游老庄有好几个女人都穿上了红棉袄，不管是款式，还是花色，她们穿的红棉袄和红桃穿的红棉袄一模一样。白雪映红袄，如同雪地里盛开的女人花，那是很好看的。这是怎么回事呢，难道是巧合吗？不是的，人世间没有那么多的巧合，很多巧合都是人为制造出来的。游聪本悄悄跟庄里的一个号称嘴严的人透露，全庄凡是穿同样红棉袄的女人，都是跟他相好的女人，红棉袄都是他买的。透露时他对那个人交代：这个事儿你自己知道就行了，不要再跟别人说了，我知道你嘴严，我相信你能保密。跟嘴严的人如此交代时，游聪本心里明白，对于这样有着鲜艳色彩的信息，谁听到在肚子里都憋不住，都会说出去。他真正想给嘴严的人说的是：借你的嘴用一下，你想对谁说就说去吧！

嘴严的人没有辜负游聪本的期望，很快，一传十，十传百，不少人都获得了这个不错的信息。他们都在数穿红棉袄的女人，一个，两个，三个……他们一共数到了八个和红桃穿同样棉袄的女人。嘴严的人悄悄向游聪本汇报，说他一共发现了八个穿红棉袄的女人。他向游聪本表示祝贺，夸游聪本大大的厉害。

成绩是用来统计的，没有统计就显不出成绩。但是，游聪本对嘴严的人所作的统计并不是很满意，他说：你认为你数全了吗？

数全了，这几天我一个一个地数了三遍，横数竖数都是八个。怎么，我数得不准确吗？

游聪本的回答是模糊的，似乎有些深不可测，他说：你数她们干什么，无所谓。

雪过天晴，阳光照得雪地明晃晃的。这天镇上不逢集，庄子里的一些人又集中到游聪本家大门口打扑克。他们的注意力不是很集中，只要旁边走过一个穿红棉袄的女人，他们的目光就从扑克牌的画面上移开，转向盯着穿红棉袄的女人。他们心里说，这个女人被游聪本用过之后打上记号了，所打的记号就是红棉袄。看过被打过记号的女人，他们又看打记号的人游聪本。游聪本正坐在旁边的椅子上看报纸，他或许看到了什么好消息，或许也瞥见了被他打了记号的女人，反正他的眼睛和嘴角里都写满了得意。一群鸡在庄街上跑，如果不在自家的小鸡身上涂上一些红颜色，哪里分得清是自己家的小鸡还是别人家的小鸡呢！一群鸭子在水塘里游，如果不给自家的鸭子翅膀上拴上红布条，哪里能保证鸭子晚上回家下蛋呢！同样的道理，你说庄子里有不少女人跟你相好，口说无凭，谁会相信你的话呢！现在好了，在那些傻女人互相不知情的情况下，他一个二个分别给他们套上了红棉袄，等于给她们打上了红色的标记，她们再也跑不掉了。游聪本的得意之处在于，自从盘古开天地，三皇五帝到如今，谁的本事大，谁搞的女人就多。而像他这样，把他搞过的女人一一标记出来，让别人知道，恐怕是一个前所未有的发明创造吧！

游老庄的人惊奇之余，对游聪本的所作所为看法并不是很一致。有人认为，游聪本确实有本事，有艳福，对游聪本很是羡慕，甚至嫉妒。也有人认为，游聪本道德败坏，坏到家了，游老庄祖祖辈辈多少代，都没出过像游聪本这么坏的坏家伙。不管看法如何，他们都有不明白的地方。过去说万恶淫为首，谁要是偷了别人家的女人或男人，那是很丑很丢人的事，掖着藏着唯恐不及。现在却成了一件可以骄傲、可以炫耀的资本，这是怎么了？人的良心到哪里去了呢？真的可以不要脸面了吗？

这里人打扑克，把最大的牌说成是大鬼，把第二大的牌说成是小鬼。从画面上看，大鬼小鬼都是鬼头鬼脑，的确不是人的样子，是传说中鬼的样子。一个人抓到了一张小鬼，正要高兴，见红桃走了过来。红桃上身发红，穿的正是那件红棉袄。他把红桃喊住了，说红桃，你穿的这件红棉袄真漂亮！你在哪儿买的？

在集上。

是你自己买的吗？

不是我自己买的，难道是你给我买的吗！

抓到小鬼的人笑了，笑得有些不自然，说：我倒是想给你买呢，我怕你不要。你要不要？你要是要，我明天就去给你买，你想要什么样的衣服我都可以给你买。

那些打牌和看打牌的人都盯着红桃，像是看红桃怎样"出牌"。游聪本也不看报纸上的黑字了，看着被推到风口浪尖的红桃，想听听红桃怎样回答。

红桃的回答是：八竿子打不着，我干吗让你给我买衣服！

八竿子打不着，我就打九竿子，你看怎么样？

别说打九竿子，打一百竿子也轮不到你。你算老几！

这地方说一个人算老几，意思是说你什么都不算，带有贬低人和羞辱人的意思。抓到小鬼的人恼了，把手中抓到的牌，连小鬼，一下子摔在牌桌上了，指着红桃说：你你你，你是个猴子，人家给你穿上了人穿的衣服，是拿你耍着玩呢，你的尾巴还在外边露着呢……

别说了！游聪本打断了抓到小鬼的人的话，要大家安静，安静，他要念一段报纸给大家听。他念的是一篇关于提倡乡贤文化的评论，念过一段后，他向众人发出提问：知道不知道什么是乡贤？

那些人你看我，我看你，无人回答游聪本提出的问题。

游聪本解释说：乡贤文化是乡村的传统文化，乡贤都是有文化、有威望的贤达之人，代表着乡村的思想高地和道德高地。解释完了，游聪本接着问：你们说我是不是咱们游老庄的乡贤？

这次有人出了回答，说那是的，你要不是乡贤，游老庄就没有乡贤了。

许多重要的信息一般都是男人先得到。既然男人能得到，女人随后也会得到。得到信息后，那些穿红棉袄的女人稍稍有些气恼，都把红棉袄脱了下来。红棉袄脱下后，不知红桃她们是怎么处理的。反正在过春节期间，游老庄连一个穿红棉袄的女人都没有。

明暗关系

　　哑炮不哑，燕书君在井下处理哑炮时，一不小心，把崩煤时装聋作哑的家伙给惹恼了。那性情暴烈的家伙不鸣则已，一鸣惊人，它大叫一声，同时闪过一道强光，即把燕书君掀翻在地。燕书君的脑袋重重地磕在支护顶板的柱子上，顿时昏迷过去。等燕书君醒来，他已在矿上医院的病床上躺了两天。幸运的是，这次受伤，燕书君没有断胳膊折腿，没有少鼻子少耳朵，身上的全部零件完好无缺。他不但没失去什么，脸上还多出一些东西，那是一些没清洗干净的煤分子嵌在皮肤里了。这样一来，燕书君的脸变得有些发黑，还有些发蓝，像是罩了一层深色的面纱，又像是传说中的水浒人物"青面兽"。这没什么，挖煤人整天在煤窝里滚爬，谁身上能不留一点煤的标记呢！

　　燕书君的不幸是随后慢慢显现出来的。他觉得自己的眼睛一闪一闪，像是打雷时打闪一样。他以为闭上眼睛就不会打闪了，不料合上眼皮打闪打得更厉害。那些闪支里八叉，奇形怪状，每一闪都有着爆炸般的效果。他找医生看过，医生的诊断不是确定，是可能，说可能是他的眼底神经受伤了，前景不容乐观。医生给他开了一些眼药水，让他点点试试吧。燕书君把透明的眼药水点了一瓶又一瓶，他的眼睛不再打闪，眼泪却下来了。你道怎的，他的双目渐渐失去光明，陷入了无边无际的黑暗状态。

这事儿有点儿麻烦。天有白天，也有夜晚；有光明，也有黑暗。以前的每一天，燕书君在黑暗的夜晚睡上一觉，第二天一醒，立刻光明满天。目前他只有夜晚，没有了白天。燕书君在井下挖煤时，煤是黑的，井下到处都是黑的，黑得实充实填，比整块大煤都黑。而不管井下有多黑，井口却是黑暗与光明的分界线，只要他一下班，一从井口出来，普照世界的阳光就扑在了他的脸上。哪怕有时没有阳光，是下雪天，但漫天大雪带给他的也是一种光明感。现在不行了，虽说他出事故之后再也没下过井，视觉生活却像是仍留在井下，永远留在了井下。面对光明的闸门被闸死，燕书君倒没有显得很焦虑，没有出现半路失明的人一般都要经历的狂躁期，只是变得有些沉默。他常常坐在一处发愣，走神儿，像是回忆以前阳光灿烂的日子，又像是在沉思。

在此之前，他上有身体不错的母亲，下有欢蹦乱跳的儿子，中有知冷知热的妻子，一家四口过的是其乐融融的生活。他双目失明后，过了一段时间，妻子见他复明无望，便离他而去。他能够理解妻子的心情，不但没有阻拦妻子，还故作轻松地说：谁不向往光明呢，你就投奔光明去吧。他还对妻子说：真想再好好看看你，可惜呀，你在明处，我在暗处，我再也看不到你了。

妻子说：看不见也好，眼不见，心不烦。

让燕书君没有完全失望的是，妻子走了，没有把儿子也带走。母亲舍不得孙子，不吃不喝，要死要活，哭得像泪人一样。在这种情况下，妻子总算把唯一的儿子给他留了下来。

燕书君的日子变成了黑日子，不等于没有了日子。他才三十多岁，前面的日子还有不少，他还得摸索着往前过。凭着好眼好睛时留下的记忆，他以耳朵、双脚和手指头代替眼睛，在屋里仍可以活动，不会把厕所当厨房，也不会把厨房当厕所。除了在屋里活动，有时他还主动替母亲到幼儿园接儿子。燕书君知道，别的盲人出门时都会带一根棍子，以棍子敲敲点点探路，也以棍子标示自己是一个盲人。燕书君出门时没有带棍子，他不想让明眼人注意他，也不想让别人同情他、照顾他。问题是，他去幼儿园里一接到儿子，就把儿子的手腕子紧紧抓在手里，再也不愿意松开。儿子在幼儿园里上中班，正是踢死蛤蟆追死兔的年龄，哪里愿意接受爸爸的控制，跟着爸爸慢慢走，他的手腕子在爸爸手里又拧又挣，急于摆脱爸爸的控制。儿子越挣，燕书君把儿子细细的手腕子攥得越紧，他说哎哎，别挣，路上有汽车，别让汽车碰着你！他的手掌仿佛就是他的视野，他不能让宝贝儿子脱离他的"视野"。儿子突然喊起了奶奶，喊着喊着就哭起来。

别哭别哭，奶奶来了。原来奶奶对燕书君去接孩子并不放心，燕书君前边走，她在后边悄悄跟着，孙子一扭脸看见了她，就哭了。奶奶赶紧把孙子从燕书君手里接过，吵燕书君说：你看你，把孩子的手腕子都攥红了，你使那么大劲攥孩子干什么！

燕书君呆呆地站着，无话可说，像一个做了错事的孩子一样。他听见一个老太太在叫卖牛奶，听见小孩子们在追逐嬉戏，还听见有女人小声指出他是瞎子。燕书君不想承认都不行，他现在的确是一个无用的人，一个弱者，不示弱也得示弱。

不能下井挖煤的燕书君，收入一下子减少许多，他每月所领取的工资，除去儿子的托儿费，剩下的钱连维持日常生活都不够。母亲外出捡废品去了，矿泉水瓶子、易拉罐听子、废纸、旧衣服、钢筋头子等，什么都往家里捡。母亲捡回了什么，燕书君一听就知道，他从来不问母亲。要是问了母亲，他心里会不好受。不问母亲呢，他心里更难受。他父亲也是一位矿工，父亲是死于一场井下瓦斯爆炸。父亲死时才三十多岁，母亲也是三十多岁。母亲守寡把他和弟弟拉扯大，并帮他和弟弟成了家。母亲年纪大了，他本该好好孝敬母亲，让母亲安度晚年。他的眼睛出了这样的事，不但不能在母亲面前尽孝心，反而成了母亲的累赘，真是无奈啊！燕书君以前是喝酒的，每次从井下出来，妻子都会让他喝上二两。现在他一滴酒都不喝了。燕书君以前是抽烟的，每天抽一包都不够。现在他一颗烟都不抽了。燕书君连饭都尽量少吃，能吃两个馒头只吃一个，能吃一碗米饭只吃半碗。母亲看出了他在克扣自己，对他说：该吃你只管吃，该喝你只管喝，眼睛不行了，还有你妈呢，你怕什么！只要你妈活一天，妈就不会让你饿着。

过节时，弟弟和弟媳来看望母亲，带来了不少好吃的东西，还给大哥的儿子买了电动孙悟空。一开电门，孙悟空把金箍棒耍得呼呼的，两只火眼金睛噌噌闪光，可把小家伙高兴坏了。弟弟没在矿上下井，在城里一家宾馆当厨师。弟媳的能耐更大一些，在城里的晚报社当记者。他们说了一会儿话，弟媳对燕书君说：哥，你前面的路还很长，需要花钱的地方还很多，你这样成天在家里坐着坐吃山空不行，得想办法自力更生才是。

燕书君说，力气他是有，他也想自力更生，怎么更呢？

你只要有更的愿望，就会有办法。我建议你去做盲人按摩，对于盲人开按摩店，国家有免税政策，挣的钱都是你自己的。

燕书君以前只会挖煤，挖起煤来堪称一把好手。按摩的事他听说过，却从来没有想过，不知按摩怎么按。

弟媳大概看出了他的疑虑，说当然了，按摩不是按住猪杀猪，不是有把子力气就能按，按摩是一项技术活儿，得去专门的培训班学习。你只要想学，去培训班的事我帮你联系。学习的费用你也不用发愁，我替你出。

听弟媳把话说到这个份儿上，燕书君还有什么可说的呢！他"看着"弟媳，说不出话来。他没有妹妹，弟媳也是弟妹啊！

弟弟说话了：学按摩好是好，煤矿在山沟里，地方这么小，人这么少，哪里有多少人按摩呢！

弟媳说：我看你的眼界还不如矿井下一只老鼠的眼界开阔呢！要开按摩店，当然在城里开。到时候我想办法。

通过两个月学习，一个月实习，燕书君掌握了全套人体按摩技术。弟媳兑现承诺，在城里帮他租下一间别人废弃的车库，略事装修，在门楣上方挂了一块"书君按摩"的牌子，宣告按摩店正式开张。

燕书君生活道路的转变，可以借用两句现成的诗来概括，那就是："山穷水复疑无路，柳暗花明又一村。"是呀，燕书君双目失明后，以为留给他的只有穷途末路，他别无选择。而按摩生活使他的人生有了新的方向，精神有了新的寄托，收入也有了新的来源，按摩店可不是"又一村"嘛！在"又一村"里，他的精神重新振奋起来，一如当年在井下挖煤一样。不过按摩和挖煤还是有所区别。挖煤时，他使用的是铁，是火，采取的手段是炸，是伐，一挖就是一大块。按摩时，他什么工具都不使，只用手在按摩对象身上按来按去，摩来摩去。不管是按到胳膊，还是按到腿，他都是拿拿又放下了，拿拿又放下了，哪一块都不能与煤炭同等对待。加之到他店里来按摩的多是一些女性，他对每一位女性都满怀敬畏之心，按得认真谨慎，摩得恰到好处，不敢有半点差池。

也许因为燕书君的按摩店是一家新店，去店里按摩的人并不多，有时一整天才有一两个顾客光顾。而所去的顾客当中，大多数是弟媳通过自己的人脉关系介绍过来的。弟媳或是把按摩店的地址和燕书君的电话告给别人，让人家自己来，或是亲自把人家领到店里做按摩。别看弟媳介绍一个又一个人来做按摩，她自己却连一次按摩都不做。大伯子和弟媳授受不亲，他们共同恪守着这样的传统文化。

春天来了，这天门外沙沙啦啦下起了小雨。燕书君戴着墨镜，穿着医院大夫才穿的白大褂，坐在一张高脚方凳上，在等待顾客上门。店里有沙发，燕书君不坐沙发，只挺直上身坐方凳。沙发是给顾客预备的，他不能随便坐。春雨的气息扑进屋里来了，一波又一波，屋里变得有些湿润。燕书君从春雨的气息里嗅到了泥土的气味，还闻到了月季花的香味。他听弟媳说过，按摩店门口一侧有一个小花园，花园里种的是月季。春天里来百花开，燕书君眼睛明亮时很喜欢看月季花。月季在冬天经过了风，经过了霜，经过了雪，经过了冰，一直在攒劲。到了春天，月季才暴发似的开放了，一开就是一簇，一簇花朵有七八头，或十多头。定是攒足了劲的缘故，月季的第一茬花开得格外大，也格外鲜艳。在燕书君的记忆里，月季花的花色主要是红色，有大红、紫红、粉红，还有嫣红、殷红和绒红，每一种红都光彩灼灼，让人看不够。世界上老也看不够的都有些什么呢？燕书君想了想，有了自己的答案，那就是，让人一辈子都看不够的东西有两种，一种是月亮，再一种就是花朵。让燕书君感到遗憾的是，这两种东西他再也看不到了。

春天思人，雨天思人。燕书君等不到顾客，难免想起已离他而去的妻子明祥群。也是一个下雨天，他和妻子在家里做游戏，游戏的办法是头抵头，脸碰脸，瞪大眼睛互相看。结果是，他们看到对方的眼睛都由两只眼变成了一只眼，而且眼睛大得像牛眼睛一样，挺好玩的。还有一次，妻子闭上眼睛装瞎子，在卧室里伸着手摸他。妻子调皮，不把眼睛闭紧，老是留一点儿缝偷偷看他，不管他藏到哪里，妻子很快就能找到他。妻子说：我要是真的变成一个瞎子，你还要我吗？他说：那怎么可能！我有可能，你没可能。我就是瞎一百回，也舍不得让你变成瞎子啊！万万没有想到，因为一次意外事故，他真的变成了一个瞎子。明祥群的父亲也是一位矿工，他和明祥群从小就在一起玩。不管是上矿小，还是上矿中，他俩都在一个学校读书。长大后他下井挖煤，明祥群在灯房里给挖煤的人发矿灯。矿灯被写诗的人比喻成矿工的眼睛，明祥群每天发矿灯，等于给矿工发眼睛。燕书君下井挖煤时，不知明祥群给他发过多少回眼睛。自从他的眼睛出了问题，明祥群再也不用给他发眼睛了。听弟媳说过，明祥群跟他离婚后，不在矿灯房干了，一个人调到了市里。至于明祥群调到市里干什么工作？又嫁人没有？生活得如何？他就不知道了。一日夫妻百日恩，百日夫妻万日恩，他和明祥群做了八九年夫妻，每天都把恩乘上一百，算起来不知有多少恩呢！

雨比刚才下得大了一些，燕书君听见，地上已变得湿漉漉的，房檐也开始滴水。他听得出来，天上的雨点落在湿地上，与屋檐滴水滴在地上，有一些细微的区别。区别在于小珠和大珠，从天上直接落地的小珠声音细碎一些，而在房檐上形成的大珠，由于聚积了足够的分量，落地时发出的声响就大一些。以前，燕书君不太注意倾听，没发现这些区别。双目失明后，他充分发挥了耳朵的功能，听觉才变得格外灵敏，捕捉力和分辨率才变得格外强。

燕书君突然直头静耳，面向门外，脸上露出职业化的欢迎表情。他听见门外传来了脚步声，有人正踏着雨水向店里走来。一上午都快要过去了，他总算等来了今天的第一位客人。然而，脚步声慢了下来，像是有些迟疑。迟疑之后，来人没有收伞进屋，而是在门口停了下来。下雨天屋里有些暗，来人大概是在观察屋里的情况吧。燕书君适时站了起来，并打开了屋里的灯，对来人说：您是来做保健按摩的吧，请进来吧！遂做了一个有请的手势。

来人没有进屋，也没有说话，只有雨点儿和屋檐滴水打在张圆绷紧的伞面子上发出的声音，雨点儿打在伞面上是麻麻达达，屋檐滴水打在伞面上是砰砰登登。

半天才等来一位顾客，燕书君一心要把顾客留住，他热情地说：您是第一次来吧，第一次总是最难忘，您尝试一下吧，包您满意！

听到燕书君的热情邀请，站在门口的人仍没有进屋，仍不说话。来人不但没做出任何回应，反而转过身，走掉了。来人离开时，外面刮起了一阵风，使一些雨点溅在了燕书君的脸上和身上，他感到了丝丝凉意。

这人真是个怪人，连一句话都不说，难道是一个哑巴！燕书君想起来了，来人一定是她，他的前妻明祥群。明祥群的父母还在矿上，她会经常回到矿上去，会听说他在城里开了按摩店。还有，按摩店的招牌上写的是"书君按摩"的字样，明祥群只要从店门前路过，就会看到他的名字。明祥群知道了他在这里，趁着他看不见明祥群，就来不声不响地看看他。当断定是明祥群时，他心里忽地明了一下，像打开了一扇窗一样。他有些激动，激动得手微微有些发抖。他用左手攥了一下右手，又用右手攥了一下左手，像是自己在给自己做按摩。

母亲到按摩店来过，给燕书君带来了一袋子自己蒸的馒头，还带来一罐子自己腌的咸菜。母亲除了每天去幼儿园接送孙子，仍然坚持到处捡废品卖钱。孙子已从幼儿园的中班升到了大班，这天是星期天，母亲把孙子也带来了。孙子低着头，手里正在抠弄一件塑料玩具，玩具可以变成一尊变形金刚，也可以变成一辆小汽车。母亲对孙子说：别玩了，跟你爸爸说说话，你爸爸可想你了。

孙子不说话，只用手跟他手里的玩具说话。

母亲又对燕书君说：好好攒钱吧，留着将来给你儿子娶媳妇。

小家伙这才说话了，他说：我不要媳妇，我要小汽车！

你手里玩的不是小汽车吗？

不，我要里边能坐人的小汽车，我要开着小汽车去找我妈！

春天往深里走，空中飘起了柳絮。燕书君觉出来了，有一些柳絮随着流动的空气飘进了屋里。他想试试，能不能把飘浮的柳絮抓在手里，他抓了一下，没抓住，又抓了一下，还是没抓住。他想起一个词叫思绪，思绪如柳絮，都很难抓到。

这天晚上，弟媳来了，弟媳又给燕书君领来了一位顾客。弟媳介绍说：这位女士是聋哑人，她只会写字，不会说话，别人说话她也听不见。你给她做按摩的时候，只管做你的，不用跟她说话。

燕书君点点头，说知道了。

弟媳又交代说：这位女士比较敏感，比较怕疼，你在做按摩

248

的时候最好轻柔一些，手的力度不要那么大。

好，我记住了。

大概为了活跃气氛，弟媳还跟燕书君说了一句笑话，说哥，你以前在井下挖煤挖惯了，可不要把我这个姐们儿当煤挖。

燕书君没让弟媳说的笑话掉在地上，他笑了一下。他笑得有些勉强，也有些严肃，笑神经好像遇到了什么障碍。

覆有海绵和白布单的按摩台是一个窄条，比一张单人床还要窄许多，只能容一人躺身。女士在按摩台上仰面躺下后，按照按摩程序，燕书君先为女士按摩头部。燕书君在按摩台一头的方凳上坐稳，伸出双手，像是练太极一样运了一下气，先把女士的头扶正。而后，他把女士的长发轻轻地往后整理了几下，露出女士光光的额头，开始为女士按摩印堂穴、太阳穴和耳朵。按照弟媳的嘱咐，他按得小心翼翼，轻了又轻，柔了又柔，生怕女士有什么不适。耳朵上的穴位也不少，燕书君在为女士按摩耳朵时，觉出女士的肌肉有些紧绷，不够放松。他刚要提醒女士不要紧张，尽量放松，想到女士是个聋哑人，口张到一半又闭上了。他觉得自己的喉咙干得很，而且有些痒痒，像粘了柳絮一样，很想喝口水压一压。他平日里没有喝茶的习惯，也很少喝水。为的是避免在按摩过程中去厕所，中断按摩的连贯性。如果这会儿丢下女士去喝水，按摩的连续性也会中断，不但显得对女士不够礼貌，也会影响按摩的效果。可是，他的喉咙干得越来越厉害了，像是因渴而干，又像是因干而渴，又不完全是，而是别的说不分明的原因。以前他给别的顾客做按摩，从没出现过这样的情况，今天这是怎么了！不能去喝水怎么办呢？他只能闭紧嘴巴，一上一下往下做吞咽动作。他嘴里没什么可咽的，连口水都没有。没什么可咽的他也得咽，咽得他的喉结一次一次上提，又一次一次下压。他通过这样的办法在压制自己，以压制咳嗽，或别的什么东西。

弟媳没有走，坐在旁边的沙发上看手机。看到可笑的地方，她就笑一下。她的笑是无声的，好像她也变成了一位聋哑人。门外传来斑鸠的叫声，还有布谷鸟的叫声。弟媳毕竟不是聋哑人，这时来了一个电话，她一看是熟人，就接了。她跟熟人逗了一会儿嘴，说别逗了，我就是一个无事忙，我连自己还劝不好呢，哪里会劝人。说了不会劝人，她说：我劝你替别人想想，往远处想想，也许就想开了。要是老盯着自己的脚尖，路就会越走越窄。对，对的，你先不要跟他提复婚的事，先给他写一封信，回忆一下往事。记着，不要在手机上发短信，要在纸上写长信。等他给你回了信，你就可以看出他到底有没有耐心和诚意，到那时再作道理。

燕书君为女士按摩了完了头部，接下来该为女士按摩胳膊了。按摩胳膊的办法，是按摩者握住被按摩者的手，把被按摩者的胳膊抻一抻，抖一抖。抻过抖过之后，按摩者还要在被按摩者的十根手指头上做些文章，逐一把每根手指的骨节拽得叭地一响。当燕书君握住女士的手，还没有抖动女士的胳膊时，却觉出女士的手梢儿微微有些发抖。女士的抖传导到他手上，他觉得自己的手似乎也在发抖。两手相接，一时间，他分不清是女士的手在抖，还是自己的手在抖。人的一些神经末梢儿集中在手上，人管不住自己的神经，就管不住自己的手发抖。没办法，燕书君在抖动女士的胳膊时，只好抖动得幅度大一些，以胳膊的大抖掩盖一下手指的小抖。这一招立即见效，人为的大抖对自发的小抖确实起到了镇定作用。然而，镇定只是暂时的，作为按摩手段的抖动之后，手指由内而外的颤抖再度出现。如一阵风刮过树梢儿，风停了，树叶的颤抖仍在继续。而且，不只是"树叶"在抖，仿佛整个"树身"都在抖，连空气似乎也随之颤抖起来。燕书君有些生自己的气，气得直想抽自己一个嘴巴子。他以前不知给多少女士按摩过，都按得镇定自若，很好地发挥了专业化水准。今天这是怎么了，自己怎么就这么不争气呢！

这时，弟媳又接了一个电话，接完电话后，她对燕书君说：哥，我出去办点儿事，我这位朋友就交给你了，你一定要好好为她服务。别看我这位朋友不会说话，她心里什么都明白。

弟媳欲走，那位女士对她摇了摇手。

弟媳看见了女士对她摇手，她大概是一时糊涂，忘记了女士是一位聋哑人，竟然对聋哑人说：没事儿，你只管放心享受你的，我一会儿就回来。她又对燕书君说：哥，这位女士的按摩费我来付。

燕书君没有说话，矿井，哑炮，闪光；母亲，妻子，儿子；弟弟，弟妹，按摩；春风，春雨，春夜，他走神儿好像走远了。

女士再次对弟媳摇手，摇着手从按摩台上坐起来了，并下来了。她拿过自己的背包，从包里拿出自己带的矿泉水，喝了几口。她大概和燕书君一样，也觉得咽干，口渴。喝了水，她从钱包里拿出按摩所需的费用，递给燕书君的弟媳，让弟媳付给燕书君。

弟媳说算了，算了，说好的我来付。

燕书君已回过神儿来，他说话了，说得郑重而严肃，他说：这位女士的钱不能收，坚决不能收！一是我今天发挥得不好，二是按摩没有完成。要是这样按摩就收钱，这个按摩店就没法儿开了。

牛

　　或许是因为雅文化比较深厚，这地方的人们说话有些碍口，不愿把话说得太直白。像公和母这样的字眼，他们似乎都有所回避。例如，他们不把公羊说成公羊，说成骚胡；也不把母羊直呼母羊，说是水羊。同样的，他们不把公牛说成公牛，说成牤牛，老犍（阉割过的公牛）；也不把母牛叫母牛，而是叫受牛。是的，这种叫法地域性极强，在字典上是查不到的。从发音的音准和字义上判断，它不会是瘦牛，或是兽牛，只能是受牛。受是接受的受，也是受苦受累受难的受，以受字为母牛冠名，与母牛的性格和命运是接近的。

　　这天傍晚，太阳在西边的麦田上方变成一张大红脸时，胡启东牵着一头受牛，走进自家的院子。他中午在外头喝了酒，从日当午喝到日偏西，一张脸这会儿还是红的。他本是虾红脸，不喝酒脸膛就是红的，一喝酒红得更透彻，恐怕跟西边的太阳差不多。胡启东手上牵着的受牛，是他新买的。牛不像狗，狗认生，牛不认生；狗眼里有主家，牛眼里没有主家。牛的主家就是一根绳子，谁想牵它走，只给它一根绳子就够了。别看胡启东长的是两条腿，牛长的是四条腿，牛踢踏踢踏，跟胡启东的步调似乎是一个节奏。胡启东家院子里有一棵楝树，胡启东把牵回来的牛拴在楝树上。楝树花的盛期即将结束，淡紫色细碎的花糜撒了一地。楝花甜丝丝的余香还有一些，像是在散发着最后的能量。当胡启东把牛在碗口粗的树干上拴牢时，牛把院子看了一下。它虽然看出院子有些陌生，但一句话都没说，就把头低下了。牛随遇而安，适应新环境的能力总是很强。

胡启东的老婆颜长妮，正在灶屋里烧火做饭，胡启东对老婆说：哎，我回来了！他跟老婆说话时，既不称名，也不道姓，都是叫哎。

老婆说：你不在外头接着喝，不把你的肠子也喝红，还回来干啥呢？老婆说着，又往灶膛里续了一把柴。如今好多农户都不烧柴了，改成烧煤，或烧液化气。而颜长妮还一直在烧柴火。她并不认为烧柴火做出来的饭就香一些，而是觉得烧柴火省钱。现在麦秸、玉米秆、稻草、树枝等扔得到处都是，柴火天，柴火地，干吗不用来烧锅呢！

胡启东说：我要是不回来，你又该想我想得睡不着觉了。

谁想你，没人稀罕你！睡不着觉，我是怕黄鼠狼偷吃扁嘴子。颜长妮见锅里的水烧开了，站起来，绕到锅台后面，掀开锅盖，往锅里下提前搅好的麦面面糊。胡启东每次从外面喝完酒回来，颜长妮总是会给他做两碗麦面面汤，也叫麦面糊涂，为他补肚子。酒是带有刺激性的辣水子，辣水子灌多了，胡启东的肠子肚子都不舒服。两碗糊涂喝下去，仿佛从内部把被酒侵蚀过的"墙皮"修复一下，胡启东就舒服了。

胡启东在锅灶门口的小凳子上坐下来，接替老婆往灶膛里续柴火。他知道，往锅里下面糊的时候，正是需要加大火力的时候，所以不等老婆支使他，他自己就把火加上了。这表明，他们两口子的合作是默契的。面汤滚起来后，颜长妮又在滚头上打了一个鸡蛋穗儿，等于增加一些营养。鸡蛋是自家养的柴鸡下的，打出的鸡蛋穗儿浮在白面汤上金黄金黄，像是盛开的菊花。

胡启东闻到了鸡蛋穗儿的香味，说：要说过日子，还是我老婆最可靠，别人都是露水。

什么露水？谁是露水？颜长妮问。

胡启东意识到自己身上的酒劲儿可能还没有完全消下去，说漏了嘴，也问什么露水？我说露水了吗？

我是聋子，我是傻子！

噢，我是说麦穗儿上的露水珠子见不得太阳，一见太阳就完蛋了。

胡启东，你就胡编吧你！不趟露水不湿脚，谁湿了你的脚，别当我不知道！

颜长妮到院子里用毛巾清除落在身上的柴火灰，一抬眼看见了拴在楝树上的那头牛。牛不是猪和羊，也不是鸡鸭鹅，牛的体量大，比较占地方。颜长妮的样子有些惊奇，问：这是谁家的牛，怎么拴到咱家里来了？

胡启东也从灶屋里出来了，说：我只顾帮你烧锅了，还没顾上跟你汇报，这头牛是我今天上午从集上买的。便宜，才花了八百多块钱。

现在不用牛犁地了，也不用牛耙地了，你买它干什么！

话不能这么说，猪从来不会拉犁拉耙，什么活儿都不会帮人干，你怎么买猪呢！

牛怎么能跟猪比呢，把猪喂肥了，过年时可以杀掉吃肉。

对呀，猪可以杀掉吃肉，牛也可以杀掉吃肉。咱们吃的咸牛肉从哪里来的，还不是从牛身上取下来的。牛出肉还多呢，一头牛出的肉，至少比得上三头肥猪。你要是嫌肉多吃不完，咱把牛喂上一年，牵到集上卖钱也可以。别看我买它时才花了不到一千块钱，到明年这个时候，恐怕能卖两千块钱都不止。再说了，养牛比养猪的成本低得多，猪还得吃粮食，牛主要有草吃就行了。

你说得轻巧，牛的肚子那么大，吃得多，拉得多，不是那么好伺候的。你把牛买回来就不管了，就打你自己的牛圈去了，一天到晚还不都是我的事儿。我看你哪里是拴牛呢，是拴我呢！

胡启东想说，我没有拴你，人不拴人人自拴。但他没有说出口，只笑了一下。

两只家燕在牛的上方作停顿性飞翔，还啾啾叫着，像是对牛的到来表示欣赏，也表示欢迎。颜长妮走到牛跟前，把牛看了看。牛有些害羞似的，没敢跟新的女主人说话。太阳已经落下去了，西边的天上升起一些晚霞。霞光映在牛身上，使黄牛身上有些发红，像披了一身锦缎。颜长妮看出来了，这头牛是一头受牛。受牛的年龄还不大，如果拿人作比，年龄大概相当于一个初长成的闺女。颜长妮有一个闺女，在县城的学校读高中，一个月才回家一次。她还有一个儿子，在省城读大学，一个学期才回家一次。丈夫胡启东在村里当村委会主任，在外边跑的时候比在家待的时候多。现在成天守在家里的，只有她一个。当然了，家里还有一头猪，一只羊，三只鸡，两只扁嘴子和一只大白鹅，现在又添了一头牛。颜长妮伸出一只手，把牛的头顶摸了摸。牛的头顶平平的，该长犄角的地方还没有一点儿动静。受牛都是这样，它们不跟别的牛斗，也不跟别的牛争，不急于长犄角。以后就算长出了犄角，犄角也比较小，一般不把犄角当武器使用。颜长妮把手拿开时，牛的鼻子却凑了过来，要把女主人的手蹭一蹭、闻一闻。在社交礼仪方面，牛没有手，也不会握手，只能使用鼻子。牛凑上鼻子，表达的大约也是握手的意思，仿佛在说：你好你好，我愿意接受你的领导，请多多关照！颜长妮领会了牛的意思，她把牛的鼻头轻轻拍了拍。牛的鼻头厚厚的，滑滑的，还有些湿润。牛的鼻翅子已被贯通，并戴上了牛鼻圈。牛鼻圈是用黄铜制成的，像是一件老牛传下来的老物件。牛就是这样，当牛犊子时，可以到处乱跑，可劲撒欢。长到半大，头上就戴上了夹板子，拴上了绳子。长得再大点，就扎穿鼻翅子，戴上金属或竹子做成的鼻圈。所谓牵牛要牵牛鼻子，就是从这里来的。在远古时代，牛的鼻子不会是这样，都是人类为了驯服牛，控制牛，牵其一点，不及其余，久而久之，牛的鼻子才变得如此肥厚，如此坚韧，如此夸张。

牛整夜拴在露天地里是不行的，露水把牛打湿，牛是会生病的。若是牛生了病，又要牵到兽医站去诊治，又要打针，又要灌药水子，那是很麻烦的，也是很费钱的。颜长妮家没有牛棚，只有一间存放电动三轮车的车棚子。颜长妮把牛从楝树上解下来，牵到车棚里，临时拴在三轮车的车把上。尽管买牛的事丈夫事前没有跟她商量，她对牛还算客气，抱歉似的跟牛说话，让牛先在车棚里凑合着，过几天再想办法，看能不能单独为牛搭一间屋。

第二天一大早，麻雀子刚在院子里的石榴上细叫，天还没有亮，胡启东就拿上手机出门去了。麦子大面积成熟，遍地都是金黄的色彩。从外地开过来的名叫谷神的大型联合收割机，一辆又一辆排列在国道边，发动机隆隆调试着，随时准备开进麦田里开始收割。因前天刚下过一场雨，地里软得还开不进机器，麦穗儿也有些湿，只能等太阳出来，把地晒得硬一些，把麦穗儿晒得干一些，收麦之战才会打响。别看一年一度的收麦战役还没有正式打响，但气氛已经有些紧张。胡启东作为全村收麦战斗的总指挥，也紧张得有些睡不着觉。现在收麦是以机器代替人工，一切都简化了，胡启东有什么可紧张的呢？他的紧张不是来自收麦过程当中，不是担心能否颗粒归仓，而是收麦之后的麦秸、麦茬禁烧和防火。往年一到收麦季节，这里的农民都会放一把火，把收割机留下的碎麦秸和尺把深的麦茬烧掉，以致白天浓烟滚滚，遮天蔽日；夜晚火光冲天，如火烧连营，空气质量遭到极大破坏。为了改变这种状况，上级层层下达文件，严令禁止再烧麦茬和麦秸。乡干部和各村的干部都签了责任状，一旦发现哪个村有违犯禁烧令的情况，那个村的干部就会受到严厉处罚，不但处罚，还有可能被撤职。而如果没发现烧麦茬和麦秸的情况呢，村干部就会得到奖励。胡启东当然愿意得奖，不愿意受罚，他一早就出去落实禁烧事项去了。

颜长妮也不睡了，到院子里喂鸡喂鸭喂鹅。现在粮食不缺了，家禽的生活质量也大大提高。她给鸡喂的是小麦，给鸭和鹅喂的是玉米。鸡在院子里散养着，鸭和鹅集中养在一个圈里。她端着半瓢玉红色的玉米粒去圈里喂鸭和鹅时，看见圈角的窝里新下有两个蛋，大的是鹅蛋，小的是鸭蛋。鹅蛋是玉白色，鸭蛋有些发青。大概因为鹅脚和鸭脚都和自己的蛋接触过，两种蛋上都沾有一些黑泥。沾了黑泥的鹅蛋和鸭蛋不但不显得脏污，在黑泥的对比下，反而显得更加晶莹，更加干净。颜长妮把两只新蛋拣了起来。她拣蛋时，那只大白鹅在她身后伸长脖颈啊啊叫着，像是不想让女主人拣走它的蛋，又仿佛代表两只鸭子在说：我们都饿了，你不说先喂我们，就知道拣我们的蛋。我们下的蛋就是我们的孩子，我们抱孩子还没抱够呢，你拣走它们干什么！两只鸭子也打竹板似的呱嗒着嘴，像是在附和鹅的意见。颜长妮听出了鹅和鸭对她的不满，她这才把玉米粒倒进地上放着的一只瓦盆里去了。鹅和鸭得到吃的，就不再管什么孩子不孩子，以嘴作铲大吃起来。

猪和羊也都是吃货，都在以不同的发音方式向颜长妮要吃的。唯一没有发出声音的是那头牛，牛或许还不饿，或许还有些羞怯，不好意思叫出声来。不管它饿还是不饿，叫唤还是不叫唤，颜长妮都得等她和丈夫吃过早饭之后，才能喂它，或是牵到河坡的草地里放它。颜长妮把那头牛看了一眼，见牛卧在车棚子里的地上，眼皮微微塌蒙着，好像还没睡醒。牛怎么有些眼熟呢？是不是在什么地方见过呢？她定睛再看，再看，并走到牛旁边，用一只脚把牛的前蹄子踢了踢，才把牛想起来了。提醒颜长妮记忆的是牛的一只前蹄子，蹄子上边的毛是沙白色。一头黄牛四只蹄，其他三只上边的毛都是黄色，只有一只右前蹄毛色不同些。昨晚她往车棚子里拴牛时，因天色晚了，她没能注意到这头牛与别的牛不同的区别性标记，这时她才把标记看清楚了，同时也知道了牛的来历。好比昨晚的暮色是一块红盖头，牛是一个新娘子，由于红盖头的遮盖，颜长妮没能把新娘子的面貌看清楚。这会儿的晨光像是揭去了"红盖头"，颜长妮才看清了"新娘子"的真面目。那么，颜长妮对"新娘子"的态度如何呢？她不高兴了，她生气了，她的脸子一下子就拉了下来，拉得老长老长。哎，怎么了？怎么了？是"新娘子"长得特别丑吗？让颜长妮看一眼就够八辈子吗？说不上，十八岁的闺女无丑女，"新娘子"不会丑到哪里去。颜长妮对"新娘子"之所以如此反感，并不是"新娘子"本身的原因，而是"新娘子"的娘家人的原因。直说吧，都是因为"新娘子"的"娘"不是个好东西，是方圆几十里的人都知道的一个大骚货。想想看，有好种才能出好苗，有好树才能结好桃，一个当娘的不是良家妇女，她生养的闺女能有什么好呢！大骚货是城里下来的人，她的名字叫梅海文。颜长妮认识梅海文，梅海文也认识颜长妮。梅海文在颜长妮家里喝过酒，跟胡启东划过拳，颜长妮也给梅海文做过拿手菜。颜长妮眼见丈夫胡启东和梅海文划拳时，两个人把手摸来摸去，曾怀疑他们两个有不一般的关系。颜长妮也风言风语听村里人说过，胡启东跟梅海文有一腿。怀疑也好，听说也罢，因没有抓到证据，颜长妮也不好说什么。这下可好，胡启东把证据牵到家里来了，交到她手上来了。颜长妮敢肯定，这头牛的前主人不是别人，正是梅海文。颜长妮在河坡里放羊时，亲眼看见梅海文放过这头牛。梅海文还以她的牛长了一只白蹄子而得意，夸她的牛长得俏。这证明着梅海文与胡启东达成了交易，交易的筹码就是这头长了一只白蹄子的牛。为买这头牛，不知胡启东给了梅海文多少钱呢！胡启东表面上是买牛，实际上买的是梅海文，牛就是梅海文的替身。梅海文也是，她明着卖的是牛，暗地里卖的是她自己，真是个不要脸的东西！颜长妮恼上来，想照牛的脸上抽两个嘴巴子。看到牛脸上长着牛毛，牛的脸皮那么厚，就算抽了它，它的脸也不会红，就没抽。

　　胡启东回家吃早饭时，颜长妮让胡启东说实话吧，这头牛到底是哪里买回来的？

　　胡启东嘴里吃着馒头，就着辣椒炒鸡蛋，还端起碗喝麦仁稀饭。他的嘴好像被饭占满了，顾不上回答老婆的问话。

　　我问你话呢，你耳朵里塞上牛毛了？

　　什么？我不是跟你说了嘛，牛是从集上买的，你怎么还问。你到底长没长耳朵？

　　我没长耳朵，我的耳朵被牛借走了。

　　借走你再要回来。

　　耳朵要回来不难，魂要是被人家勾走，想要回来就难了。

　　什么乱七八糟的，想去医院，这两天抓紧时间去。

　　我提醒你一句，这头牛长了一只白蹄子。

　　什么白蹄子，黑蹄子，只要不是醋提子就行。

　　你给人家多少钱，我不知道，也管不着，你把人家的牛牵回来干什么！贼不打自招，难道你就不怕人家戳你的脊梁骨吗！好歹你还是村里的主任，总得给自己留点面子吧！

　　这么多废话你跟谁学的，是不是跟电视上那些破电视剧学的！我走得正，站得正，心里没玄事，不怕鬼敲门。你疑神疑鬼，小心我抽你！胡启东虎起脸子，瞪了颜长妮一眼。

　　颜长妮伸伸脖子，把一口馍咽到肚子里，没敢再说话。她男人胡启东自从当上了村干部，脾气也长了不少。胡启东在外面打人，回到家里也打人。有一回她为别的事埋怨了胡启东几句，胡启东竟一脚踹在她的小肚子上，把她踹出好几尺远，差点把她的肠子踹断。

　　打不过自己的男人，颜长妮也不是没办法出气。大鱼吃小鱼，小鱼吃蚂虾。在颜长妮眼里，那头受牛就是蚂虾，她要把所有的气都出在那头受牛身上。吃过早饭，颜长妮喂饱了猪，解下拴羊的绳子，准备到村外去放羊，独独不管那头牛。她牵着羊走到敞着口子的车棚前，故意在那里停顿了一下，她的意思是告诉牛，她放羊去了，一切都没有牛什么事。

牛从地上站起来了，它大概看出了女主人的意思，张大眼睛，望着女主人，仿佛在说：我的肚子也饿了，我也想吃草，你带我一块儿出去吧。你出去放羊，干吗不把我捎上一起放呢！别看我的个子比羊大，我的脾气也挺温顺的，不会跟你捣乱。

颜长妮见这头牛的眼睛，很像梅海文的眼睛，梅海文的眼睛也大大的。颜长妮的答复是：你想吃草，没门儿，饿死你个不要脸的东西！

太阳只露了半个脸，很快又被云彩遮住了，天还是阴的。天不放晴，收麦仍不能进行。颜长妮牵着羊走在村街上，感到禁烧麦秸和麦茬的宣传搞得越来越热烈。乡里下来的宣传车在巡回宣读文件，村里的高音喇叭在反复广播，临街的墙上刷着一些大字标语。这种立体性、全覆盖宣传的主要内容是："白天不见冒烟，夜里不见火光；田间不见堆山，督查不见黑斑。""蹲到地里放把火，看守所里过生活。"同时，一些田间地头还扎起横幅，摆上了桌子，建起了禁烧督查站。臂上戴着红袖箍的督查员已经上岗，开始履行督查责任。颜长妮知道，督查员队伍都是胡启东组织起来的。当上督查员，一天能挣五十块钱呢。而乡里拨给村里的钱，一总由胡启东掌握，让谁挣，不让谁挣，都是胡启东说了算。因此，胡启东近来牛气得很，像当了财神爷一样。对面走过来一个男的，男的把颜长妮叫嫂子，跟嫂子打招呼：下地放羊？

放羊。

我见启东哥买了一头牛，你没牵上一块儿放？

颜长妮不想让别人提到那头牛，也不想承认家里有那头牛，含糊地嗯了一声，就走了过去。

地头有一条排水沟，排水沟的斜坡上种了一小块麦子。因斜坡上不适合用机器收割，一个妇女只好用镰刀提前把麦子割下来。妇女也是该把颜长妮叫嫂子，她暂停割麦，立起身子跟嫂子说话：启东哥买了一头牛，你知道那头牛是谁家的吗？

不知道。

真的不知道吗？

我啥时候说过瞎话。

妇女左右环顾了一下，样子有些神秘地对颜长妮说：我跟你说了，你千万别跟启东哥说是我跟你说的，那头牛是梅海文家的。梅海文那个尿罐子，她的东西怎么能沾呢！

尿罐子怎么说？

我也说不好，我听好多人都这么说。实话不好听，咱们这里好多男人都喜欢往她那里边尿呗。

那为什么，她的尿罐子是金子做的？

嘿，人家是城里人，长得洋气呗，有文化呗！

没听说过。

颜长妮说是没听说过，其实她耳听八方，对梅海文的情况是了解的。梅海文的男人叫三子，没娶梅海文之前，三子在城里走街串巷，拉弦子卖艺。他到谁家门口拉一会儿弦子，人家会给他点小钱儿，或一点儿吃的。他的卖艺收入甚微，几乎是乞讨的性质。不承想，城里有个姑娘梅海文，很喜欢听三子拉弦子，一听二听着了迷，三子拉到哪里，她跟着听到哪里。三子觉得有这样一个忠实的听者也不错，他不但不反对梅海文听他拉弦子，像是遇到了知音一样，拉得更加投入，更加来劲。后来身为农民的三子回家，梅海文竟跟着三子到农村来了，并不顾父母的强烈反对，坚决嫁给了三子为妻。村里人说，三子拉弦子拉值了，拉回一个年轻貌美的城里闺女做了老婆。也有人说，梅海文是三子拐回来的。对于梅海文是不是被三子拐回来的，乡里派出所还专门找梅海文调查过。梅海文说，三子并没有拐骗她，是她自己自觉自愿嫁给三子的。嫁给三子，她可以天天听三子拉弦子。然而，婚后的三子并没有在家里天天拉弦子给梅海文听，为了能多挣钱，让梅海文过上幸福生活，他把弦子留在家里，把梅海文也留在家里，一个人到煤矿挖煤去了。村里知道梅海文是个高中毕业生，给她安排了一个职务，让她负责村里的计划生育工作。因梅海文曾是城里人，姿色也不错，村里一些有头有脸的人，一些有文化的人，还有一些在外面打过工的人，都愿意跟她接近，跟她好一好。梅海文的表现不是很好，没能守住自己。她逐渐显示出开放的姿态，谁想跟她好，几乎都可以。按当地村民的说法，梅海文是腰里别副牌，谁来跟谁来。但梅海文有一个原则，或者说有一个底线，她不要人家的钱。你请她吃饭可以，请她喝酒她更高兴，往她腰里塞钱她绝对不干。她宣称，要是收了人家的钱，她就不算个人了。如此一来，连一些不三不四的二赖子，喝了酒也摇摇晃晃找上门去，欲占梅海文的便宜。以致梅海文家的门半夜里常被酒鬼擂得像战鼓一样响。颜长妮想不明白，是城里下来的人带坏了乡里的风气，还是乡间风气本来根子就不好，一遇风吹草动，就坏得一塌糊涂呢？颜长妮看到路面上有一只蛤蟆，蛤蟆的肚子已经被车碾扁了，上面爬着几只绿头苍蝇。但蛤蟆的爪子抓地，呈现的还是前进的状态。颜长妮把羊绳拽了一下，赶快走了过去。

颜长妮把羊的肚子放得往两边支乍着，才把羊牵回家。羊走到车棚门口，对那头牛叫了两声，仿佛在对牛显摆说：你看我吃得多饱，肚子好像怀了孕一样。主人不喜欢你，就是不放你，你干着急也没用。哎哎，急死你！

牛像是听懂了羊的话，梗起脖子，往外挣了一下。它挣得劲有些大，把电动三轮车的车把都拉歪了。

干什么，干什么！谝你的劲大怎么着！告诉你，我的三轮车用电拉，根本用不着你拉，你给我放老实点儿！颜长妮大声吵牛。

牛挨了吵，没敢再往外挣。

胡启东给颜长妮打来电话，说乡里领导下来检查工作，他中午陪领导吃顿饭，就不回家吃饭了。

是不是又要喝酒？颜长妮问。

不一定，喝不喝看领导的意思。

领导是不是女的？

你不就是领导嘛，你不就是女的嘛！

谁领导得了你，我顶多只能领导一只羊。

除了领导羊，牛也交给你领导了嘛，你比牛还要牛。

颜长妮猜想，中午胡启东可能又是跟梅海文一块儿喝酒。据说梅海文是个酒漏子，上边喝，下边漏，三五个男人都喝不过她。她酒量大，喝起酒来豪气十足，从来不与人打酒官司。更为难得的是，作为一个女人，她还会猜枚，划拳，而且左右开弓，双手都能划，哥俩好哇，巧七梅呀，喊得惊天动地。如果是在梅海文家里喝，家里分外间屋和里间屋，有的男人喝得性起，把梅海文拉到里间屋尽兴的情况也是有的。完事之后，他们再接着喝。梅海文这样一个女人，颜长妮真怀疑她是一个精怪变成的，由精怪变成好看的女人，到人间吸男人的精血来了。胡启东中午不回来吃饭，颜长妮就不做午饭了。她生的气都能把肚子气饱了，哪里还吃得下饭。

　　车棚子那里发出了响声，颜长妮过去一看，见牛把电动三轮车拖得拐了个弯，原来冲里的车把现在冲向了外面，看样子要不是墙角挡住了车轱辘，牛就把三轮车拖到车棚子外面去了。车棚子门口一侧栽有一棵杏树，树上没有多少杏子，墨绿的叶子倒非常浓密。牛使劲朝树上仰着头，伸着嘴，欲够树上的叶子吃。因为拴牛的绳子短，尽管牛把自己的鼻子都拉歪了，拉长了，牛的嘴还是够不到杏树叶子。颜长妮抻手折下一枝杏树枝子，枝子上的一片片圆形叶子厚墩墩的，充满汁液。她对牛说：我知道你饿了，你想吃杏树叶子对不对，好吧，我来喂你。说着，把杏树叶子送到牛的嘴边去了。牛的样子有些感激，刚要伸嘴吃杏树叶子，颜长妮却倏地把好吃的收走了。接着，颜长妮就把满肚子的气往牛身上撒，手中的杏树枝子一下一下抽在牛的脸上。她边抽边说：我叫你吃，我叫你吃，你个偷吃嘴的骚东西，我看你还吃不吃！

　　牛被抽得眼皮乱挤，脸也扭向了一边。牛的样子仿佛在向女主人求饶：别这样，别这样，我并没有得罪你呀，你干吗这么讨厌我呢！

　　颜长妮抽了牛的脸不算完，还把拴牛的绳子从车把上解下来，拴到车棚子一角一根用螺纹钢筋做成的铁橛子上去了。铁橛子原是拴狼狗用的，因狼狗被专事药狗偷狗的狗贼在一天夜里把狗药死弄走了，铁橛子就一直在那里空着。铁橛子在地上钉得很结实，比把牛拴在车把上合适多了，就算牛费尽九牛二虎之力，也不可能把铁橛子拔出来。颜长妮把牛在铁橛子上拴牢之后，牛大概知道反抗也无用，它没有提出任何异议，也没做出任何挣扎的举动，眼里即时涌满了泪水。

颜长妮看到了牛眼里的泪水，她联想到的还是梅海文。哭也没用，谁知道你的眼里流的是泪水子还是酒水子！她不但对牛一点都不同情，反而骂牛是背时货，是只配挨刀的东西。颜长妮以前对牛的态度可不是这样。刚分田到户那会儿，颜长妮家曾养过一头牛，她不但每天都把牛喂得饱饱的，还热天怕牛晒着，雨天怕牛淋着，雪天怕牛冻着，对牛呵护有加，对牛像对家里的亲人一样亲。时间再往前推，推到生产队那会儿，人们更是视牛如宝贝，牛的地位和待遇比一般贫下中农都要高。三年大饥荒的时候，人可以饿死，不能把牛饿死，把牛饿死就是犯罪。为什么呢？因为那时候没有机器，犁地要用牛，耙地要用牛，一些人不能胜任的重体力劳动都要靠牛完成。或者说进入农耕社会以来，人和牛就相依为命，人离开了牛，就种不成庄稼，就难以活命。事情发生变化也就是近些年的事，自从有了一系列农业机械，耕地有拖拉机，耙地有旋土机，种地有播种机，收庄稼有收割机，就再也用不着干活儿又慢又笨的老黄牛了。好比在历史上立下赫赫战功的战马已经退出历史舞台，牛也迅速变得和猪羊一样，沦为人类餐桌上的食物。就这样，一连三天，颜长妮都没有喂那头牛一口吃的。

到了第四天早上，胡启东起床准备外出时，听见那头牛叫了起来。牛叫得哀哀的，像是在向他诉苦，又像是向他求救：你把我买回来，就不管我了。我三天没吃一口东西了，都快要饿死了，你救救我吧！胡启东拐进车棚子里把牛看了看，见牛的肚子瘪瘪的，屁股瘪瘪的，两只原本水灵灵的大眼睛好像也瘪了下去。他把牛的脖子摸了一把，牛拐过头伸出舌头舔他的手，像是在舔他手背上的咸味。要是牛吃了东西，每天都会反刍，当地叫倒沫。牛一点儿沫都不倒，证明它的胃里是空的。胡启东返回去问颜长妮：这几天你喂牛了吗？

没喂。

为啥不喂？你想把它饿死呀！

谁买的谁喂。

你怎么这么狠心，你什么时候变得这样狠心，它好歹也是一头活物啊！

颜长妮说：我跟你说过了，这头牛长了一只白蹄子，白蹄子就是戴孝的蹄子，家里养一头蹄子上戴孝的牛，是不吉利的。

胡说八道，完全是封建迷信那一套。颜长妮我命令你，你今天必须把牛给我喂一喂，要是再不喂，看我怎么收拾你！

你收拾吧，你要是敢再动我一指头，我连你也不伺候了，我找我儿子去。

后来，那头受牛总算没有被饿死。梅海文听说了那头牛的遭遇，登门把牛牵了回去，并把卖牛的钱如数退给了胡启东。

生人

　　华学敏在徐州中国矿业大学完成本科学业，到北京某国家工业部门参加了工作。工作三年之后，一位京生京长的姑娘，成了他的老婆。

　　信息传到华学敏的老家，村里人都觉得这事情了不得，不得了。北京，在以前那可是皇城。在皇城里出生的姑娘，恐怕跟皇姑也差不多。娶了"皇姑"做老婆的人，不是成了"驸马爷"嘛！华学敏的父亲在村里民办小学当过老师，乡亲们习惯叫他华老师，有人说：华老师，你就等着抱北京的孙子吧，你可是北京人的爷呀！华老师咦了一下，说不敢不敢，不着急。又说：两个孩子工作忙，工作要紧，一切为工作让路。

　　华学敏的老婆叫白燕明，原是机关办公室的一名打字员。她当打字员那会儿，使用的还是那种老式的打字机，啪哒啪哒往卷在滚筒上的蓝色蜡纸上打字。打字的工作机械、单调，让白燕明不胜其烦，要是捏着打字机的手柄打一辈子汉字，他姥姥的，那可惨到家了。情况还算不错，过了没多久，就有了电脑，人们开始用电脑打字。用电脑打字比用打字机打字方便多了，可以用五笔，也可以用拼音，一个指头或几个指头，捣巴捣巴就会了，人人都可以上手。不管什么技术，一旦普及，就不算技术了。好比人人都会吃饭，穿衣，那还叫什么技术呢！白燕明及时扔掉了打字员的帽子，调到一家新成立的报社，当上了一名收发员。报社作为信息吞吐单位，来往信件当然很多。报社专门为白燕明配备了一只大提包，她每天都能从部机关总收发室那里提回一提包报纸和信件。白燕明像邮局的分拣员那样，对取回的报纸、信件作二次分拣，然后一一送给总编、副总编和各部室。有人问白燕明在哪里高就？她说在报社。一般理解，在报社工作，不是编辑，就是记者。白燕明一说她在报社工作，人家就把她当成了编辑或记者。白燕明没有否认别人对她的理解，说嘿，凑合活着吧！一副很谦虚、很低调的样子。

白燕明和华学敏结婚时，男的二十六岁，女的二十五岁，不算早婚，也不算晚婚，算正当其时吧。从生孩子的角度看，两个人都处在最佳生育期。可白燕明的态度是，三年之内她不打算生孩子。说出这样的打算时，白燕明的态度显得十分坚决，像是一"妇"当关，万夫莫开。华学敏的态度不是很明确，或者说有些暧昧，他说：顺其自然吧！

什么叫顺其自然？你给我说清楚！两条长胳膊正吊在华学敏脖子里的白燕明，把华学敏松开了。

好歹你也是读过高中的人，难道连顺其自然都不懂吗！

不懂，怎么啦？我没你学问大，行了吧！我要是什么都懂，要你干什么！

华学敏只好给白燕明解释：刮风，下雨，就是自然。风来了，雨来了，谁都挡不住，只能顺着风，顺着雨，就是顺其自然。

我要是不顺其自然呢，刮风，我穿上风衣；下雨，我打上雨伞，自然能把我怎么样！

自然不能把你怎么样，你也不能把自然怎么样，风该刮，照样刮；雨该下，照样下。

那，刮风下雨跟生孩子有什么关系呢？

关系是有的，就算你下雨天打着雨伞，风一吹，个别雨点也会溅到你身上，你就可能会怀孕。

白燕明笑了，说你别逗了，要是雨点溅到我身上我就会怀孕，我不知道怀过多少次孕了。

我的话只是一个比喻，我的意思是说，咱不急着要孩子，万一怀上了呢，咱就把他生下来。

那不行，要生你自己生，我不生！我还没玩儿够呢，我妈说我自己还是一个孩子呢，自己还管不好自己呢，生什么孩子！

这个你不用发愁，要是你不想看孩子，到时候让我妈来，帮咱们照看。

白燕明把华学敏推了一下，说华学敏，你少给我提你们家的人，我知道你爸你妈急着要孙子，急着把我变成你们华家的生殖机器，没门儿！

白燕明喜欢去歌厅唱歌，还喜欢去舞厅跳舞。因天赋条件有限，她唱歌唱得不怎么样，该拔高的时候老是拔不上去。而她跳舞跳得不错，每次跳舞都能吸引不少艳羡的目光。白燕明最喜欢、最拿手的是独舞，跳迪斯科。她腿长、腰长、胳膊长、脖子长，外加头发长，跳起来如风中的小白杨一样修长，漂亮。她知道自己的长处所在，长了还要长。跳着跳着，她会将双手高高举起，指尖搭成敦煌壁画的飞天舞蹈那样，扭动着腰肢矮下去，矮下去。她矮下去的目的，是为了展现从低到高的优美过程。矮到一定程度，她伴随着快节奏的舞曲，开始大幅度扭动身体，由矮里往高处长。在多彩的、闪烁的、变幻的旋转灯光和镭射灯光照耀下，白燕明简直就像是一条在水中游动的美女蛇，酷极了，妖冶极了！这里那里传出喝彩声：好！够浪！够味儿！

华学敏也喜欢看白燕明跳舞，白燕明每次去舞厅跳舞，他都愿意跟白燕明一块儿去。当白燕明把自己跳成一条"美女蛇"时，华学敏看得甚至有些怀疑：这个挺不错的女人是我老婆吗？为了打消自己的怀疑，每次跳完舞回到家，华学敏都急于做那件事。那件事是好事，白燕明也不拒绝。但白燕明提出一个前提，要求华学敏必须提前把保险套儿戴上。白燕明不说保险套儿，她有时说成气球儿，有时说成紧箍咒儿，说去，先把气球儿戴上！或者说去，先把紧箍咒儿戴上。华学敏总是有些磨叽，说一开始不必戴，等有动静了再戴也不迟。白燕明说绝对不可以，等有了动静再戴就晚了。她说你戴不戴？不戴拉倒！

华学敏可不愿拉倒，他说好好好，戴戴戴。

为了证实白燕明的确是自己的老婆，华学敏这晚在白燕明身上还问：请问这位美女，你是我老婆吗？

你说呢？

我不说，就让你说。

白燕明的回答是：我不是你老婆。

不是我老婆，那你是谁的老婆？

我是狗的老婆。

华学敏高兴得癫狂了几下，说：能娶到这样一个老婆，当狗也风流。

我要是怀了孕，你还能这样吗？还能当狗吗？

不能。

我要是腆着个肚子，还能去舞厅跳舞吗？还能保持这么好的身材吗？

但是……

但是是个蛋，还是个臭蛋，你少跟我玩儿这个。

华学敏在但是后面本来想说，孩子总是要生的，生完了孩子，好身材还可以恢复。白燕明不爱听但是，他就不说了，他说好老婆，你不会对我念紧箍咒吧，你是要念紧箍咒，我会很疼的。

就念。白燕明把紧箍咒紧了一下。

哎呀，疼死我了！

白燕明把紧箍咒念得更快些，一箍接一箍。

华学敏装作受疼不过，说师父师父，别念了，疼死徒儿了，徒儿再也不敢了！

疼死你个臭猴子，看你今后还调皮不调皮！

尽管白燕明防范严密，每次都让华学敏戴紧箍咒，一年多之后，白燕明还是怀了孕。当白燕明到医院证实自己确实怀了孕，把一切责任都推到华学敏头上，把华学敏埋怨得鼻子不是鼻子，脸不是脸，说：都怨你，都怨你！

老婆怀了孕，华学敏内心深处是高兴的，这表明他们的生命得到了真正的结合，并将孕育出新的生命。可华学敏的高兴一点儿都不敢表现出来，好像一切都很意外。按白燕明的另一个说法，他把保险套说成了气球，说他反正每次都把气球戴得好好的。

那你的东西是怎么钻出来的？是不是你偷偷用大头针在气球上扎了眼儿？你必须老实交代！

华学敏的表情严肃起来，说燕明，咱俩认识好几年了，结婚也一年多了，你这样说话，说明你对我还是不了解。我历来主张，做人要诚实，行为要端正，我怎么会做那种偷偷摸摸的小动作呢！你这样说简直就是对我的诬蔑，我万万不能接受。

那是怎么回事，难道是孙悟空搞的鬼！

华学敏像是想了一下，说：我认为不排除产品质量有问题。现在肉里有注水，鸭蛋里有苏丹红，很多产品都有掺假，谁能保证保险套儿只只都是合格产品呢！一百只保险套儿里如果有一只是冒牌货，那就不保险了。

对于华学敏这样的判断，白燕明没有提出异议。他们使用的保险套儿都是单位免费提供的，每逢节假日前夕，两个人所在单位管计划生育的人，就把保险套成盒成盒地发给他们，足够他们用的。便宜没好货，不要钱的货恐怕更值得怀疑。白燕明问华学敏：那怎么办呢？

华学敏说：我的意见是，既来之，则安之。

讨厌，你跟我说话，能不能不踀文！

华学敏否认他跟白燕明踀了文，说：我认为这是天意。

还说不踀文，这不是踀文是什么！虚头巴脑的，跟姑奶奶显摆你的学问大是不是！

华学敏把一根指头竖在嘴前嘘了一下，提醒白燕明说话小声点儿，别让爸爸妈妈听见。入冬后，北京开始供暖，华学敏让他的爸爸妈妈到北京来了。他们家的房子是华学敏的单位分给华学敏的，只有一室一厅。华学敏本来安排二位老人睡在客厅的折叠沙发上，因白燕明每天在客厅里看电视剧看到很晚，而二位老人的生活习惯是早睡早起，为了不影响儿媳看电视剧，华爸爸就提出到阳台上去睡。华学敏拗不过当过老师的爸爸，只得临时买了一张钢丝折叠床，把爸爸妈妈安置在阳台上。华学敏之所以不想让爸爸妈妈听见他和白燕明的对话，是暂时不想让二位老人知道白燕明怀了孕。不知道白燕明怀孕时，爸爸妈妈已对白燕明哈得不成样子，要是知道白燕明怀上了他们的孙子，还不得把白燕明当神仙敬。关键的问题还在于，在结婚之后三年内，白燕明不打算要孩子，现在虽说白燕明怀了孕，但身孕能不能保住还很难说。从白燕明以往玩儿心很大的态度判断，保住身孕的可能性很小。倘若爸妈知道白燕明怀孕了，还没来得及高兴呢，白燕明又把身孕流掉了，对二老的打击不知有多严重呢！

白燕明不但没有把声音放小，反而加大了音量，她说：我从来不会小声说话，谁爱听见谁听见！

明明，我的小姑奶奶，你听我慢慢跟你说好不好！我说的天意，不是人的意思，是老天爷的意思。咱们还不想要孩子呢，是老天爷认为咱们该要孩子了，你该当妈妈了，就给咱们送来了一个孩子。你知道吗，老天爷送来的可是天使呀，天使来了，谁都不拒绝。

你蒙我的吧？

我亲爱的老婆，我怎么会舍得蒙你呢，你是谁，我是谁，你是天使的妈妈，我就是天使的爸爸呀！

我明白了，你的意思是让我把孩子怀到底，生下来，对不对？

我老婆就是聪明，一点就透。

白燕明冷笑了一下，又冷笑了一下，说什么天使地使，你少跟我来这一套，那是不可能的。她和一家整容医院约好了，下周就去那家聘有外国整容医师的医院做整容。她这次整容的项目是把下巴颏儿加长一些。她的几个要好的女同事一致认为，她的身体哪里都长，只是下巴颏儿稍短那么一点点，倘若把下巴颏儿适当加长一些，那就更加协调，更加完美，变成无可挑剔的大美女。到时去京城之冠摄影楼做一套写真集，恐怕这明星那名模都得被她比下去。白燕明反复去医院咨询过了，人家告诉她，手术挺简单的，只把下巴里侧拉一个小口儿，装进一个用特殊材料做成的柔性下巴，再把小口儿缝合就完了。手术全部完成后，一点手术的痕迹都不露，只见下巴大大改观。白燕明对整容后的面貌已经有了美好的想象，并与整容医院约好了做手术的时间，现在肚子里怀了孕，不知整容手术还能不能做。要是她正在手术台上，医师正给做手术，她的妊娠反应上来，又是呕又是吐的，那该如何是好！还有，她的下巴加长了，手术成功了，她的肚子却大了起来，那叫什么形象！这样想着，白燕明突然变得狂躁起来，她骂了一些脏字儿，说：没法儿活了，我不活了，我去死了算啦！说着双手狠狠抓住华学敏的胳膊，歇斯底里似的长啊了一声。

睡在阳台上的华爸华妈，都被白燕明的叫声惊醒了。因折叠床又窄又小，老两口儿只能采取打老通的办法，一人睡一头儿。华妈问华爸：你听见了吗？

华爸没有说话。

华妈只好用脚趾动了动华爸的耳朵，说：你就睡那么死吗！

三更半夜的，不好好睡觉，你乱动什么！

刚才我听见有人叫了一声，我听着怎么像咱家燕明的声音呢？孩子没什么事吧？

华爸睡觉很轻，窗外的风吹起一只塑料袋子，他都听得见，何况白燕明发出的那么大的叫声呢。可华爸却说，他没听见什么声音，让老伴儿闭上眼睛闭上耳朵好好睡觉吧，不要操那么多心。

我睡不着。我看咱们的儿媳好像是怀孕了。

你怎么知道的？

谁像你们这些男人，成天价吃热不管凉，吃凉不管酸。女人对女人总是更知道一些，我一看燕明的脸色，一看她吃啥啥不香的样子，就约莫着她可能怀孕了。

噢，你只是约莫着，那是不科学的。

不约莫怎么着，我又不能摸她的肚子。我约莫也能约莫个八九不离十。华妈说着，长出了一口气，又说：咱们的孙子，一定跟爷爷奶奶亲。

这话从何说起？

你想啊，两个孩子结婚都一年多了，咱们不来北京的时候，孙子老也不来。咱们刚来北京，孙子跟着就来了，这不是跟咱们亲是什么！

八字还没有一撇呢，你不要老是说孙子、孙子，要是来个孙女儿怎么办呢？

孙女儿也是孙子辈，来个孙女儿我也喜欢。不像你，老脑筋。

窗外刮起一阵风，把窗玻璃刮得抖索着响起来。有一个窗户缝关不严，寒风从窗缝儿透了进来。阳台上没有暖气片，不能抵御寒风。头发细的缝儿透进门板大的风，寒风很快在阳台上扩散开来。华爸把华妈的两只脚握了握，拉得靠近自己的身体，并把被口掖得严实一些，说：这个事儿你最好不要问孩子。

为啥？这不是好事儿吗！

好事儿是好事儿，你还是别问好一些。现在的孩子都是有思想的人，有些事情他们想跟你说，你就听着；他们要是不想跟你说，你问了，他们会不高兴。

我不问燕明，问问学敏还不行吗！

学敏也不一定了解情况。

看你这话说的，我怀孩子的时候，你能说你不了解情况吗！

你老说那时候，现在跟那时候能一样吗！那时候你们家生了八个孩子，我们家生了六个孩子，现在能生那么多孩子吗，不能吧！

华妈还是不服，说羊生羊，人生人，这都是老天爷安排下的事儿。羊生羊该生多少还生多少，人生人倒成了难事儿。

天还不亮，楼下的清洁工刚开始清理垃圾桶，老两口儿就起床了，轻手轻脚地在厨房里做早饭。儿子和儿媳都习惯睡懒觉，每天早上都有工作赶着，再不起床就要耽误上班，才不得不起床。他们起床后，从来不做早饭，或是上班路上买点什么垫巴垫巴，或干脆什么都不吃。老两口儿来到北京后，天天给小两口儿做早饭。干的有时蒸馍，有时蒸包子，有时煎面糊饼。稀的有时熬大米粥，有时熬小米粥，有时打红薯稀饭。不管爸妈做什么饭，华学敏都爱吃，都能吃出老家的味道。白燕明就不行了，她还是愿意吃北京风味的早点。这好办，华爸就每天早上到街上给白燕明买早点，每天都不重样。如果昨天买了炒肝儿和小笼包儿，今天就买豆浆和油条。去买炒肝儿和豆浆时，华爸都是端口小锅出去，买了东西就赶快把锅盖儿盖上，以免东西着凉。这天早上，华爸给白燕明买的早点又换了样，干的是糖油饼，稀的是豆腐脑。早饭在客厅里摆上了桌，华学敏也坐到了桌边，白燕明还在卫生间里没出来，正蹲在马桶上抽烟。他们家华爸和华学敏都不抽烟，只有白燕明抽烟。白燕明抽的是细细的女士烟，烟味不是很呛。华学敏隔着卫生间的推拉门对白燕明说：爸今天给你买的是糖油饼和豆腐脑儿，快出来吃吧。

白燕明说：你们先吃吧，我不饿。

不着急，我们等你。

白燕明干呕了几声。

华爸华妈互相看了一眼，又一同把目光转移到华学敏的脸上。

华学敏觉得爸妈的目光在读他，似乎要从他脸上读出某种内容。他是爸妈的"作品"不假，但他不想让爸妈再读他，遂把眼皮塌下了。他说：咱们先吃吧。

华爸说：还是等等燕明吧。又说：你想先吃你吃，趁热。

华学敏端起爸妈熬的红薯花生稀饭喝起来。

等到白燕明从卫生间出来，又从卧室里出来，她已经化好了妆，穿上了羽绒服，围上了羊绒围巾，并提上了提包，是准备出门上班的样子。

华爸华妈都有些诧异，不知道昨天晚上到底发生了什么事。华爸说：燕明，吃了饭再去上班吧。我听学敏说你喜欢吃糖油饼，就让人家给你炸了糖油饼。

白燕明笑了一下，说谢谢爸！我今天真的不饿，真的不想吃。拜拜！白燕明摆摆手，只管出门去了。

华爸问华学敏：燕明怎么了？

怎么也不怎么，别管她！华学敏推开饭碗，也上班去了。

华学敏和白燕明中午都是在单位食堂吃饭，中午在家吃饭的只剩下老两口儿。老两口儿对午饭一点儿都不重视，他们的意思，吃也可以，不吃也可以。吃也就是吃点剩饭，应付一下自己，也是避免剩饭浪费。这天中午，他们两个心事重重，连剩饭也不想吃。白燕明不吃早饭就走了，显然有些不正常。至于为什么不正常，他们无论如何都想不明白。世界变化快，年轻人的变化也快，谁知道如今的年轻人是咋想的呢！拿怀孕来说，以前谁怀孕了，说是有喜了。有喜带来的是喜讯，一人有喜，全家都欢喜。从白燕明早上的表现看，老两口儿进一步得出判断，他们的儿媳确实像是有喜的样子。然而，儿媳的表现不是喜，像是烦，是忧。儿媳不欢喜，他们暂时也不敢欢喜，只能把欢喜压抑着。

午饭他们可以不吃，晚饭是要准备的，因为两个孩子回家吃晚饭。晚饭做什么，他们颇有些犯难。他们想炖鸡，烧鱼，给儿媳增加点儿营养，可又不敢。儿媳为了保持身材的苗条，晚饭从来不沾荤腥，只吃一点点素食。商量来，商量去，他们顺着儿媳的口味，最后选择了包饺子，包韭菜鸡蛋馅儿的素饺子。

买韭菜、炒鸡蛋、和面、拌馅儿，老两口儿从半下午就开始忙活。他们像在老家时合作一样，华妈擀皮，华爸包馅儿。离两个孩子下班还有一个多钟头，他们就把饺子全部包好了，整整齐齐排列在他们从老家带来的用高粱莛子做成的盖板上，单等孩子一进家，他们就往锅里下饺子。

儿子按时回来了，儿媳没有回来。儿子说：别等燕明了，她今天不回来了。

闻听此言，华爸华妈不再是诧异，简直有些吃惊，他们望着儿子，一时连为什么都忘了问。

儿子解释说：燕明回她家看她爸她妈去了，她两周都没回去了。

燕明的爸爸妈妈只有燕明这么一个女儿，她回去看望爸爸妈妈也是应该的。华爸对燕明回娘家表示理解。但他又说：你妈为燕明包了素馅儿的饺子，燕明不回来吃饭，你应该提前跟我们说一声。

我一忙，就忘了。实际情况是，白燕明临下班时才给华学敏打了个电话，告诉他要到爸爸妈妈家里去。华学敏为白燕明打了掩护，把责任揽到了自己身上。

吃饭期间，华妈没有管住自己，还是问了一句：燕明是不是怀孕了？

华学敏嘴里正吃着一个饺子，他把饺子咽下去才说：可能吧。

可能是咋说？你带燕明去医院检查了吗？你这孩子，我看你对燕明一点儿都不关心！

华爸对华妈说：你不要着急嘛，听孩子说嘛！说着冲华妈皱了一下眉头。

你让我说什么？华学敏的眉头也皱起来。

你想说什么，就说什么，说说你们的打算也可以。

我们没什么打算。燕明说，三年之内她不打算要孩子。

华爸拿出了当老师的派头，脸上变得难看起来，他说华学敏，你不要老是强调燕明怎么说，作为一个丈夫，你就不能在家里发挥一点儿主导作用吗！

你这个观点我不同意，都什么时代了，你还抱着老皇历不放，还在奉行大男子主义。现在的夫妻关系是平等的，谁能主导谁呢！

夫妻平等我赞成，依我看你们的夫妻关系并不平等，是白燕明在主导你，你承认不承认？

华学敏当然不会承认，他拧了一下脖子，站起来到自己的卧室去了，并关上了房门。

白燕明回娘家，去了一周、两周、三周，都没有回来。其间华学敏到岳父岳母家去了两次，仍没有把白燕明接回来。直到第四周，白燕明才回来了。这时的白燕明已把肚子里的孩子流掉了，却把自己的下巴颏加长了。作了整容手术的白燕明，自我感觉不错，愿意一遍又一遍照镜子，还愿意逮谁跟谁笑。她笑的目的，是希望别人注意到她面貌的改观。

在床上，白燕明接受了上次怀孕的教训，对华学敏的防范更加严格。在使用气球前，她让华学敏当面把气球吹一吹，检查一下气球是否漏气。华学敏取出一个气球吹饱了，饱得像一根黄瓜一样。白燕明让他再吹。华学敏把气球又吹了几口，吹得像一个茄子一样。白燕明还嫌气球不够大，让华学敏再吹，再吹。直到华学敏把气球吹得差不多像一个冬瓜，再吹就有可能爆炸，白燕明才说，就这样吧。不过她还让华学敏捏紧气球的口别撒手，确认"冬瓜"不会变小，等一会儿再撒手不迟。等白燕明宣布可以了时，华学敏一撒手，可笑的一幕出现了，由于气球快速收缩所产生的喷气作用，推动有着生殖器形状的气球打着吐噜向高处飞去，飞到房顶的吸顶灯那里，才落了下来。"生殖器"变成了飞行器，让白燕明觉得太神奇了，太美妙了，太好玩儿了，她乐得直拍床铺。她小时候也偷偷拿爸爸妈妈的保险套儿当气球玩过，但从没有玩出这样的效果。她让华学敏再飞一个。按照白燕明的要求，华学敏这次把气球吹得更大，让"生殖器"飞得更高。白燕明乐得嘎嘎的，说乐死我了！

华爸华妈都听到了白燕明的笑声，他们不明白白燕明为何如此高兴。他们的孙子眼看着就要来了，还没来得及高兴，他们的孙子就没有了，不知到哪里去了。好像生命走到了尽头，他们觉得一点儿盼头都没有了，别提多失望了。窗外下起了雪，映得阳台上白花花的。华妈身上哆嗦了一下，说：他爸，我有点儿冷。

华爸说：你要是嫌冷，就到我这头儿来睡吧，我帮你暖暖。

华妈没有到华爸那头儿去睡，她说：我连想死的心都有。说着轻轻哭泣起来。

华爸劝妻子：你不用这样悲观，孩子又没说不要孩子，他们只是晚点儿要而已。见劝不住妻子，他又说：你要是实在不想在这儿住，咱就回去过年。

再过几天就是农历的小年，华爸此时提出带妻子回家，显然带有赌气的性质。但他对华学敏的解释是：果果想姥姥了，哭着喊着要到北京找她姥姥。果果来，你姐就得来，来了又要给你们添麻烦。他们来，还不如我们回去。华爸华妈一共生有两个孩子，一个闺女，一个儿子。华爸所说的果果，是他们的外孙女。华学敏心中明白爸爸妈妈要回老家的真正理由，无非是想抱孙子没抱成呗。一代人有一代人的难处，老一辈人哪能理解新一辈人的难处呢！两位老人执意要回老家，华学敏知道留也留不住，就随他们去吧。

白燕明问华爸：你们不是说好在这儿过春节吗，怎么说走就走呢？

华爸说：不过了。

我听说老家挺冷的。

老家再冷也没有北京冷。

老两口回到老家，村里有人问：华老师，怎么不在北京过年呢？

华老师的解释是：北京没有熟人，不热闹，不如在家里过年热闹。

怎么样，有孙子了没有？

快了，儿媳妇已经怀上了。

那好，那好！

回头再说北京的小两口儿。每次房事前，白燕明都让华学敏吹气球，这让华学敏觉得有些麻烦，也多少有失一个男人的尊严，他提出让白燕明吃避孕药。白燕明不干，说还没怎么着呢，先吃药，太麻烦了！

你麻烦我就不麻烦吗，每次把我的腮帮子都吹疼了。

白燕明乐了一下。

还好意思笑，你不要太以自我为中心！

我怎么以自我为中心了？你不是说过我就是你的中心嘛！怎么，变卦啦？

你再这样我就不干了！

不干正好，我正想当单身贵族呢！

就你，还想当贵族，八竿子都打不到你，可笑！

听你的口气，你是不是想找小三儿呀？

无可奉告！

僵持了两天，这次白燕明做出了让步。她不是吃避孕药，是到医院妇产科让人家往她子宫里放了一个节育环。这下问题解决了，因节育环占据了子宫的中心位置，先入为主，后来者谁都进不去了。也就是说，不管华学敏和白燕明如何可劲儿折腾，白燕明都不会怀孕了。

白燕明说的是结婚三年之内不要孩子，三年过去了，四年、五年、六年也过去了，他们还没有生孩子。到了他们结婚后的第七年，两个人都超过了三十岁。华学敏问白燕明：怎么样，玩儿够了吧？

你啥意思？这不是挺好的嘛！

已当上副处长的华学敏说：好个屁！再不生孩子，你就废了，连狗都嫌你！

白燕明嘻嘻乐，说干脆，咱们养只狗吧！

扯淡！少跟我提狗，谁提养狗我跟谁急！

白燕明去医院把避孕环取了出来，给未来的孩子腾出了位置。华学敏鼓足干劲，甚是勤奋。白燕明也积极配合，做的是全盘接收的样子。然而，他们耕耘了一年多，播种也播了一年多，竟没有一点收获。有说只管耕耘，不问收获。但耕耘毕竟是为了收获，如果老是耕耘，不见收获，恐怕耕耘者的积极性也难以维持。华学敏问白燕明：怎么回事？

你问我，我还问你呢！

华学敏建议白燕明去医院检查一下。

白燕明对自己的身体充满自信，不愿去医院检查。

华学敏一字一句对白燕明说：你必须去！

不就一个副处长嘛，你牛什么牛！

华学敏带白燕明到医院一检查，两个人都有些傻眼。检查的结果表明，白燕明子宫内部发生了病变，长了别的东西，怀孩子是不可能了。换句话说，地，还是那块地，以前可以长庄稼，现在完全荒漠化了，别说长庄稼，连草都不会长了。

华学敏不愿回家了，称要加班，就住在了办公室。或以到基层调查研究的名义，住在外地。

白燕明的爸爸妈妈也知道了女儿的情况，为了安慰女儿，他们送给女儿一样礼物，一只金毛狗。金毛狗是大型狗，在家里比一个小伙子还要占地方。白燕明忘了华学敏一贯反对在家里养狗，她给华学敏又是发短信，又是打电话，说金毛狗挺可爱的，你回来看看嘛!

华学敏的答复是:我看以后你就跟你的狗过吧!

什么意思,你是要离婚吗?

这可是你先说出来的。

让华学敏没想到的是,白燕明对他一点儿都不留恋,说离就离,现在谁离开谁都能过。她举了报社几个老姑娘的例子,说人家每个人都过得挺好的。白燕明开出的条件是:把房子和房子里的东西全部给我留下,你净身出户!

华学敏也很爽快,说好,一言为定,明天咱就去签离婚协议,办离婚手续。

离婚后,华学敏拿出自己小金库里的积蓄,又贷了一部分款,很快买了一套二居室。他的目标是,尽快找一个新的老婆,让老婆给他生孩子。爸爸已经去世了,爸爸去世前对他说的一句话让他痛心不已,也自责不已。爸爸说的是:华学敏,你不孝!他在爸爸面前落的是不孝,不能再让妈妈说他不孝。房子是他的资产优势,副处级升为正处级,是他的地位优势,加上北京不缺女性资源,找一个新老婆应该不成问题。

为了适应新形势,华学敏采取了新的策略。他不急于和任何一位女性办结婚登记手续,先试验一下再说。这种办法类似先尝后买,尝了也不一定买。华学敏的目的很明确,试婚对象不论高低,不管胖瘦,谁怀了他的种,他就跟谁结婚。遗憾的是,华学敏试了一个又一个,其中有没结过婚的,有结过婚的,还有生过孩子的,没有一个试婚对象的子宫因他的努力而大起来。这是怎么回事,难道自己的生殖能力出了问题?只想到一点点,华学敏就不敢再想。他还要继续试下去。

英
哥
四
幕

第一幕

荒郊野外，秦香莲穿一身皂衣，左手拉着儿子英哥，右手扯着女儿冬妹，茫然四顾上场。

秦香莲唱：跋千山涉万水艰难受尽，秦香莲携子女来寻夫君。

英哥：妈，啥时候才能找到俺爹呀？

秦香莲：儿呀，来此已是汴京南关，你爹就在城里居住，眼看就要到了。

冬妹：妈，我走累了。

英哥：妈，我也走累了。

秦香莲：这……儿啊，那厢有一店房，咱暂且住下就是。

宋楼是个大村子，有三千多口人。这个村子坐落在一处偏僻洼地里，离集镇较远，离县城更远，想听一场戏不容易。可宋楼的人又喜欢听戏，怎么办呢？他们只好就地取材，自发组织起一个戏班子，锣鼓打起来，弦子拉起来，自唱自听。他们在农闲时练功、排演，到了过年过节，就搭起戏台开唱。宋楼的戏班子与别的草台班子有所不同，他们一般不到外地演出，也不指望靠演戏挣钱，吃饱肚子没事干，就是凑到一起玩玩而已。别看只是玩玩，偌大一个村庄，有得玩和没得玩情况大不一样。没有戏班子之前，村里人的眼睛是寡的，空的，去没地方去，站没地方站，像一群无头苍蝇一样。自从建了戏班子，宋楼人的精神像是一下子有了方向，觉得天不是原来的天，地不是原来的地，整个生活都有了改变。不光有正式演出的时候他们才去看去听，演员在练功和排演的时候，他们也愿意去看一看，听一听。演员集中排演的地方，原是一个生产队的饲养室，里面饲养的是牛是驴。后来全村由四个生产队合成一个生产队，这个饲养室就腾出来了，变成了人们唱戏的场所。有时这里并没有排演，但有人从家里出来，脚当家人不当家，不知不觉间就走到这里来了。

村里有个男孩儿叫宋景辉，最爱看练功的演员练习捏腰、劈叉和翻跟斗。捏腰是这里的说法，别的地方说是下腰。所谓捏腰，是把身子向后弯，弯得头朝下，脸朝下，以双脚和双手撑地，直到把整个身子弯得像一孔拱桥，或者像一个月亮门。劈叉分竖劈横劈，都是上身挺直，把双腿贴地面劈开，劈得越直越好。宋景辉看了人家捏腰，劈叉，记在心里，回家悄悄地在自家堂屋里练习。腰是捏的，叉是劈的，捏腰和劈叉并不难，他很快就把这两样动作学会了。宋景辉最佩服的是演员翻跟头，那种跟头被称为没底子跟头。演员打过一个车轱辘后，身子顺势向后腾空而起，噌地一下子，一个没底子跟头就翻了过去。接着又噌地一下子，一个没底子跟头又翻了过去。宋景辉看得眼都直了，禁不住暗暗叫好：哎呀，不得了，这才是真功夫，孙猴子也不过这样吧！叫好之后，宋景辉也想学习打车轱辘和翻跟头。双手触地，双腿朝上画一个弧，双脚落在地上站稳，就算打了一个车轱辘。打车轱辘宋景辉倒是学会了，可翻跟头就难了，一翻摔一个屁墩儿，怎么也翻不成。宋景辉听人说过投师学艺这个词，以前并不理解。通过翻跟头他才知道了，人的身体里是藏有花样的，就看你学习不学习。如果学习，就会把身体里的花样挖出来。如果不学习呢，就只能像猪像羊一样，除了吃，什么都不会。有一天，他向娘提出，他想去学戏。娘一听就急了，说好好上你的学，学什么戏！那年宋景辉刚上小学一年级。娘还说：你再敢提学戏，我就让你爹回来揍你！宋景辉的爹先是当兵，后来转业到工厂当工人，爹所在的工厂离宋楼远着呢，爹回来一趟不是那么容易。尽管爹一时揍不到他，他还是把学戏的念头放弃了。他不想惹娘生气。

别看宋景辉没能到戏班子里学戏，一个偶然的机会，他却被拉上戏台，演了一场戏。这年的大年初三，宋楼的戏班子就开始搭台唱戏。他们不唱梆子，不唱越调，也不唱道情、二夹弦之类，只唱曲剧。曲剧唱起来本腔本嗓，直抒胸臆，最适合唱苦戏。他们上午唱的是《卷席筒》，晚上的灯戏要唱《秦香莲》，都是让人伤心落泪的苦戏。戏台搭在家门口，只要有戏，宋景辉就去听。反正学校放了寒假，过年时爹又没回来，不去听戏干什么呢！他上午听了戏还不够，晚上又早早来到戏台前，在被称为戏台的嘴叉子那里占据了一个有利位置。灯戏开演前，一个远门的婶子从后台走出来，对宋景辉招招手，把宋景辉叫小辉，让小辉到后台来一下。这个婶子在《卷席筒》里演苍娃他嫂子，在《秦香莲》里演秦香莲，都演得很好，小辉对她甚是崇拜。婶子一招呼，小辉就跟婶子到后台去了。后台是用秫秆箔圈起来的，里面放着盛戏装的大木箱子，箔篓子上挂着马鞭子、胡子和一些满是玻璃珠子的头饰，有的演员正对着镜子化妆。婶子告诉小辉，原来演英哥的那个男孩儿，今天放炮时炸伤了脸，脸上打了胶布，不能再上台演戏，问小辉能不能补补台，替那个男孩儿演一回。小辉只在前台看戏，从没进过后台，到了后台，小辉显得有些紧张。听婶子说让他上台演戏，他更紧张了，吓得说不出话来。婶子说：你不用紧张，听戏是玩儿，演戏也是玩儿。我见你场场都来听戏，你没学会吗？

小辉摇头说，没有，没学会。

不会没关系，英哥没有唱段，就几句台词，我一教你就会了。我看你是个聪明的孩子。

俺娘说过不让我学戏。

这不算让你学戏，只是让你临时救救场。俗话说救场如救火，你娘不会不同意。你要是演得好，哪天婶子给你买一块儿糖吃。婶子把小辉交给那个演公主的闺女，说好了，让"公主"给小辉化化妆吧！

就这样，宋景辉被涂上了红脸蛋，戴上了发帽，穿上了戏装，作为秦香莲的儿子英哥，被秦香莲拉上了场。过年无事，台下听戏的人很多，除了宋楼村的人，四外村也来了不少听戏的，人头黑压压一片，眼睛星光一样闪烁，一眼望不到边。宋景辉只在台下往台上看过戏，从没有登台见过这么多人，他一下子蒙了，头也有些发晕，脚下软得像踩了云彩一样。他赶紧塌下眼皮，不敢再往下看。在走台时，好在有秦香莲一直拉着他，他才没有摔倒，总算跟上了秦香莲的步伐。可秦香莲唱罢，该他说台词时，他却忘了。亏得秦香莲事前给他留的有暗号，秦香莲使劲攥了一下他的手，他才想起来了，望着秦香莲的脸说：妈，啥时候才能找到俺爹呀！把秦香莲喊妈时，不知为何，他想起了自己的娘，眼里突然涌满了泪水，说话的声音也带了哭腔。戏里对英哥的要求就是这么规定的，应该说宋景辉演出了应有的效果。接下来的一句话是走累了，由冬妹先说，英哥后说。宋景辉跟着冬妹说，也没有说错。

演完戏回到家，宋景辉以为娘会吵他。娘也喜欢听戏，特别爱听《秦香莲》，娘一定会在戏台上看到他。然而娘不但没有吵他，还夸他演得不赖，比原来那个演英哥的男孩儿演得一点儿都不差。娘还说：你穿上戏装，我一开始没认出你来，你一说话，我才知道是你。

我说我不会演，演秦香莲的婶子非要让我演。

没事儿，演戏都是演着玩儿的，穿上戏装是英哥，脱下戏装你还是娘的儿。

别看宋景辉只演过一次英哥，村里却有人以假当真，把英哥的标签贴到了宋景辉的头上，对英哥指指点点，说英哥，英哥。过罢春节开学后，有的同学不但把宋景辉叫成英哥，还把宋景辉说成是秦香莲的儿子。见宋景辉背着书包走过来，两个女同学互相咬耳朵，说快看，秦香莲的儿子来了！更有甚者，有的男同学跟宋景辉闹了意见，竟当着不少同学的面问宋景辉：你知道你爹是谁吗？

宋景辉当然知道自己的爹是谁，他刚要说出爹的名字，不料那个同学说：不知道吧，我告诉你吧，你爹的名字叫陈世美！

在这里陈世美的恶名家喻户晓，谁都知道，陈世美是一个贪图富贵、忘恩负义、借刀杀人的人，是一个被铁面的包公用铜铡铡死的人，要是说谁的爹是陈世美，比骂他祖宗八辈还厉害。宋景辉一听这个男同学骂他爹是陈世美，登时就恼了，指着他的同学对骂道：你爹才是陈世美呢，你爹才是陈世美呢！

第二幕

门官知道了秦香莲的身世，设计把秦香莲和两个孩子领进了宫门，见到了陈世美。

陈世美唱：是何人大胆闯宫门？

秦香莲唱：含悲忍恨我把夫君认。

英哥、冬妹喊：爹……

陈世美怒唱：我一足踢倒贫贱人！

秦香莲被踢倒在地。

英哥、冬妹扑过去喊：妈！

秦香莲唱：你离家三载无音信，难道说父母妻子儿女不挂心？

冬妹：爹，俺爷爷、奶奶都死了，俺跟俺娘好容易才找到了你。

英哥：你怎么不认俺哪？

秦香莲和一双儿女抱头痛哭。

戏台上的陈世美，身穿大红袍，头戴官帽，脚蹬粉底靴，一股盛气凌人的样子。扮演英哥的宋景辉，第一次在戏台上近距离地面对陈世美，对陈世美的印象很不好。陈世美的样子太凶了，他对陈世美有些害怕，还有些抵触。当他把陈世美喊爹时，仿佛有个声音在对他说，这是假的，不是真的，你爹叫宋国成，不是陈世美；你爹只是个工人，也没中什么状元。当陈世美一脚把秦香莲踢倒时，宋景辉简直有些生气，作为秦香莲的儿子英哥，他真想还给陈世美一脚。但剧情中没有这样的安排，他不能踢陈世美。虽然他的动作没能出台，但他眼中有一股怒气自然流露出来，这比原来的英哥一味示弱要好。观众也评价说，那个演英哥的小男孩儿演得很有灵气。

宋景辉考上中学后，不在宋楼上了，到离宋楼二十多里外的一个镇上去上。一个消息在宋景辉所在班里的同学之间悄悄传播，宋景辉演过戏。宋楼有戏班子，说家在宋楼的宋景辉演过戏应该不是瞎说。一个演过戏的人，肚子里装的肯定有戏。肚子里有戏，处处是戏台。肚子里有戏的人和没戏的人是不一样的。同学们经过对宋景辉的暗暗观察，发现宋景辉无论是长相、身材，还是说话、走路等，与别的同学是不大一样。一天晚上，在男生的集体宿舍里，一个同学在宿舍熄灯后突然向宋景辉发问：宋景辉，听说你演过戏？

在黑暗里，同学们的眼睛都睁得大大的，似乎都对这个问题感兴趣。

宋景辉没有否认自己演过戏，却轻描淡写似的说：演着玩儿呢！

你演过什么戏？

《秦香莲》。

演的什么角色？是陈世美吗？

哪里呀，我那时还小，演的是英哥。宋景辉说了实话：原来演英哥的男孩儿放炮受了伤，临时把我拉上场，凑了个数儿。

噢，原来是这样！同学们有些失望，还有些想笑。英哥在《秦香莲》中只是一个配角，一个小小的配角，连一句唱词都没有，演英哥算什么演戏呢，没戏！

嫉妒之心人皆有之，孩子上了中学，嫉妒之心也到了中等水平。班里再有人说到宋景辉演过戏时，连宋景辉演过英哥都不愿说，只说他演过一个小孩儿，或者以贬低的口气，说他只演过被老包铡死的那个人的儿子。

在学校吃住的宋景辉，一星期回家一次。他一般都是星期六下午放学回家，星期天下午带上够一星期吃的东西，再回到学校。这个星期六的晚上，一家人在煤油灯下吃过晚饭后，娘让宋景辉替她写一封信。宋景辉问给谁写信？娘说：我还能给谁写信呢，还不是给你爹。

你不是都请别人替你写嘛，我没写过信，我不会写。

你都上中学了，难道连一封信都不会写吗？人上学就是为了学会写信，连封信都不会写，我供你上学干什么！

在学校里，老师的确教过同学们如何写信。老师还给同学们布置了作业，要求每个同学都要写一封信。至于给谁写信，由自己选择。不过老师给出的建议是，最好把信写给自己的亲人。听了老师的建议，宋景辉想到的第一个亲人就是自己的爹。爹在外地工作，信是距离的产物，给爹写信才有意思。在给爹的信里，他汇报了自己的学习情况，写了家里的情况，说一切都好，请爹不要挂念。他说娘腌了一坛子咸鸭蛋，妹妹想吃一个，娘不让吃，说等爹过年回来时再开坛子。信的最后，他希望爹今年一定要回家过年。他还希望，有机会能到爹的工厂看一看。他给爹的信写在作业本上，老师给他的作业批的是"优"，还批了"格式正确，富有感情"。这样的信他没有给爹寄去，没寄出的信不知算不算信。给爹写信，他是以自己的口气写的。而娘让他写信，要以娘的口气写。他是他，娘是娘，他不知道这样的信怎样写。

娘大概看出了他的为难，说这有什么难的，我说啥，你写啥，就行了。娘拿出事先准备好的信纸，放在桌子上，说好了，开始写吧。娘说的是：小辉他爹，你身体好吧！我上次请人给你写信，都过去三个月零三天了，怎么一直没收到你的回信呢？你就那么忙吗？你心里要是还有我们娘儿几个，工作再忙，也能抽出时间给我写几句话吧。说了这几句，娘问小辉：写上了吗？

小辉塌着眼皮，说写上了。

娘接着说：我问你，你是不是起了外心？要不是起了外心，你就不会这么狠心！宋国成，你难道变成了陈世美吗？我在你眼里成了秦香莲吗？小辉和小明成了英哥和冬妹吗？娘说着，流下了眼泪。娘吸了一下鼻子，勾起指头把眼泪擦了擦。

娘的话让小辉吃惊不小，他也差点流了眼泪。因为他演过一次英哥，对《秦香莲》这部戏的故事情节比较了解。以前他认为，戏是戏，生活是生活，戏和生活是两张皮，两者之间没什么关系。他更没有把戏台上的戏和他家里的生活联系起来看，从没想过他们家也会发生类似戏里边的事。听了娘的话，他把他们家的情况和秦香莲家的情况对比了一下，心里不由地沉重起来。秦香莲一儿一女，他们家也是他和妹妹两个孩子。英哥和冬妹的爹在外地，他们的爹也在外地。陈世美做了官就不再回家，他们的爹去年过年时就没回来，不知道今年过年时回来不回来。这些情况难道只是巧合，还是爹真的不想要他们了呢？小辉像是有些走神儿，没有把娘说的这段话往信纸上写。

娘问他停下来干什么？

小辉说：我觉得这样写不太合适，我爹看了会不高兴的。

这有什么不合适的，我说什么，你只管往上写，我就是要刺激刺激他。你还要写上：我和两个孩子都盼望你今年春节能回来过年。你今年要是再不回来，我就带着两个孩子去厂里找你，看你到底还认不认我们。

小辉皱着眉头，还是把娘的话写上了。

信的最后，娘说：小辉大了，会写信了，这封信就是我让咱儿小辉给你写的。从今以后，我再也不用请别人给你写信了。

这个我不写！这一次小辉态度很坚决。

为什么？

小辉没说为什么，只说不想写。

娘不识字，连一个字都不会写。娘会扎花子，描云子，干起别的活儿来手巧得很，就是不会写字。有些话小辉不想写，娘总不能拿着他的手让他写。就算拿住了他的手，但娘心里没有字，手上也没有字，就算拿住他的手也是白搭。这一次娘做出了让步，说他实在不想写就算了。娘把小辉写好的字拿走了。

这一次爹回信回得比较快，一去一回，还不到两个星期。娘收到爹的回信，没等到小辉星期天回家，就先请别人把信念了。等星期天小辉一回到家，娘就把爹的回信拿给他看。小辉说，老师说过，不要看别人的信。娘骂了小辉的娘一句，说我又不是别人。小辉把爹的回信看了一遍，没有把信念出声来。小辉的眼睛看着信上的字，娘的眼睛看着小辉的脸。信的大意是，不要看了一两个戏就当真，就胡思乱想。戏都是一些文人闲着没事瞎编出来的，什么这个那个，不要对号入座，自寻烦恼。爹表示，他今年一定会回家过年。

小辉看完了信，娘让他念一遍。信的内容小辉估计娘已经请别人念过了，说：你不是已经知道了嘛！

娘脸上红了一下说：再念一遍也不多呀，念吧，念慢点儿。

小辉只得把爹的信又念了一遍。

娘说：你看看，让你写信，你爹这么快就回信了，你爹是不是认出是你写的字呢？

小辉说，他也不知道。

第三幕

韩琪追到一座庙里，手举钢刀要杀秦香莲，唱的意思是：驸马要验刀上血，没有凭证我回去没法向驸马交代。

秦香莲唱：要杀你把我一人杀死，留下我一双儿女逃性命。

英哥和冬妹上前抱住韩琪的双腿，哭喊：军爷，你别杀俺了，俺再也不敢去找俺爹啦！

韩琪无奈自刎而死，轰然倒地。

秦香莲：哎呀，不好！（跪行扑尸，表示要去包大人面前把冤鸣。）

在演杀庙这场戏时，扮演英哥的宋景辉见韩琪手中的钢刀明晃晃的，老在他眼前晃来晃去，他的确有些害怕，吓得手都抖了。演秦香莲的婶子大概觉出了他的发抖，使劲把他的手攥了两下，他的手才不抖了。韩琪在弄清事情的原委之后，为了保住秦香莲和英哥、冬妹的命，用钢刀抹了自己的脖子。韩琪舍己为人的壮举也的确让宋景辉为之感动。感动之余，宋景辉也有不明白的地方，韩琪自杀倒地，脖子里怎么一点儿血都没流呢，就算杀死一只鸡，也要流不少血呢！宋景辉想起来了，戏都是演出来的，哪能真的流血死人呢，要是演一场戏死一个人，那得死多少人哪！

宋景辉高中毕业后，他爹宋国成提前退休，让他顶替爹的职位，到城里的工厂参加了工作。一年后第一次回家探亲，那个曾饰演过秦香莲的婶子给宋景辉介绍了一个对象，是宋楼本村的，叫杨文娥。据婶子介绍，杨文娥还是宋景辉的小学同学。可宋景辉对杨文娥没留下什么印象，想不起杨文娥长什么样儿。及至两个人在"秦香莲"安排的地方见了面，杨文娥眼睛亮亮的，脸上红红的，一直在嘻嘻笑。宋景辉问杨文娥笑什么？杨文娥说，她想起了宋景辉演英哥的样子。

穿了一身工人制服的宋景辉架子有些端，他说嘿，那都是过去的事了。

你说是过去的事，我怎么觉得像在眼前一样呢！看过那么多人演英哥，数你演得最好了，最让人难忘。

宋景辉还是说嘿，那是他第一次演戏，连他自己都不知道自己是怎么演下来的。

杨文娥说：可能就是因为第一次，你有点儿紧张，才演得跟真的一样。

二人结婚后，杨文娥不把宋景辉叫景辉，也不把宋景辉叫小辉，喜欢把宋景辉叫英哥。特别是只有他们小两口在一起的时候，杨文娥老是叫他英哥、英哥。宋景辉说：你不要叫我英哥。

杨文娥撒娇撒了一床，说不嘛，人家就喜欢叫你英哥嘛，英哥、英哥，我的亲不溜溜的亲哥哥。

把戏中人的名字叫成他宋景辉的名字，这叫什么事呢！可既然成了他妻子的杨文娥喜欢这么叫，那就随她去吧。

　　老包铡了陈世美之后，不知英哥后来的命运如何。宋景辉的命运却相当不错。因他的文化水平比较高，又爱钻研技术，进厂时间不久就当上了技术员。过了一两年，他被提拔到厂里的生产科，当上了副科长。副科长只是一个级别很低的小官，比中状元和当驸马差十万八千里都不止。然而，就是因为他脱掉了工装，换上了干部服；从车间里出来，走进了楼上的办公室，使他的感情生活遇到了一场考验。起因是厂团委有一位女性副书记，名字的后两个字和宋景辉的名字一模一样，也叫景辉，只不过宋景辉姓宋，团委副书记姓张。这里称呼一个人，一般会省略姓氏，直呼其名。两个人都在场时，一有人叫景辉，一开始他们两个都答应，场面有些尴尬。后来他们都不答应，这景辉看那景辉，看到底叫谁。看来看去，男景辉和女景辉就熟悉了，男景辉问女景辉：你的名字怎么和我的名字一样呢？

　　女景辉说：我正要问你呢，我的问题跟你的问题一样。

　　男景辉说：你的名字怎么有些男性化呢？

　　女景辉说：不对吧，是你的名字怎么有些女性化呢？

　　听女景辉说他的名字有些女性化，男景辉的脸不由地红了一下，连眼皮都红了。

　　女景辉注意到了男景辉羞涩的表情，说：我发现你的内心世界很丰富啊！

　　是吗，我哪里有什么内心世界，你不是和我开玩笑吧！

　　张景辉住在厂里的女工宿舍里，她还没有结婚，连对象都没有。宋景辉虽说结了婚，并有了孩子，因妻子在老家农村，他也只能一个人住在男工宿舍里。两个人在同一座办公楼里上班，在同一个食堂吃饭，还在同一个团支部参加活动，见面的机会是很多的。相同的名字如一根线，把他们牵到了一起。在业余时间，他们相约看了两场电影，两只火辣辣的手就在暗影中互相握住了。手是人身体上的把子，人与人之间的接触一般都是从把子的接触开始的，抓到了把子，离整个身体的接触就不远了。加上张景辉风华正茂、激情四射，谁能抵挡住青春的魅力呢！随着二人的关系不断加深，张景辉感叹：怪不得咱俩的名字是一样的，原来咱俩是一个人啊！

在宋景辉陷入温柔漩涡不可自拔的情况下，他先是过年不再回家，跟张景辉在厂里过年，接着给杨文娥写了一封信，试探性地提出了跟杨文娥离婚。写这封信时，宋景辉犹豫过，内心有过冲突。因为他不可避免地想到了自己演过的英哥，继而想到了秦香莲和陈世美。他要是提出和杨文娥离婚，杨文娥会不会像秦香莲一样，带着孩子到厂里来找他呢？倘若杨文娥到厂里找他说理，他和张景辉的私情就会暴露，厂领导就会出面干预，说不定还要处分他，那就不好了。还有，宋楼的人要是知道了他提出和杨文娥离婚，有一句话一定会说出来，那就是说他变成了陈世美。在他们老家，陈世美的臭名家喻户晓，要是把谁说成是陈世美，名誉上跟挨了铡刀差不多，很难再翻过身来。可是，宋景辉犹豫再三，冲突再四，还是把离婚的意思委婉地向杨文娥提了出来。没办法，这一切都是因为张景辉太好了，不管从哪方面的条件讲，张景辉都比杨文娥高出许多，他实在太想长期和张景辉在一起了。

也是因为遇到了张景辉，促使宋景辉站在陈世美的立场上，对陈世美的所作所为进行了一番重新认识和理解。他觉得陈世美的一些想法和做法是可以理解的。试想想，天底下的男人，哪个不想娶皇姑呢，哪个不想当驸马呢！看来，陈世美的心思，是天下所有男人的心思，如果遇到了自己心仪的美女，谁都愿意当一回陈世美。

家里人收到信，杨文娥倒没有带着孩子到厂里来，匆匆赶来的是宋景辉的爹宋国成。爹一见到宋景辉，就关起门来问他：怎么，你这孩子，难道要当陈世美吗？

宋景辉冷笑了一下，不予回答。他对爹这样的问话很是不悦。

爹说：你小子不要不服气，你要是当了陈世美，老家的人就会看不起你。不光看不起你，连我和你娘在村里都抬不起头来。

宋景辉把嘴撇了撇说：你们动不动就拿陈世美说事儿，其实你们并不了解陈世美。据我了解，陈世美在历史上真有其人，而且是一个好官。就因为他是一个好官，难免得罪一些坏人。那些人就编了一个戏编排他，往他身上泼脏水。

我不管是不是真有陈世美这个人，我只知道戏中的陈世美。戏是扎翅膀的，一扎上翅膀到处飞，影响就大了。反正全国人民都知道陈世美是一个忘恩负义、借刀杀人的坏家伙，一旦被说成是陈世美，就得名誉扫地。说到这里，爹叹了一口气，说：谁都从年轻的时候过过，你的心情我完全可以理解。但到了关键时刻，人还是要守住自己，不能放纵自己。爹接着对宋景辉讲了他年轻时的一个秘密，这个秘密是宋景辉没有想到的。爹说他在厂里工作的时候，也遇到过一个女工友，那个女工友人很好，对他也很好，他曾经动过心，想和宋景辉的娘离婚，和那个女的结婚。后来收到了家里的一封信，信里说到了秦香莲、陈世美。他一看信的字体，就知道是宋景辉替娘写的。信让他猛醒，并最终战胜了自己。爹希望宋景辉也能战胜自己，回到正确的轨道上来，不能把自己的妻子变成秦香莲，也不要自己的儿子变成英哥。村里人都知道宋景辉是演过英哥的人，最理解英哥幼小的心灵所受到的伤害。你现在有了儿子，你的儿子又是那么可爱，你怎么能忍心伤害自己的儿子呢！

第四幕

秦香莲手拉英哥和冬妹上堂，面见包拯，唱得悲悲切切，意思是终于见到包青天了，请包青天一定为她做主啊！

包拯面露难色，唱了一大段，意思是：说什么青天不青天，你这官司问着太难了。宋王爷干预此案，要赦免陈世美，你让我怎么办？我看这样吧，补偿给你三百两银子，回去继续种你的田，供两个孩子把书念。光念书不要再做官，做官容易生变。你看，你丈夫若不是把官做，你也不会走到这一步。

听了包拯的唱，秦香莲很是失望，她埋怨包拯，说什么你是包铁面，看起来官官相卫有牵连。秦香莲愤怒地退回了三百两纹银，说就是屈死，她再也不喊冤了。埋怨之后，她带着两个孩子就要下堂而去。

包拯把秦香莲母子喊回，一腔热血往上翻，他摘下头上的乌纱帽，托在手里，拼上自己的官不做，还是下令铡死了犯官陈世美。

宋景辉没有和杨文娥离婚，当然也没能和张景辉结婚。张景辉的爸爸在总厂的办公室当主任，他知道了女儿和宋景辉的恋情之后，批评了女儿，把女儿调到另一个厂的宣传科去了。

时间改变一切，塑造一切。一转眼，当年的"英哥"到了退休年龄。又一转眼，"英哥"儿子也长大了，并娶妻生子。"英哥"儿子的名字是"英哥"的爹宋国成给起的，叫宋阳。

　　宋阳没有走爷爷和爹的老路，没有到工厂去当工人，或去当干部，而是自己办起了工厂，并当上了厂里的老板。宋老板的钱越挣越多，他不必把钱缠在腰里，谁都不知道他的腰有多粗。他在城里买了房子，把老婆孩子都接到城里去住。他买了一辆豪华小轿车，把轿车的四个轮子变成了自己的四条腿，日跑到这儿，日跑到那儿，那是自由自在得很。他还直接把车开回老家去了，把他爹宋景辉拉到城里新开的皇庭洗浴中心去享受。那次享受，又是汗蒸，又是打芦荟，又是捏脚，又是捏头，又是剪鼻毛，又是掏耳朵，让演过英哥的宋景辉觉得很不享受。一方面他觉得儿子为他花钱太多了，他心疼那些钱。洗完了澡，服务生拿出一条红色的新裤衩让他换上。他穿来的有裤衩，本来不想换，可儿子说，换上吧，这是意大利进口的，名牌，穿上舒服。他穿上才知道，光这一条裤衩就二百多块。乖乖，裤衩子穿在里边又看不见，要这么贵的裤衩子干什么！他欲把裤衩子脱下还给服务生。服务生说，穿上了就等于用过了，用过了就不是处女了，不是处女谁还要呢！宋景辉正要跟服务生讲理，儿子说算了，穿着吧，钱就是为人服务的，不花它是钱，花它就是处女。另一方面，宋景辉有些替儿子担心，担心儿子会在男女关系方面出问题。想当年，他手里没什么钱，还差点儿当了陈世美。现在儿子的钱多得像孙猴子身上的猴毛一样，随便揪下一撮，吹一口气，就可以变成各种各样的东西。儿子的钱既然能买别的东西，谁能保证他不去买一个皇姑一样的女人呢，谁能保证他不重蹈陈世美的覆辙呢！

　　宋景辉的担心还没说出来，宋阳已经跟他的助理小黄好上了。他给小黄另买了一套房子，小黄成了他的外室。他以工作忙和出差为由，时常秘密到小黄那里去住。这样一来，小黄在办公室是他的助理，在床上仍是他的助理。就生活水平而言，恐怕比驸马和皇姑也不差吧。不料小黄怀上了宋阳的孩子，小黄不愿意流产，想为宋阳把孩子生下来。宋阳和他老婆已生了一男一女，她为宋阳再生一个也不算多吧。宋阳为了给小黄一个名分，也是为了给孩子一个名分，就提出了和老婆离婚。老婆一听就炸了锅，嚷着要喝药，要上吊，要跳楼，坚决不同意和宋阳离婚。见以死要挟不住宋阳，她就打电话把公爹宋景辉搬了出来。

对于儿子出这样的事，宋景辉一点儿都不觉得惊奇，年轻人嘛，谁能不犯一点儿错误呢！特别是儿子有那么多钱，钱是好东西，也是坏东西，一点儿不注意，钱就会变成魔鬼。他想起当年娘让他给爹写信，提到了陈世美，使爹回心转意，没有跟娘离婚。他还想起自己的婚姻遇到危机时，是爹回过头拿陈世美当反面教员，做他的工作，使他和张景辉断绝了关系。从爹和他两代人所经历的事情看，《秦香莲》这部戏像是一个法宝，一使用这个法宝，就可以收到不错的效果。他相信，到了他儿子这一代，这个祖祖辈辈流传下来的法宝仍然可以沿用。于是他到厂里找到宋阳，问宋阳知道秦香莲这个人嘛？

宋阳正拖着鼠标，翻看电脑上的一些表格，说不知道。

那你总该知道陈世美吧？

这个名字好像听说过，是哪庄的？做什么生意的？

宋阳的回答让宋景辉深感意外，不管什么法宝再好，儿子不了解法宝的性质，恐怕很难派上用场。他说你这孩子，好歹也是个中专毕业，好歹也算个文化人，怎么连秦香莲和陈世美都不知道呢，我得给你补上这一课。不瞒你说，我从小就听这出戏，还有幸扮演过其中的一个角色。这出戏的名字叫《秦香莲》，也叫《抱琵琶》《铡美案》，咱老家习惯说成老包铡陈世美，反正都是一出戏。

宋阳摆摆手打断了爹的话，说你不要跟我扯这个，我最不爱听戏，一句啊啊半天，还不知道啊的是什么，多烦人哪！

那你喜欢听什么？

反正我喜欢听的，你都不喜欢听，我跟你说，你也不懂。有事儿你只管说吧。时间就是金钱，我的时间宝贵得很。

你不要不耐烦，不管你有多牛，我还是你爹，该管你的时候我还是要管你。爹把他所掌握的情况对宋阳指了出来。

宋阳没有否认爹所指出的事实，但他说：这是我的家庭内政，请你不要干涉我的内政，一切我都会摆平的。

什么内政外政，你少给我玩外交辞令那一套，这个我懂。我问你，目前你和你结发妻子曹平的矛盾已经非常激烈，你打算怎么摆平？曹平想不开，万一有个三长两短，你是要负法律责任的。

是她想不开，又不是我想不开，是她自己想自杀，我又没有杀她，我负什么法律责任！

不管怎么说，曹平总是你的两个孩子的妈妈吧，你怎么能忍心让两个孩子失去妈妈呢！

不可能，她是拿死吓唬人的，越是口口声声寻死觅活的人越舍不得死。她不缺吃，不缺穿，我给她的钱，她花不完，她娘家的人也跟她要钱花，她现在生活得幸福得很。

你开口钱钱钱，闭口钱钱钱，以为有钱就能代替一切吗！人是讲感情、讲脸面的动物，除了钱，还要讲感情，讲脸面。你调个个儿想想，要是曹平在外边找一个人，你心里啥滋味，你能接受吗！

宋阳不看电脑的脸了，转过身来看着爹的脸，有些赞赏似的说哎，你这个问题问得好，我可以明确地告诉你，没问题，我能接受。这个时代大家追求的是独立和自由，你自由，我自由，谁都可以自由。我一点儿都不干涉她，她想找谁就去找谁。能找到人说明她还有吸引力。

宋景辉气得嘴唇有些发抖，手指着宋阳：你你你，你太不像话了，你怎么能这样说话呢！树要皮，人要脸。树不要皮树死，人不要脸，就没人愿意理你。照这样下去，你怎么再回宋楼呢！

宋阳不屑地哼了一声，什么破宋楼，你以为我想回去吗，我既然出来，就不打算再回去！

宋景辉对宋阳的劝说没有收到应有的效果，他转脸站在儿媳曹平的立场上，要曹平坚决不要离婚，看他能怎样。

曹平为了拖着宋阳，她调动了跟踪侦察的手段，找到了宋阳和小黄的住所。此时小黄已把孩子生了下来，是一个女儿。曹平倒没有为难小黄，只跟宋阳讲价钱，要宋阳拿钱来，十八万。要是宋阳不乖乖拿钱，她就把宋阳告到法院，告宋阳偷偷娶小老婆，犯了重婚罪。不就是钱嘛，无所谓。宋阳先一把给了曹平六万，还有两个六万，他答应以后分期分批付给曹平。他说他给曹平的是维稳费，拿到了维稳费，就要维护家庭的稳定，不许再瞎胡闹。

宋景辉不甘心儿子在错误的道路上越走越远，还在想办法把儿子往回拉。他到剧院看过，见《秦香莲》这个戏还在演，就买了两张戏票，准备拉儿子把这个戏看一看。他想到了儿子可能会拒绝，没告诉儿子是什么戏。

儿子说：我说过我不喜欢看戏，你这是干什么！

宋景辉把情绪沉了沉，悲了悲，说：权当你陪陪我吧。你这是第一次陪我看戏，也可能是最后一次。我这么大岁数了，你这次要是不陪我，我哪天死了，你想起来会后悔的。

爹把话说到这份儿上，宋阳让爹把票给他留下一张，他看看时间允许不允许。要是时间允许的话，他就去看一会儿。

铃声响过，大幕拉开，宋景辉旁边的座位一直空着。

看到台上的英哥，宋景辉想到小时候的自己，鼻子酸得厉害。

后记　敬业的何锐

　　在何锐先生打电话跟我约稿子之前，他没见过我，我也不认识他。不知他从哪里得到了我的电话，深夜给我打电话时，口气像老熟人一样，上来就叫我庆邦，让我给他一个短篇。我纳闷：请问您是哪位？我是《山花》的何锐，刊物改版，现在由我来主编。哦，您是何主编。我正要对他说，我手上暂时没有短篇。我的话还没说出来，他却说：您的短篇安排在今年第七期。向我约稿子的编辑有一些，而像他这样提前对稿子所发的刊期做出安排，我还从没有经历过。我感谢他的信任，至于第几期嘛……？还没等我把话说完，何锐又重复了一遍第七期，就把电话挂了。

　　给我的印象，何锐的声音是低沉的，似乎还有那么一点苍老。然而他的口气是坚定的，有着不容置疑甚至是不由分说的力量。作为一个长期写作的作者，我的手不会离开小说。至于小说投向哪里，作者和刊物的选择是双向的，刊物选择作者，作者也有权选择刊物。我的小说，以前投给北京、上海的刊物和吉林的《作家》多一些，很少投给别的刊物。贵州的《山花》我听说过，却从没有给《山花》投过稿。既然新任主编何锐先生约稿如此恳切，那就投给他一篇试试吧。我给他的第一个短篇小说是《小呀小姐姐》。如何锐所诺，小说果然发在《山花》1995年第七期，还是头条。复刊不久的《小说选刊》很快选载了这篇小说。

从这篇小说开始，我就与何锐建立了联系。之后我差不多每年都给他写小说，有时是一年一篇，多时是一年两篇。平日里，我们之间并不通电话，不客套，不废话。只要他夜里一打电话给我，必定又是向我要稿子，必定又说好发哪一期。我摸准了何锐的脾气，便不主动给他稿子。哪怕稿子写好了，我也先放着，等着他给我打电话。他打了电话，我才把稿子给他。说来我的有些做法显得不够合适，有时别的刊物退给我的稿子，我也给何锐留着，别的刊物不敢发，我看何锐敢不敢发。有一个短篇小说就是这样，北京的一家刊物把稿子退给我了，我就给了何锐。出于私心，我没有跟何锐说明，这篇稿子是一篇退稿。何锐得到稿子，二话不说，还是发在《山花》的头条位置。事实表明，何锐的眼光是厉害的，也是有勇气的。小说发表后，国内的小说选刊几乎都选载了这篇小说，小说还被翻译到了德国。不必隐瞒，这篇小说的题目叫《幸福票》。

后来何锐到北京，约一些作家朋友到贵州大厦聚会，喝酒，我们就认识了。听朋友介绍，何锐是一位文学评论家，对小说和诗歌都有深入研究，颇有建树。我们跟何锐说笑话：您让编辑约稿，您等着审稿就是了。您当着这么大的主编，还亲自出马约稿干什么！何锐一点儿都不笑，他说：编辑跟你们约，你们不写怎么办！妈的，还是我自己约稿好一些。我们继续跟何锐开玩笑，说何主编，您为什么老是半夜打电话约稿，这是不是一种策略？

这一次何锐笑了，但他否认有什么策略，只是说：我夜里不睡觉，你们也不能睡觉。给我的感觉，何锐对文学事业是热爱的，热爱到一种痴迷的程度。他不当主编则已，一当主编就要把《山花》编出一个样子来，让烂漫的"山花"开遍全中国，乃至全世界。有一种精神叫敬业精神，何锐先生是一位真正具有敬业精神的文学工作者。有人敬天，有人敬地，有人敬神，何锐尊敬的是文学事业。由于对文学事业的尊敬，他连带着对作家也尊敬起来。在何锐当主编期间，我一连在《山花》发了十好几篇小说，有我自己比较喜欢的《少男》《红围巾》《起塘》《燕子》等等，编一本小说集都够了。

幸好，野莽先生在做这件事情。他组织在《山花》发作品比较多的作家，每人编一本小说集，构成一套丛书，丛书的名字叫"锐眼撷花"。据主编这套书的野莽讲，何锐先生生前就有编这套书的愿望，是野莽替何锐实现了这个遗愿。

这很好，我们正好以这套丛书纪念尊敬的何锐先生，并向何锐先生致敬！

2019年5月22日于北京和平里